LE CAVALIER DE LA TERRE PROMISE

Joseph Joffo est né en 1931 à Paris, dans le XVIIIe arrondissement, où son père exploitait un salon de coiffure. Lui-même devient coiffeur comme son père et ses frères, après avoir fréquenté l'école communale et obtenu en 1945 le certificat d'études – son seul diplôme, dit-il avec fierté et malice, car chacun sait que l'accumulation des « peaux d'âne » n'a jamais donné de talent à qui n'en a pas.
Celui qu'il possède, Joseph Joffo le découvre en 1971 lorsque, immobilisé par un accident de ski, il s'amuse à mettre sur le papier ses souvenirs d'enfance : ce sera Un sac de billes *paru en 1973, tout de suite best-seller traduit en dix-huit langues, dont des extraits figurent dans plusieurs manuels scolaires et dont un film s'inspirera.*
Suivront Anna et son orchestre *(1975), qui reçoit le premier Prix RTL Grand Public;* Baby-foot *(1977);* La Vieille Dame de Djerba *(1979);* Tendre Eté *(1981);* Simon et l'enfant *(1985);* Abraham Lévy, curé de campagne *(1988); et deux contes pour enfants :* Le Fruit aux mille saveurs *et* La Carpe.

Voici l'histoire d'un homme hors du commun. Il naquit dans des conditions incroyables, mais vraies dans un pays en pleine révolution : la Pologne du début du siècle. C'est dans ce monde partagé, déchiré entre le bolchévisme et la féodalité capitaliste qu'il tentera de faire son choix. Sensible au jaillissement des idées nouvelles, il sera révolutionnaire, soldat du Tsar. Déporté en Sibérie, il s'en évadera. Proscrit, il donnera un sens à sa vie en devenant sioniste.
Pologne... Russie... Turquie... Moyen-Orient.
Notre cavalier transmettra son message partout où il ira. Avec Zina, la belle révolutionnaire, il vivra un amour insensé. Bravant ouvertement la mort dans une chevauchée fantastique qui le conduira de l'empire des Tsars à la Terre Promise...
Encore une fois, un de ces rares romans de qualité que l'on peut lire et faire lire à tous.

Dans le Livre de Poche :

UN SAC DE BILLES
ANNA ET SON ORCHESTRE
BABY-FOOT
LA VIEILLE DAME DE DJERBA
TENDRE ÉTÉ
SIMON ET L'ENFANT
ABRAHAM LÉVY, CURÉ DE CAMPAGNE

JOSEPH JOFFO

Le Cavalier de la Terre promise

LE LIVRE DE POCHE

A ma famille, sans qui les choses n'auraient jamais été ce qu'elles sont.

Ce livre n'est pas l'œuvre d'un historien et ne prétend pas l'être. Le romancier a souvent joué avec les dates et les lieux. Il n'en reste pas moins que les aventures d'Andréi Parocki et de ses compagnons sont fondées sur des récits authentiques faits à l'auteur par des amis et des membres de sa famille.

Voici l'histoire d'Andréi Parocki, qui naquit d'un couple impossible dans un pays impossible : la Pologne du début de notre siècle.

Voici comment, dans un monde ébranlé par l'effondrement des Empires et le jaillissement des idées nouvelles, il s'engagea dans la lutte révolutionnaire et fut lancé dans la guerre. Tour à tour agitateur, bagnard, proscrit, soldat de fortune, il chercha sans relâche à donner un sens à sa vie, à trouver son identité...

Mais attachons-nous tout d'abord, afin de mieux cerner notre héros, aux circonstances de sa naissance et aux événements qui la précédèrent...

CHAPITRE PREMIER

Les hussards de Lublin étaient arrivés depuis la veille, pour les grandes manœuvres. Ils bivouaquaient à quelques verstes de là, dans un grand champ.

Déjà, le village vivait à l'heure des jeunes messieurs. Les uniformes aux couleurs éclatantes, les épaulettes dorées, les casques scintillants, les chevaux piaffant et cette musique qui remuait les cœurs... tout cela apportait une excitation qui rompait la monotonie des jours.

Myriam fit un détour pour éviter la fontaine où, ce matin, trois hussards qui faisaient boire leurs chevaux l'avaient interpellée bruyamment :

— Oh, la belle petite juive !... Viens ici nous tenir compagnie, ma mignonne !

Elle s'était mise à courir, ce qui avait déclenché leurs rires...

Ils pouvaient tout se permettre, ces beaux cavaliers, si l'humeur les en prenait : poursuivre les femmes, sabrer les hommes, brûler les maisons. La vie d'un juif n'avait guère d'importance pour eux : l'idée ne les effleurait même pas qu'il pût y avoir une quelconque ressemblance entre les pensées et les sentiments d'un juif et ceux d'un aristocrate polonais.

La jeune fille longea la grande bâtisse du *mikva*. A cette heure, l'établissement de bains rituel était silencieux. Demain seulement, avant l'office sabbatique, il retentirait des cris des hommes se fustigeant avec des branches de sapin, dans la vapeur suffocante. Ces manifestations de la douleur et du plaisir avaient toujours provoqué chez elle un sentiment trouble de répulsion et de curiosité.

Le vent du soir s'était levé, il faisait voleter ses cheveux. Valak les aimait, ses longs cheveux noirs, qu'il s'amusait à peigner de ses gros doigts écartés et maladroits. Quelquefois, il lui faisait mal et pour se venger, elle tentait de s'en prendre à ses cheveux à lui, blonds et courts. Ils riaient interminablement, se battaient comme des garnements. L'herbe sentait bon et fort, la voûte du ciel était immense...

Jamais je ne porterai une perruque, comme les femmes mariées.

Jamais je n'épouserai un *yid*, moi la fille du rabbin de Visneck.

Parce que j'aime un *goy* — un chrétien —, moi la fille du *rebbe*.

La sueur dans le creux de ses mains.

La peur...

Depuis quelques mois, cette peur lui serrait le ventre, ne la libérait que par bouffées ou dans le sommeil, pour la reprendre au réveil comme une teigne.

Elle allait trahir son père et les siens.

Yids et *goïm*... Juifs et gentils... Ils se regardaient depuis des temps immémoriaux en chiens de faïence, dans ce coin perdu de la Pologne perdue...

La bourgade de Visneck était constituée des deux communautés — la séparation était aussi nette que le sillon tranché par le hachoir effilé du *chohet*, l'abatteur rituel. Ceci est mien, cela est étranger, croix d'un côté, étoile de David de l'autre, Valak à l'ouest et Myriam à l'est, à des années-lumière de distance, si proches, si lointains ; comme la vie était absurde !

Pourtant, si les gamins *goïm* jetaient des pierres sur les corbillards juifs et écrivaient des insultes à la craie sur les tombes, leurs pères se saoulaient à la taverne tenue par un youpin. Les juifs étaient négociants, artisans ou marchands, mais certains cultivaient aussi la terre et se lamentaient comme les chrétiens quand les betteraves gelaient ou que le vent couchait les maïs. Et puis, fermes, terres, boutiques et tannerie, tout cela appartenait au même seigneur, le lointain baron Osmak dans son lointain château. Voilà qui devait mettre tout le monde d'accord...

Myriam marcha plus vite.

Visneck était traversé par deux longues rues de terre battue, poudreuses l'été, l'hiver pleines de boue et d'ornières, qui se croisaient sur la place du marché. Les maisons semblaient avoir été jetées là au hasard comme une poignée de billes, certaines isolées, avec un grand jardin et un verger, d'autres peureusement groupées. Toutes étaient en bois, à un étage, avec des fenêtres doubles, car ici l'hiver était rude. On était à l'est de Lublin, dans cette partie de la Pologne placée sous la souveraineté de la Russie qu'on appelait Royaume.

Un jour, selon la légende, des juifs pourchassés par les Croisés se réfugièrent dans une forêt. Le vent d'automne faisait tomber les feuilles. L'une d'elles voltigea devant leurs yeux et ils virent avec stupéfaction qu'elle portait une inscription en hébreu : « POLIN » ce qui veut dire « Ici on se reposera. » C'est ainsi que les juifs se fixèrent en Pologne pour y goûter repos et sécurité.

C'est vrai, songea Myriam, qu'on vit relativement tranquilles ici. Depuis quelques années, il n'y a pas eu de gros pogroms[1]. Mais de cette paix, que font-ils ? Le *shtetl* — la communauté juive — vit recroquevillé sur lui-même, oppressé par ses traditions...

Des gamins la dépassèrent en se poursuivant, bousculèrent un vieux en caftan qui leur cria des insultes en montrant ses dents en or.

Elle emprunta l'un des rares trottoirs de bois qui ne risquaient pas de s'effondrer et parvint sur la place. Ce n'était pas jour de marché. Les petites boutiques étaient déjà fermées. L'église catholique, massive, en pierre de taille, étendait l'ombre de sa croix sur la place.

Yids et *goïm*...

Et moi Myriam, une *ydéné*... si peu de chose.

Pour les filles, pas d'apprentissage de l'hébreu au *heder*, pas d'étude de la Torah à la *yechiva*, pas de *bar mitsva* pour marquer la majorité religieuse. Dans les livres saints, pas de prière spécifique pour les femmes, si bien qu'elles ont fini par s'en inventer elles-mêmes au cours des siècles ! Chaque matin, mon père loue le Créateur de ne l'avoir fait naître ni parmi les gentils, ni parmi les esclaves, ni parmi les femmes ! *La Maison de Jacob !* voilà comment nous désignent les lois de la Torah, alors que les hommes sont appelés *Fils d'Israël*...

Je ne veux pas être *la Maison de Jacob*.

Je veux vivre avec Valak, je veux vous oublier, vous ne m'avez rien donné, je ne vous dois rien !

Myriam, Myriam, tu es méchante et injuste.

Tu as grandi dans la joie, dans l'amour, dans la chaleur du foyer. Et ta mère ? Oublierais-tu ta mère, qui te berçait quand tu étais petite, toujours là, force apaisante et douce, source de plaisir et de chaleur ? Bentséré était la Maison de Jacob, heureuse de l'être

1. Pogrom ou pogrome : raid violent, souvent meurtrier, visant la communauté juive.

et d'accomplir ses travaux quotidiens, fière de son sort de femme juive. Telle avait été sa vie à elle, avant que la mort ne l'emporte...

Oui, mais moi je suis Myriam et j'aurai un autre destin.

Elle passa devant la *shoule* — la synagogue —, large construction de bois à trois toits successifs comme une pagode, avec des lettres hébraïques gravées sur la porte de chêne près de laquelle attendaient des mendiants. On entendait des murmures continus, des phrases lancées à toute vitesse. Ici, du matin au soir, les hommes venaient psalmodier leurs prières sur un ton si monocorde qu'on avait peine à imaginer qu'ils s'adressaient directement à Dieu.

Myriam dépassa les dernières maisons, ramena son châle sur ses épaules. Il faisait frais dans l'ombre du soir.

Elle prit le chemin de la colline, à travers les vergers.

Valak l'attendait, elle distingua sa silhouette parmi les arbres. Valak Parocki...

La première fois qu'elle l'avait rencontré, c'était dans l'atmosphère surchargée de vapeurs de la tannerie, où elle était venue prévenir un homme du *shtetl* que l'accouchement de sa femme était imminent. Un grand blond, torse nu, lui avait servi de guide dans cet univers inconnu. Ses manières étaient douces, posées et respectueuses, contrairement à la plupart des autres jeunes gens *goïm*, qui ricanaient et lançaient des plaisanteries dès qu'apparaissait une jeune fille juive.

A partir de ce moment, elle l'avait trouvé partout sur son chemin, aussi bien à la fontaine qu'au marché. Ils avaient tout d'abord échangé quelques phrases cérémonieuses, puis un jour Valak s'était enhardi, lui avait demandé un rendez-vous, et elle s'était entendue l'accepter...

Valak...

Elle courut vers lui, trébuchant sur la terre grasse, heureuse de sentir l'élan de tout son corps. Valak !

Tu es ma joie, tu es ma force.

Bientôt, elle fut contre sa poitrine dure comme une pierre.

Ils restèrent l'un contre l'autre, goûtant le plaisir de redécouvrir leurs corps, leurs odeurs et leurs gestes.

Puis ils marchèrent tête baissée, comme ils le faisaient toujours, se tenant par la main comme des fiancés.

Myriam parla vite, encore un peu essoufflée. Son père avait une attitude bizarre, en ce moment, peut-être se doutait-il de quelque chose. Ce soir, Revké l'avait vue partir, mais elle lui faisait confiance, sa petite sœur ne dirait rien... quant à Schlomo, il devenait insupportable mais le rabbin disait qu'il fallait être patient, que c'était l'âge — en attendant, elle avait bien du mal avec lui !...

Valak l'écoutait en hochant la tête. Il s'intéressait à tout ce qui la concernait. Souvent, il la questionnait sur sa religion et ses pratiques, qui lui paraissaient si étranges. Il cherchait à comprendre, il disait : « Pourquoi ne mangez-vous ni le porc, ni le lapin, ni le cheval, et parmi les autres animaux que vous consommez, pourquoi seulement certaines parties ? Pourquoi la moindre goutte de sang est-elle proscrite ? Pourquoi deux vaisselles distinctes avec des nappes différentes et même une troisième pour Pâques ? Que se passe-t-il si vous vous trompez et les mélangez ? » Tout cela lui apparaissait comme un vrai casse-tête et Myriam s'en amusait beaucoup, riait, en rajoutait, exagérait encore la complexité des rites et les rendait ridicules, si bien que parfois, en le quittant, elle se sentait un peu honteuse d'avoir trahi ses bonheurs passés.

— J'ai pris ma décision, annonça-t-elle : ce soir, je parlerai à mon père.

— Pourquoi ce soir ?

— Parce qu'il faut bien un soir. Nous remettons tout sans cesse, et cela ne peut continuer. Je vais lui dire que je te veux pour époux, que nous allons partir pour Lublin chez ton oncle, et que nous nous marierons là-bas.

Il cueillit un brin d'herbe et le glissa entre ses lèvres. Il avait dû se raser avant de la rejoindre, car elle distingua plusieurs coupures sur ses joues rondes.

Il dit : « Ton père va être très malheureux. »

Pourquoi le lui rappeler ?

Oui, elle le savait. Elle en souffrait d'avance. Mais c'était ainsi...

Ce soir, je dirai tout à mon père, se répéta-t-elle.

Ce soir, les joues encore chaudes des baisers de Valak, j'entrerai dans la petite maison du *rebbe* mon père. J'entendrai les cris et les rires de mon frère et de ma sœur. Mon père sera assis à sa petite table, sous la lampe à pétrole, buvant son thé et grignotant ses petits gâteaux. C'est drôle, j'ai toujours imaginé qu'il boirait du thé et mangerait des petits gâteaux quand je lui parlerais de Valak. Peut-être est-ce parce qu'il le fait toujours quand il reçoit le *chadchen*, le marieur professionnel, pour régler les unions dans la communauté. Je sais que ce vieux fou de marieur, avec son ridicule parapluie et ses phrases fleuries, est venu avec des propositions pour moi. Mon père ne m'en a pas encore parlé, sans doute parce qu'il n'ose pas.

Oui, il va être très malheureux, mon père.

Il vieillit.

Quand j'étais petite, puis adolescente, je le voyais haut et fort comme une tour, sans âge, sans faille, avec l'odeur familière de ses vêtements, sa longue barbe qui me chatouillait, son grand chapeau noir. Il était toute la force du monde et du foyer. Depuis quelque temps, je le découvre petit, jaunâtre, avec un dos qui se voûte et des hésitations, des manies, des tics de vieillard... par exemple, quand il aspire son thé à travers son morceau de sucre et qu'il produit ce bruit agaçant, ponctué de claquements de langue. Il dodeline, il répète les mêmes phrases sentencieuses, encore, encore...

Mais c'est peut-être parce que je vais lui faire du mal, le trahir, que je lui en veux ?

Non, je ne trahis personne. J'aime Valak. C'est ce que je lui dirai, c'est clair et net : j'aime Valak Parocki, je veux partir avec lui, vivre avec lui, l'épouser à Lublin. Voilà.

Comment réagira-t-il, le *rebbe* de Visneck ?

Il ne voudra pas comprendre, il roulera des yeux stupéfaits, et puis il implorera le Créateur et le prendra à témoin. Ce sera alors un dialogue entre Dieu et lui à mon sujet... je serai considérée comme maudite, déshonorée et criminelle... le vent du scandale entrera dans la maison comme une tornade, les enfants se lèveront de leur lit pour voir, pour savoir, et Lianka, la femme de charge, jettera les hauts cris comme à son habitude, tout en s'affairant à retenir son monde... Mon père continuera de se lamenter et de tonner tour à tour, m'interdira de franchir à tout jamais son seuil, honte sur moi, honte sur moi !...

— Ce sera terrible, dit-elle.

La lune répandait maintenant une lueur argentée sur le paysage. Des lumières jaunâtres teintaient les carreaux des maisons.

— Oui, dit Valak. Pour moi aussi, ce sera difficile, avec mes parents. Mais mon oncle à Lublin a beaucoup d'influence sur eux, il est assez riche et ils s'inclineront.

Il s'immobilisa, fixa Myriam.

— Tu as peur, non ?

— Si.

Oui, elle avait peur. Oui, tout cela lui paraissait soudain énorme, écrasant. Elle se sentait bien faible pour porter la tempête, les cris et les larmes. Elle avait soudain envie de tout remettre à plus tard, de poser sa tête sur l'épaule de Valak, de tout oublier...

Mais non, c'était là le plus grand danger : tout accepter, continuer comme avant, comme maintenant...

— Écoute, dit-elle, on ne va pas toujours se voir ainsi, comme si on avait honte ! Il faut que les choses bougent, sans cela on ne mérite pas d'être heureux ensemble ! Ou alors... autant que j'accepte tout de suite le promis que mon père doit avoir en vue...

— Tu as raison. Parle-lui ce soir, ma courageuse petite fiancée.

Il l'attira à lui et posa ses lèvres sur son cou.

Jamais ils n'étaient allés plus loin qu'un baiser. Souvent, ils sentaient monter en eux le même désir, mais sans qu'ils se le soient jamais dit, ils savaient qu'ils devaient attendre — observant ainsi fidèlement la morale judéo-chrétienne de leurs milieux respectifs.

Pendant quelque temps encore, ils marchèrent en discutant, rêvant gravement de leur avenir.

— *Pivo*[1] ! cria Witold en brandissant sa chope.

Son bel uniforme de hussard à parements rouges et à épaulettes dorées était largement déboutonné, ses gestes exagérément amples. Il ricana en observant le cabaretier qui lui tournait le dos, penché vers les tonneaux alignés contre le mur.

— Regarde ce chien, gloussa-t-il, quelle allure il a, avec ses oripeaux !

Il désignait les grandes franges blanches du châle rituel juif qui dépassaient sous le gilet de l'homme.

Gregor rit à son tour. Il admirait Witold, la force joyeuse qui animait ce grand gaillard maigre et bondissant, sa façon de pousser les choses à l'extrême en toute occasion. Witold était vraiment un compagnon hors pair, organisant des beuveries, des descentes dans les lupanars provoquant souvent le scandale...

Mais depuis leur arrivée dans cette région isolée, le beau Witold rongeait son frein.

— Ça me rend malade, de boire sous le regard de cette canaille, dit-il.

Il désignait le portrait du tsar Nicolas II, accroché au-dessus des barriques.

— Tais-toi, souffla Gregor.

1. *Pivo :* bière en polonais.

Il jeta un rapide regard autour de lui, vérifiant si personne ne les avait entendus. Il ne faisait pas bon dire du mal du grand protecteur russe, surtout quand on portait l'uniforme ! De tels propos pouvaient coûter très cher...

Mais les deux charretiers assis à la table voisine, les lanières de leurs fouets passées autour du cou, semblaient trop occupés à discuter pour prêter attention à leurs propos.

— Pauvre Pologne, poursuivit Witold, pauvre Pologne... dépecée, écartelée... une partie pour les Autrichiens en Galicie, une autre pour les Prussiens... et nous ici, à l'est, dans ce prétendu « Royaume de Pologne » avec pour souverain le Tsar de toutes les Russies ! Nous qui ne faisons que des manœuvres, toujours des manœuvres, alors qu'on laisse à nos grands frères russes le soin de maintenir l'ordre...

— Plus bas, plus bas, implora Gregor.

— Un royaume d'esclaves, oui ! Tu as vu, dans la région ? Tous les fonctionnaires importants sont russes, les établissements publics ont tous leurs enseignes en russe... Tu sais qu'on ferme les écoles religieuses ! Les prêtres s'obstinent à enseigner encore le polonais et les prêtres, mon ami, c'est la Pologne et les Russes s'en méfient, de la Pologne...

Il posa la main sur la poignée de son sabre.

— Mais de nous aussi ils devront se méfier. Je n'ai pas l'intention de passer ma vie à servir la Russie, moi !

Gregor se pencha vers lui.

— Parle moins fort, Witold, et écoute-moi. Il faut savoir être patient. Tu as lu les journaux ? Mes parents m'en envoient qui viennent d'Angleterre. Dans l'Empire tsariste, les choses commencent à aller mal : il y a des émeutes, des attentats, des grèves...

Le cabaretier vint déposer deux chopes de grès sur la table.

Witold le fixa insolemment.

— Tu te moques bien des malheurs de la Pologne, toi juif ! Nos prêtres sont poursuivis mais vos rabbins crasseux continuent de prospérer, et vous croissez et multipliez comme des lapins !

L'homme ne répondit pas.

Chaque fois que les hussards venaient dans la région, il subissait humiliations et insultes. Ces jeunes gens étaient mal dans leur peau, alors, ils s'en prenaient aux juifs, c'était dans l'ordre des choses. En homme sage, le cabaretier ne réagissait pas mais en homme prudent, il avait appelé en renfort plusieurs membres de sa famille et on avait fait provision de gourdins.

— Tiens, juif, dit Witold en jetant plusieurs *zlotys* sur la table.

Le cabaretier glissa les pièces entre les plis de la toile de jute roulée autour de sa taille et s'éloigna.

Witold vida la moitié de sa chope, qu'il reposa avec bruit. D'un revers de main, il s'essuya les lèvres.

— Avant notre départ, dit-il, il faudra qu'on fasse un peu danser tous ces pantins.

— D'accord ! Ça leur apprendra à montrer un peu plus de respect...

Déjà, l'idée enflammait Witold.

— Imagine ça, Gregor ! Une chevauchée dans ce village de pouilleux... on les décoiffera à coups de sabre ! On pourrait même leur couper leurs nattes...

Gregor éclata de rire.

— Oui, ce sera très drôle... et les plus crasseux, on les plongera dans l'abreuvoir, près de la place !

— Quant aux filles, on les culbutera dans les écuries. Il paraît qu'une jeune juive, c'est très appétissant et ça se laisse faire facilement... un vrai plaisir, mon cher, la digne récompense d'un hussard en campagne !

Les deux jeunes gens s'envoyèrent des bourrades en riant, excités par leur projet.

— Bon, dit subitement Witold, partons d'ici.

Ils finirent leur bière, remirent leurs casques à crinière et traversèrent la salle sombre en faisant sonner bottes et éperons. Nul ne se retourna à leur passage, nul ne les suivit des yeux, pourtant chacun de leur geste était observé.

Ils sortirent dans la nuit.

Le village était silencieux, aucune lumière n'était visible.

— Tous ces chiens dorment, dit Witold en s'approchant de son cheval. Demain soir, je te promets de faire venir le trompette et de les réveiller en fanfare !

Les jeunes gens montèrent en selle.

— Je n'ai aucune envie d'aller dormir, dit Gregor. Je propose un petit galop au clair de lune.

— Adopté !

Ils lancèrent leurs chevaux dans la rue centrale.

— Un jour, dit Witold, nous entrerons dans nos villes en libérateurs ! Les Russes seront chassés comme des lapins et on nous enverra des fleurs...

— Witold, tu rêves !

— Mais il le faut, mon cher, il le faut...

Ils étaient arrivés à l'extrémité du village et engageaient leurs montures sur le petit chemin qui en faisait le tour quand Gregor se pencha en avant.

— Dieu me damne, si ce n'est pas une femme que j'aperçois ! s'exclama-t-il.

De sa main gantée, il désignait une direction.

— Là-bas !

— En avant ! lança Witold en enfonçant ses éperons dans les flancs de sa monture.

Le cheval hennit et s'élança, suivi de celui de Gregor.

Les deux hommes scrutaient la nuit.

Bientôt, ils virent distinctement la jeune fille qui, après un moment d'hésitation, s'était mise à courir en direction des maisons.

— Nous la tenons ! s'exclama Witold. Regarde comme elle file vite, la petite caille... Mais tu peux toujours courir, ma mignonne, tu ne nous échapperas pas !...

Jamais elle n'aurait dû rester avec Valak aussi longtemps...

Myriam serra les dents, s'obligea à continuer sa course malgré la fatigue qui la gagnait...

Et ces vêtements, qui pesaient si lourd ! Et cette terre qui s'enfonçait sous ses pas...

Courir... parvenir jusqu'aux maisons dont la masse sombre était encore si loin...

La terre vibrait sous le galop des chevaux.

Les deux hommes n'étaient plus qu'à quelques mètres d'elle... ils criaient des choses qu'elle ne comprenait pas, ils riaient...

Cours, Myriam, cours !

Soudain, elle ressentit une violente douleur à la cheville, perdit l'équilibre, sentit le choc brutal de la terre contre son visage, ses dents...

Avant qu'elle ait tenté un mouvement pour se relever, ils étaient là !

Ils descendaient de cheval, s'avançaient vers elle.

Elle ne distingua pas leurs visages, à cause du casque, de la jugulaire ornée de métal.

Elle voulut dire quelque chose, mais aucun mot ne venait à ses lèvres...

Déjà, ils étaient sur elle.

Elle se sentit saisie, retournée, plaquée contre le sol. Ils continuaient de rire !

Leurs mains fourrageaient sous ses jupes... maintenaient ses jambes écartées...

Soudain, un poids s'abattit sur elle.

Quand elle voulut hurler, une main la bâillonna. L'autre soldat était là, à côté, aidant celui qui...

Les casques... une odeur de bière, de cuir... le hennissement d'un cheval...

La douleur. L'horreur.

Ce fut au petit matin que Tombel, le palefrenier, découvrit Myriam, la fille du *rebbe*, assise sous un pommier, la tête entre les mains.

Il s'approcha, hésitant.

— *Chalom*, Myriam, dit-il.

Pas de réponse.

Il insista :

— Que t'arrive-t-il ? Tu as besoin de moi ?

La jeune fille leva les yeux.

Son regard était vide, on aurait pu la croire aveugle. De la terre maculait sa joue.

Tombel sut alors qu'un grand malheur était arrivé.

Il fit demi-tour et courut jusqu'à la demeure du *rebbe*.

Quand celui-ci fit son apparition dans le verger, sa longue redingote de sortie boutonnée de travers, il y avait déjà là quelques gamins rassemblés autour de la fille assise et qui la regardaient. Un peu en retrait se tenait un groupe d'hommes et de femmes. Nul ne parlait, on attendait on ne savait quoi.

Le rabbin se pencha vers Myriam, lui prit la main.

— Viens, ma fille, dit-il, rentrons à la maison.

Myriam se leva docilement et le suivit.

Ils repartirent vers le village, marchant côte à côte. Des enfants voulurent les suivre mais Tombel, le palefrenier, les menaça du poing et ils n'insistèrent pas.

Tout Visneck était là pour voir passer le rabbin et sa fille, car la nouvelle du malheur s'était répandue rapidement. Un silence pesant les accompagna pendant tout le parcours. Myriam marchait en baissant les yeux, mais elle aurait pu tout aussi bien relever la tête qu'elle n'aurait pas rencontré un seul regard.

Quand ils furent enfin entrés dans la maison, le rabbin ferma soigneusement la porte, appela Lianka, la femme de charge, et lui ordonna de préparer un bain pour sa fille.

Myriam se laissa passivement déshabiller, puis pousser dans le grand baquet de bois cerclé de cuivre.

Elle se lava lentement, soigneusement, puis revêtit une longue chemise de toile et rejoignit son père dans la grande pièce. Le samovar était posé sur la table, le *rebbe* buvait un verre de thé.

Elle prit place en face de lui.

— Hier soir, dit-elle en fixant ses mains, j'avais rendez-vous avec un garçon dans les vergers. Je le vois depuis quelques mois, en secret. Il s'appelle Valak, c'est un *goy*, il travaille à la tannerie.

Le rabbin hocha la tête sans marquer de surprise.

Oui, il le savait, que Myriam voyait ce *goy* en cachette — qu'est-ce qui ne se savait pas, ici ? Il avait longtemps hésité. Que faire ? Lui interdire de voir ce garçon ? Il la connaissait, sa Myriam, elle serait passée outre. Alors il s'était adressé au Créateur.

« Écoute, Éternel, puisque tu t'es servi de ma fille pour m'éprouver, montre-moi la Voie afin que je conforme mon action à ta volonté divine, mets dans ma bouche les mots qui convaincront ma Myriam de revenir parmi nous... Écoute, Éternel, aie pitié de moi, secours-moi, change mon affliction en allégresse afin que mon cœur te chante et ne soit pas muet... Éternel, mon Dieu, je te louerai toujours... »

Mais le Créateur ne l'avait pas éclairé et le rabbin avait compris qu'il lui faudrait chercher et prier, encore et encore, pour conformer son action à la volonté divine...

Voyant que son père ne réagissait pas, la jeune fille poursuivit :

— Je revenais, ils se sont lancés à ma poursuite, à cheval... Deux hussards. Je n'ai même pas vu leurs visages. L'un m'a prise, l'autre me tenait. Ils riaient... Une juive...

Elle regarda son père dans les yeux.

— Quand il est parti, celui qui m'a violée m'a dit : « Merci, la juive. »

Elle se mit soudain à pleurer, abattant son visage entre ses bras. Un verre tomba sur le carrelage et se brisa. Elle pleurait comme une enfant, à gros sanglots qui lui faisaient trembler les épaules.

Le rabbin avait envie de pleurer lui aussi, de pleurer sur sa Myriam qui, pour avoir transgressé les *mitsvoth* [1] souffrait dans sa chair et était déshonorée ; sur sa Myriam qu'on montrerait du doigt ou qu'on plaindrait hypocritement. Myriam, sa petite fille...

« Dieu, je tends vers toi ma main droite pour obtenir *hessed*, ta miséricorde, et ma main gauche pour te demander *middath hadine*, ta rigueur. Puisse *hessed* triompher et transformer rigueur en miséricorde... »

Il hocha la tête. Il se sentait bien humble face aux desseins de l'Éternel, le *rebbe* de Visneck...

— Myriam, dit-il, Dieu t'a frappée durement, peut-être trop durement penses-tu. Mais ne te révolte pas contre Lui, fais descendre le silence en toi et attends. Le Seigneur te guidera peut-être...

1. *Mitsvoth* : commandements de la Torah.

Le *shtetl* vécut dans l'attente, une attente non pas angoissée mais fataliste : avant de lever le camp, les soldats n'allaient sûrement pas en rester là. Allez savoir ce qui pouvait germer dans leurs têtes ? Bien qu'on ne crût pas ici, comme les Talmudistes, que les *goïm* fussent des « serviteurs des étoiles » situés à des années-lumière, on considérait ces hussards comme appartenant à une espèce bien différente des chrétiens du village, dont on connaissait à peu près le caractère et les réactions, depuis le temps qu'on vivait côte à côte.

Ces hussards formaient une caste d'autant plus dangereuse qu'elle semblait jouir de l'impunité.

Le soir, on fermait les portes à double tour et l'on obscurcissait les fenêtres. Jeunes filles et femmes sortaient le moins possible ; on envoyait les vieillards et les enfants faire les courses. De la synagogue provenaient des prières moins fortes qu'à l'accoutumée : il fallait s'adresser à Dieu plus bas, pour ne pas provoquer les démons.

Mais non, les jeunes messieurs se contentèrent de parcourir les rues à cheval. Ils buvaient et insultaient le cabaretier, apostrophaient et se moquaient des hommes qu'ils rencontraient. Ils firent même sauter quelques chapeaux du plat de leur sabre.

C'était peu, bien peu. Pourtant, la tension s'accrût. On s'attendait au pire.

Dans la maison du rabbin, c'était le silence, seulement troublé par les prières ponctuant le rythme des jours. Lianka, la femme de charge, habituellement si volubile, ne savait que dire à Myriam, faute de trouver les paroles qui convenaient. Le *rebbe* ne recevait plus que de très rares visiteurs. Quant à Schlomo et Revké, ils avaient cessé leurs jeux bruyants, sentant obscurément qu'il se passait quelque chose de grave.

Myriam, au centre de cette maison du silence, se sentait perdue, comme si elle s'était mise à ne plus exister vraiment. Il lui arrivait de passer de longues minutes les yeux fixés sur une lampe à pétrole, se demandant pourquoi elle continuait de vivre, de manger, de penser. Deux fois, Lianka lui avait glissé un billet de Valak. Deux fois, elle l'avait déchiré et brûlé sans le lire. Il fallait qu'elle l'oublie, pour ne plus être submergée par l'amour qu'elle lui portait et qui lui broyait le cœur. Il était perdu pour elle, mieux valait qu'il refasse sa vie avec une fille pure et chrétienne...

Les obligations quotidiennes étaient accueillies avec soulagement. Il fallait aider Lianka dans la préparation des aliments, surveiller les enfants, les faire se laver et s'habiller... Myriam s'acquittait de toutes ces tâches avec application, mais sans vraiment sortir de sa léthargie. Pas une fois elle n'avait quitté la maison, on ne la voyait même pas s'approcher de la fenêtre pour regarder dehors...

Chaque repas aussi était un refuge, car il marquait une étape dans la progression vers la nuit.

« Sois loué, Éternel, toi qui tire le pain de la terre », disait le rabbin. Et l'on mangeait la soupe, le pain et les légumes. Puis on récitait les grâces. Le père de Myriam se levait en poussant le « Ovaï », le soupir de désespoir rappelant la douleur de l'exil. Tout le monde répondait « Amen » et Myriam savait qu'elle allait retrouver son monde de ténèbres. Enfin, le soir tombait sur le village et elle se couchait dans son alcôve en souhaitant que le sommeil l'emporte vite. Sa petite sœur Revké, qui d'habitude venait souvent se glisser près d'elle, avait brusquement cessé ses tendres visites, sentant obscurément que sa Myriam n'était plus disponible pour remplir son rôle quasi maternel...

Parfois, au cœur de la nuit, la jeune fille se réveillait et écoutait le souffle régulier de Schlomo et de Revké. Elle les enviait, car ils avaient encore la chance d'ignorer ce que serait leur avenir, tandis que sa vie à elle... L'impression que le monde entier était heureux, sauf elle, la faisait pleurer. Il lui arrivait aussi de se réveiller en sursaut, avec sur son corps en sueur tout le poids d'une étreinte, et puis ces rires, cette haleine qui sentait la bière, cette douleur... Au matin, elle ne souhaitait qu'une chose : que la journée passe vite, pour retrouver le refuge du sommeil.

Et puis, il y avait les sabbaths, qu'elle vivait comme un répit, une délivrance momentanée, car ils comportaient une suite de rites et d'obligations qui parvenaient à occuper son esprit et à accélérer le cours du temps.

Le vendredi dans la journée, veille du sabbath, Lianka améliorait l'ordinaire en achetant de la viande, du poisson, des gâteries. Puis c'était le grand remue-ménage de la préparation des mets — même le rabbin tenait à ordonnancer le travail ! Il fallait que tout soit prêt pour le lendemain, car le samedi il était interdit de se livrer à aucune activité. Avec une obstination presque rageuse, Myriam aidait Lianka dans son travail, récurait la maison, lavait les enfants, leur faisait vêtir leurs habits de fête. Elle se chargeait aussi de la viande, qu'il fallait rincer méthodiquement, plusieurs fois, afin d'en extraire la moindre goutte de sang qui la rendrait impure.

Quand se répandait la bonne odeur des plats mijotant doucement sur la cuisinière de fonte, on étendait sur la table une grande nappe blanche amidonnée et l'on posait les chandeliers à sept branches. Myriam et Lianka allumaient les bougies. « Bon sabbath ! », s'exclamait-on en chœur et on chantait le *lekha dodi*, l'hymne du sabbath, dont certaines paroles résonnaient douloureusement aux oreilles de Myriam : « Viens, mon bien-aimé, viens au-devant de ta fiancée. Le sabbath paraît, allons le recevoir. »

On bénissait ensuite les pains nattés puis le rabbin en coupait un morceau, qu'il trempait dans le sel et mangeait. Il en donnait ensuite à chacun une part identique, le *motsi*. Puis c'était l'agape : outre la viande, il y avait parfois du *gefillter fish* — de la carpe farcie au bon goût sucré. Le repas était entrecoupé de cantiques et de conversations édifiantes sur la Torah. Myriam ne disait rien, laissant Schlomo et Revké dans la joie et le recueillement de la fête...

Puis les bougies s'éteignaient, et ne brûlaient plus que les lampes à huile et à pétrole. Après un dernier cantique, les enfants allaient se coucher.

Alors Lianka allait ouvrir au *scheïgetz*[1].

Le jeune garçon, qui était un habitué de ce genre de travail, fermait toutes les lumières et éteignait le feu de la cuisinière — puisqu'il était interdit aux juifs tout travail jusqu'au lendemain soir. Lianka le récompensait d'une part de gâteau. Ainsi quelques garçons *goïm* du village s'offraient-ils chaque semaine des petites gâteries, ce qui ne les empêchait pas pour autant de se moquer ouvertement des juifs.

Tout le monde s'endormait alors. Myriam s'obligeait à plonger dans le sommeil, avec une rage par-

1. *Scheïgetz* : jeune garçon non juif.

fois accompagnée de larmes. Elle songeait qu'autrefois elle avait tant apprécié les lumières, les odeurs et les rires du sabbath...

Le lendemain, dans la matinée, le *scheïgetz* revenait allumer le feu, puis le rabbin et Schlomo allaient prier à la synagogue. Le rabbin se consacrait surtout à ses fidèles et passait une bonne partie de la journée à l'extérieur, sauf pour les deux repas obligatoires du samedi, qui, comme celui du vendredi, étaient plus soignés et plus copieux qu'à l'ordinaire.

A la fin du dernier repas, on plaçait devant le père un verre de vin empli à ras bord en signe d'abondance et une boîte contenant des épices odorantes. A ses côtés se tenait son fils, une bougie tressée allumée à la main. Le rabbin récitait la bénédiction sur le vin, sur les épices et sur les lumières.

La boîte à parfums circulait alors de main en main puis, après une dernière prière, le père de Myriam buvait le vin et en renversait une partie pour éteindre la bougie.

Le sabbath était terminé.

Tout le monde se souhaitait une bonne semaine et allait se coucher.

Myriam sombrait dans un sommeil où elle retrouvait ses démons...

Puis elle sut qu'elle était enceinte.

Elle l'avait pressenti dès le premier jour, car cela lui paraissait une suite logique à son malheur. En même temps, une peur irraisonnée de ce qui croissait dans son ventre, malgré elle, l'envahissait...

Lianka, à qui rien n'échappait, devina très vite l'état de Myriam et en avertit le rabbin.

— La fatalité et le malheur continuent de s'abattre sur notre maison, dit le vieil homme. Mais Dieu l'a voulu ainsi.

Son visage blême reflétait une souffrance intense.

Myriam pleura sur son épaule.

Le rabbin l'enveloppa de ses bras et la serra contre lui.

— Cet enfant que tu portes, Dieu l'aime déjà, il faut l'aimer aussi, murmura-t-il.

Les sanglots de Myriam s'apaisèrent peu à peu, mais longtemps le père et la fille restèrent serrés l'un contre l'autre. Le malheur les rendait plus proches qu'ils ne l'avaient jamais été.

Quelques jours plus tard, Valak fit parvenir au rabbin, par l'entremise de Lianka, un billet dans lequel il lui demandait la permission de lui rendre visite.

Le vieil homme hésita, puis finalement accepta.

Le jour de l'entrevue, Myriam se réfugia dans sa chambre et Valak entra dans la maison, sa casquette à la main, gêné comme tous les *goïm* quand ils pénétraient chez des juifs.

Le rabbin lui offrit le thé.

En regardant ce jeune homme rougissant, un peu apprêté dans ses habits du dimanche, il songea qu'il ressemblait à un prétendant le jour de sa première visite...

— Eh bien, voilà, dit Valak : votre fille a dû vous le dire, c'est avec moi qu'elle avait rendez-vous, avant que ne se produise cette chose affreuse. Je me sens responsable, car j'aurais dû la raccompagner, la protéger. Seulement, nous ne voulions pas être vus ensemble, alors je l'ai laissée partir. Depuis, j'ai beaucoup réfléchi. Je veux réparer.

Le rabbin le regarda, sans comprendre.

— Réparer ?

— L'épouser.

Le vieil homme en resta coi, tant la chose lui paraissait stupéfiante.

Myriam unie à un *goy ?* Myriam violée, enceinte... ce jeune homme avait-il perdu la raison ?

— Oui, je sais, poursuivit Valak après avoir reposé son verre de thé, nous n'appartenons pas à la même religion et Myriam est enceinte. Ne vous étonnez pas que je le sache déjà, ici les nouvelles vont vite. Mais j'ai longtemps parlé avec mes parents et je suis parvenu à les convaincre. J'espère que vous ne serez pas plus intransigeant qu'eux et que vous penserez comme moi, avant tout, au bonheur de votre fille.

Le rabbin hocha la tête, en proie à une extrême perplexité. Les idées se bousculaient dans son esprit pour former une sorte de nuage où il avançait à tâtons...

Myriam... jamais elle ne trouverait un mari, ni au village ni ailleurs, après ce qui lui était arrivé... oui, mais ce jeune homme n'était pas juif et lui, un rabbin, ne pouvait tout de même pas accepter ce mariage impie, à moins que ce garçon ne se convertisse...

— J'ai parlé de tout cela au baron Osmak, le propriétaire de la tannerie où est employée ma famille, poursuivit Valak d'une voix toujours aussi posée. Moi-même, je travaille à la tannerie, d'ailleurs, et je suis assez bien vu du baron. Il estime qu'une union mixte serait une très bonne chose pour le village, car elle rapprocherait les communautés. Il est prêt à nous aider en nous prêtant une petite maison, à Myriam et à moi...

Une maison... pourquoi ce jeune *meshougué*[1] parlait-il à présent d'une maison, alors que tant de problèmes capitaux restaient posés ? Le baron Osmak... certes, tout lui appartenait ici, il faisait la pluie et le beau temps à Visneck, mais... si c'était un homme important, les questions religieuses étaient bien plus importantes, malgré tout !

— Voyons, dit-il, il faut que tu saches, mon gar-

1. *Meshougué :* fou, en yiddish.

çon, que je suis très touché de ta demande. Mais les choses ne sont pas si simples. D'abord, serais-tu prêt à abjurer ta foi pour adopter la religion hébraïque et épouser Myriam selon nos rites ? Il faudrait alors que tu étudies notre religion, que tu sois circoncis, que...

— Non, monsieur le rabbin, dit calmement Valak. Dans cette affaire, la religion n'a guère d'importance. Myriam n'est guère plus croyante que je ne le suis moi-même ; nous en avions déjà longuement parlé ensemble. Ce que je souhaite, moi, c'est vivre avec elle. Je ne deviendrai pas plus juif qu'elle ne se fera chrétienne, et c'est d'ailleurs ainsi que l'entend le baron Osmak.

Le rabbin sentit une profonde douleur étreindre sa poitrine. Comme ce jeune homme lui faisait mal, avec ses phrases qu'il débitait doucement, imperturbablement...

— Voilà, rien ne vous empêche, monsieur le rabbin, poursuivit Valak, de nous donner simplement votre bénédiction. Nous la demanderons également au curé de Visneck. Dieu le Père n'est-Il pas le même pour les juifs et les chrétiens ?

Le rabbin ne savait que répondre. Une double bénédiction... non, jamais il n'avait entendu parler de cela... Il eut une pensée émue pour son épouse Bentséré. Que lui aurait-elle conseillé ? Peut-être la malheureuse était-elle en train de se retourner dans sa tombe... Une double bénédiction ? Sans doute le cas était-il traité par l'un des innombrables exégètes des livres de la foi, mais comment savoir ?

Cependant, il y avait Myriam, le bonheur de Myriam. Ce jeune fou était en train de proposer le bonheur à sa fille. Devait-il, lui, au nom des Écritures, le lui refuser ?

Il soupira, but une gorgée de thé, croqua un gâteau et parla enfin.

— Mon garçon, dit-il, chacun sait que la nuit porte conseil. Ta proposition me surprend beaucoup, je ne la repousse pas, mais j'ai besoin de réfléchir et de prier. Et puis, il faut que j'en parle à ma fille, car c'est elle la première intéressée. Reviens demain à la même heure, je te communiquerai notre réponse.

Ce soir-là, après que les enfants se furent couchés, le rabbin eut une très longue conversation avec sa fille. Ils discutèrent jusqu'à une heure avancée de la nuit.

Le lendemain, le père et la fille reçurent leur visiteur.

Ils s'assirent à la grande table et Lianka servit le thé et les petits gâteaux. Tous trois avaient la mine grave et la femme de charge s'employa à ne pas perdre un mot du petit discours que fit le rabbin.

— Mon ami, dit-il, je voudrais d'abord être sûr que tu ne t'engages pas à la légère, sur un coup de tête. Car tu sais, épouser une juive enceinte d'un enfant qui n'est pas de toi...

Il secoua plusieurs fois la tête.

— ... c'est s'exposer à tant de vexations, les hommes sont si méchants, sans doute le sais-tu. As-tu pensé à tout ce qu'ils pourront dire de toi, de Myriam ? Et plus tard, de cet enfant que tu devras aimer comme ton propre enfant ? Oui, Valak, ta proposition est noble et généreuse, mais pendant des années elle te fera souffrir et fera aussi souffrir Myriam, et aussi l'enfant, né d'un chrétien et d'une juive...

Il poussa un long soupir, les yeux fixés sur son verre de thé.

— Enfin, dit-il dans un souffle, Myriam et moi acceptons ton offre. Que Dieu vous protège, elle, toi et l'enfant. Que Dieu vous protège, car vous en aurez bien besoin.

Il eut un sourire triste.

— C'est pourquoi, finalement, deux bénédictions valent mieux qu'une...

Les craintes des juifs du village ne s'étaient finalement pas réalisées : les hussards repartirent sans se livrer à de nouvelles violences.

On respira, on allait de nouveau s'engourdir dans une douce quiétude quand la stupéfiante nouvelle se répandit : Lianka, la femme de charge du *rebbe*, racontait à qui voulait l'entendre que Myriam, enceinte de son violeur, allait épouser le *goy* Valak Parocki et que cette union, voulue par le baron Osmak, serait bénie à la fois par le rabbin et le curé...

Tout d'abord, on ne la crut pas, puis la nouvelle étant confirmée, le clivage habituel se produisit. Les plus vieux et les plus intransigeants dans la foi parlèrent de sacrilège et demandèrent au *parness*, le chef de la communauté, de destituer le rabbin. Mais la majorité comprit l'attitude du père de Myriam. N'était-ce pas là une façon certes peu ordinaire mais inespérée d'effacer l'outrage qu'avait subi la jeune fille ? Et puis, si le baron Osmak parrainait cette union, pourquoi aller contre sa volonté ? Il ne faisait pas bon s'opposer aux puissants...

Le repas de noces se déroula dans le parc du château. La table avait été dressée sur une pelouse entourée d'arbres centenaires. Un soleil aveuglant faisait miroiter le vin dans les verres. Le baron Osmak, petit homme chauve et volubile, occupait la place d'honneur, face aux deux époux. Une moitié de la longue table était juive, l'autre chrétienne et si, dans chaque groupe, on riait, on buvait ferme, on faisait honneur aux nombreux plats qui se succédaient, aucun contact ne s'établissait entre les deux communautés.

Mais tout changea quand un groupe de Tziganes apparut, avec ses violons qui remuèrent tous les cœurs. Les chants furent alors repris à l'unisson... aux accents des valses, des czardas et des mazurkas, on vit juifs et chrétiens danser ensemble.

Le baron allait et venait parmi les danseurs, leur prodiguant compliments et encouragements. Il considérait ces villageois comme des enfants, de grands enfants à qui il fallait offrir un peu de bon temps afin qu'ils se montrent travailleurs et dociles.

Peu à peu, les danseurs furent moins nombreux, moins agiles ; certains convives dormaient affalés sur la table, d'autres s'étaient plus confortablement étendus dans l'herbe.

Myriam et Valak s'étaient éloignés et marchaient côte à côte dans la forêt. Pour la première fois depuis cette affreuse nuit, la jeune femme se sentait heureuse. Ce passage brusque du malheur au bonheur la grisait, plus encore que le peu de vin qu'elle avait bu. Et puis, Valak lui donnait envie de rire, avec son col dur qui lui serrait le cou, ses cheveux trop brillants soigneusement collés sur son crâne.

— Mon mari, murmura-t-elle, mon mari.

Le mot avait quelque chose de magique. Il lui semblait que désormais plus rien au monde ne pourrait la faire souffrir. En était-il de même pour Valak ? C'était difficile à savoir, il était si digne, si emprunté dans ses habits de noces ! Mais c'était peut-être sa nouvelle responsabilité d'époux et bientôt de chef de famille qui lui donnait ce regard grave. Est-ce que tout cela allait le changer ? Non, sûrement pas. Valak il était, Valak il resterait toujours...

La vie du couple s'organisa peu à peu dans la petite maison prêtée par le baron. Valak travaillait dur à la tannerie et rentrait le soir exténué, sentant le cuir âcre. Quant à Myriam, elle s'activait dans son nouveau logis, pour se montrer la plus parfaite des ménagères. Cependant, elle ne descendait jamais au village, même pour faire ses courses — une voisine s'en chargeait —, car elle avait peur d'entrer dans les boutiques *goïm* et honte de revoir les commerçants et les habitants du *shtetl*. Si Lianka venait parfois lui rendre visite, accompagnée de Schlomo et de Revké, jamais le rabbin n'avait franchi le seuil de sa maison...

La vie s'écoulait lentement, tandis que le ventre de la jeune femme grossissait. Quelque chose avait disparu entre Valak et elle : c'était cet élan qui les poussait l'un vers l'autre lors de leurs rencontres clandestines, c'étaient ces rêves qui les faisaient vibrer quand ils marchaient dans la campagne en imaginant leur avenir. Tout cela s'était éteint... peut-être parce que Myriam devait trop à la générosité de son compagnon, peut-être parce qu'ils n'étaient pas assez forts, tous les deux, pour assumer entièrement cette situation exceptionnelle...

Mais cet heureux temps reviendrait sans doute plus tard, bien plus tard, et il fallait en attendant profiter de ce qu'on avait bâti de solide et de calme...

Je suis trop égoïste, songeait Myriam. Je dois penser avant tout à l'enfant que je porte et à Valak. C'est cela qui compte maintenant.

Je dois être sagement heureuse.

Ce souhait si raisonnable, Myriam ne devait jamais le réaliser.

A partir du septième mois de sa grossesse, elle fut la proie de vertiges, de maux de tête, de spasmes nerveux et de pertes de sang.

— Ce n'est rien, ma colombe, ce n'est rien, la rassurait Lianka. Crois-moi, je m'y connais car j'ai mis au monde pas mal d'enfants de ce village ! Je vais te confectionner une décoction que bien des docteurs des villes m'envieraient, s'ils en connaissaient le secret.

Mais le breuvage n'agit pas et l'état de Myriam empira.

Un soir que sa femme hurlait de douleur, Valak emprunta un cheval et une carriole à un voisin et, après avoir prévenu au passage le rabbin et Lianka, il partit pour Lublin en quête d'un médecin. Après des heures de recherches dans la ville endormie, il parvint à en trouver un qui consentit à se rendre dans un village aussi éloigné.

Quand ils arrivèrent à la petite maison, le rabbin était en prière au chevet de sa fille, dont le visage exprimait une atroce souffrance.

Le médecin, un homme aux manières autoritaires, fit sortir tout le monde, ausculta rapidement la malade puis ordonna à Lianka de faire bouillir une grande quantité d'eau, car l'enfant n'allait pas tarder à naître.

Le rabbin passa la nuit en prière, les cris que poussait sa fille lui perçaient le cœur. Lianka aussi priait. Valak semblait comme hébété.

Au petit matin, quand les vitres des fenêtres se teintèrent de gris, naquit un garçon qui ne pesait guère plus de deux kilos. Au dire du médecin, il avait peu de chances de vivre. Mais Lianka injuria l'homme de l'art, prit le bébé dans ses bras pour le réchauffer et le présenta à sa mère.

— Regarde, Myriam, dit-elle, regarde-le, ton fils. C'est bien ton fils à toi, hein ? Il a tes yeux, il a tout de toi... le bonheur est dans la maison, Myriam. Comment veux-tu qu'on appelle ton fils ?

— Andréi, murmura la fille du rabbin.

A ce moment, le jeune Andréi se mit à hurler en agitant ses petits poings. Son visage aux traits nettement dessinés était écarlate. Lianka le berça.

— Calme-toi, petit... Calme-toi, Andréi — ce n'est pas un nom juif, ça, mais enfin puisque ta mère y tient, va pour Andréi ! On pourra toujours lui faire changer d'avis plus tard...

Myriam avait une forte fièvre et perdait beaucoup de sang. Le médecin lui-même semblait démuni, ne sachant trop que prescrire.

Lianka déposa l'enfant, qui s'était endormi, dans les bras de Valak et partit pour la maison du rabbin où, disait-elle, elle possédait une certaine poudre qui, dans ce cas-là, ferait merveille.

A son retour, Myriam était morte.

Quand on l'enterra, derrière son cercueil marchèrent le rabbin et le curé, et puis des juifs et des chrétiens.

Le rabbin jeta la première poignée de terre et le prêtre une rose qui avait fleuri ce matin-là dans son jardin.

Longtemps, on parla dans le village et dans les environs de ce mariage et de cet enterrement mixtes, qui avaient réuni les deux communautés en bousculant les rites. Pendant longtemps aussi les villageois regardèrent d'un œil curieux et étonné le petit Andréi Parocki né sous le signe d'un si étrange destin.

[illegible]

[illegible]

[illegible]

[illegible] sur ses [illegible]

[illegible]

[illegible] paternels [illegible]

[illegible]

CHAPITRE II

— Faux juif ! Fils de personne ! cria Samuel.

Il envoya son poing en avant.

Andréi reçut le coup sur les lèvres.

Il tomba sur le trottoir et son dos heurta un tonneau de harengs, devant la boutique de Baruk, l'épicier.

Celui-ci sortit aussitôt en invectivant les deux garnements.

Samuel prit la fuite, tandis qu'Andréi se redressait en se frottant les côtes

— Ah, c'est toi, mon garçon, qu'est-ce qui t'arrive encore ? interrogea l'épicier.

Déjà, il empoignait Andréi, le remettait sur ses pieds.

— Ce n'est rien, dit Andréi, on jouait.

Sarah, la fille de l'épicier, apparut à côté de son père.

— Tu appelles ça jouer ? ricana-t-elle. Si tu te voyais ! Approche-toi.

Andréi obéit. Sarah lui faisait un peu peur. Bien qu'ils fussent du même âge, elle était plus grande que lui. Maigre, le visage long encadré de nattes, elle avait la réputation de se battre avec les garçons et de leur rendre coup pour coup.

— Donne-moi ton mouchoir, ordonna-t-elle.

Andréi le lui tendit.

Sarah cracha dessus, puis essuya la lèvre sanglante d'Andréi. Celui-ci faillit crier, tant les gestes de la fille de l'épicier étaient dénués de douceur...

— Et voilà, dit-elle en lui rendant son mouchoir, tu es plus beau comme ça !

— Mon pauvre garçon, dit Baruk, il faut te défendre, Dieu nous a donné à tous des poings pour qu'on s'en serve.

— Oui, dit Andréi. Merci, monsieur. Merci, Sarah.

Il remit machinalement de l'ordre dans ses vêtements. C'était un petit garçon assez maigre, dont les grands yeux gris avaient le plus souvent une expression rêveuse. Pour le moment, on y lisait le désarroi et une certaine mortification. Sa peau très fine et blanche s'était teintée de rose aux pommettes.

— Merci beaucoup, répéta-t-il. Merci... et au revoir.

Il fit un signe de tête à l'épicier et à Sarah et s'éloigna d'une démarche un peu raide en direction de la maison du rabbin.

Se défendre... c'était facile à dire, quand on était un colosse comme Baruk ! Mais lui, Andréi Parocki, ne pesait pas très lourd face aux enfants de Visneck. Le mieux, il l'avait vite compris, était de ne pas résister. Ça se terminait plus vite...

Tout avait commencé au *heder*, où le rabbin l'avait envoyé étudier dès l'âge de trois ans. Dans la petite salle surchauffée, assis sur un banc au milieu de ses camarades qui n'arrêtaient pas de jacasser et de se chamailler, il avait sagement répété les versets de la Bible en hébreu, puis leur tradition en yiddish. Le *mélamède* [1] l'avait montré en exemple, tout en distribuant des coups de canne aux plus dissipés. Très tôt, ses camarades s'étaient moqué de lui, l'avaient bous-

1. *Mélamède :* professeur au heder.

culé, frappé à la sortie. Il n'avait pas songé à répliquer, il ne comprenait pas pourquoi on lui voulait du mal, une sorte de paralysie le gagnait. Puis il avait étudié la Torah à la *yechiva* et là encore, parce qu'il avait soif de tout connaître, parce qu'il était l'élève le plus brillant, les brimades avaient continué...

Il accéléra le pas.

Avoir des amis... c'est ce qu'il désirait le plus au monde, pourtant. Il avait tenté de lier des contacts avec certains de ses condisciples, de leur expliquer qu'il ne cherchait ni à briller ni à se faire bien voir par les professeurs mais à apprendre. Mais à chaque fois, la tentative avait tourné court...

Retrouver son grand-père, voilà qui allait peut-être le consoler.

Il viendrait se blottir contre lui mais ne lui dirait pas que Samuel lui avait donné un coup de poing — le rabbin serait trop triste. A moins que son grand-père n'ait une visite — alors il irait rejoindre Lianka dans la cuisine pour se faire offrir une part de gâteau. A elle non plus il ne dirait rien, pas plus qu'à sa tante Revké, qui depuis qu'elle était fiancée se moquait bien de tout le reste du monde. Quant à Schlomo, ce qui pouvait arriver à Andréi lui était indifférent.

« Faux juif... fils de personne... »

Quand on lui avait lancé ça pour la première fois, il avait aussitôt interrogé Lianka.

La femme de charge avait éclaté de rire.

« — Andréi, comment peux-tu être assez fou pour les écouter, mon agneau ? Ce sont tous des jaloux, mon trésor. Tu es juif par les entrailles de ta mère, c'est la mère qui compte dans notre religion ! Tu es un vrai petit *yid*, circoncis et tout ! Quant à être le fils de personne, tu sais bien que ton père est Valak Parocki. C'est un *goy*, et voilà tout... »

A l'époque, il s'était contenté de cette explication.

Mais peu à peu, il avait pressenti que dans toutes ces méchancetés qu'on lui répétait si souvent devait se trouver une petite part de vérité.

« C'est un *goy* et voilà tout », avait dit Lianka.

Ce père *goy*, qui l'avait confié dès sa naissance à Lianka et au rabbin, il le connaissait très peu.

Il venait bien quelquefois lui rendre visite, accompagné de la femme qu'il avait épousée deux ans après la mort de sa mère. Le couple buvait du thé avec le rabbin, cérémonieusement. Valak prenait son fils sur ses genoux et tentait de le faire rire en plaisantant, mais aucun contact ne s'était vraiment établi. La femme, elle, regardait Andréi sans douceur.

Fils de personne...

Il s'immobilisa.

Devant la porte de la maison stationnait une carriole noire portant des armoiries avec, sur le siège avant, un gros homme à favoris qui trônait l'air important. C'était Diomki, le cocher du baron.

Andréi hésita.

Devait-il entrer ? Que venait faire le baron Osmak chez son grand-père ?

Il se décida à pousser la porte.

Le baron Osmak trônait dans le meilleur fauteuil, fumant une courte pipe en terre dont l'odeur désagréable avait envahi la pièce.

C'était la première fois qu'Andréi voyait de près ce personnage presque légendaire à Visneck.

Le baron était un petit homme sec au crâne dégarni et luisant. Ses luxueuses bottes à revers, son gilet doublé de fourrure barré d'une chaîne de montre en or impressionnèrent fortement le jeune garçon. Mais ce qui le frappa surtout, c'était la façon qu'avait cet homme de se comporter comme s'il était chez lui. Quelque chose dans son attitude, difficile à définir, le suggérait immédiatement — peut-être cette façon de se renverser sur le dossier de son fauteuil en étendant les jambes loin devant lui — ou bien alors était-ce son regard...

Le rabbin était assis de l'autre côté de la table. A son attitude un peu raide, Andréi sentit que son grand-père était contrarié.

— Approche un peu, mon garçon, dit le baron, que je voie à quoi tu ressembles.

Andréi obéit.

— Eh bien, tu n'es ni très grand ni très gras, commenta le visiteur en lui tâtant le bras, mais il paraît que pour ce qui est de la cervelle, tu n'as rien à envier à personne.

L'enfant baissa la tête, autant par timidité que pour ne pas recevoir en plein visage la fumée de la pipe du visiteur.

Celui-ci lui releva le menton.

— Regarde-moi, ordonna-t-il. Ah ! Tu as les yeux gris de ta mère ! Ils étaient magnifiques, je ne les ai jamais oubliés, tu sais.

Il se tourna vers le rabbin.

— Je crois qu'il fera l'affaire.

Le rabbin toussota.

— Il faut vous dire, monsieur le baron, qu'Andréi est timide, risqua-t-il, très timide — peureux, même. On peut craindre...

Le baron se leva.

— Je suis sûr que tout ira bien, mon ami. Il est parfait, votre petit-fils.

Devant la mine hésitante et attristée de son hôte, il poursuivit sur un ton légèrement irrité :

— Rabbin, je ne vous comprends pas ! Vous devriez être très heureux, c'est une chance pour votre petit-fils qui va enfin apprendre autre chose que toutes ces prières en hébreu...

Il ouvrit la porte.

— J'enverrai demain matin mon cocher le prendre à neuf heures. Au revoir, rabbin, au revoir, Andréi.

La porte à peine refermée, Lianka surgit de la cuisine en se lamentant.

— Hoï ! Hoï ! Qu'est-ce qui nous arrive encore ! Qu'est-ce qu'il veut en faire, le baron, de notre Andréi ?

Elle se mit à parcourir la pièce en battant l'air de ses bras.

— ... et cette maudite odeur qu'il a amenée ici et qui va empester toute la journée...

— Grand-père, interrogea Andréi, pourquoi est-ce que je dois aller chez le baron demain ?

Lianka intervint.

— Parce que le baron n'est pas capable d'élever correctement son mauvais sujet de fils, malgré tout son argent, les précepteurs et tout ça ! Alors, il a besoin de nous...

— Sois indulgente, Lianka, la tempéra le rabbin. C'est difficile d'élever de jeunes enfants sans mère. Tu sais bien que la femme du baron est morte peu après la naissance de leur petite fille, Hélène.

— Et Andréi ? Il a bien été élevé sans mère, rétorqua Lianka.

Le rabbin sourit.

— Mais c'est toi qui l'a remplacée, ma chère Lianka.

Andréi tira la manche de son grand-père.

— Qu'est-ce que je vais faire, au château ?

— Tu apprendras le russe et le français avec le jeune baron Stanislas, ainsi que les mathématiques, la géographie et un tas d'autres choses. Le précepteur de Stanislas a pensé que celui-ci avait besoin d'un compagnon et d'un exemple. Alors le baron, ta réputation de bon élève lui étant parvenue aux oreilles, a décidé que tu serais ce compagnon et cet exemple...

Andréi sentit une sorte d'excitation le gagner.

Demain, il entrerait dans un monde nouveau... il pourrait enfin observer comment les choses se passaient au-delà du *shtetl*, et surtout voir de près ces gens mystérieux qui possédaient la puissance...

Du bout de sa langue, il tâta sa lèvre enflée... et puis il serait loin de Samuel et des autres.

Mais devant la mine sombre de son grand-père, il prit soin de cacher le plaisir sous-jacent qui l'envahissait.

— Que pouvais-je faire ? se lamenta le rabbin. On ne dit jamais non au baron Osmak : il a toujours été bienveillant pour la communauté, mais je sais que lorsqu'on lui résiste il peut être sans pitié...

— Le français, apprendre le français, marmonna Lianka en desservant la table, pour quoi faire ? Pour danser à la cour du Tsar ?

Le lendemain, à neuf heures précises, la carriole du baron s'arrêta devant la maison du rabbin.

Diomki, le cocher, eut un petit rire quand il vit apparaître Andréi.

Pour la circonstance, Lianka avait revêtu son cher petit de ses plus beaux atours : culottes de soie noire; chaussettes blanches et chapeau rond de fourrure à larges bords, d'où dépassaient les *payess* [1] qui pendaient sur ses joues.

— Ma parole, s'exclama Diomki, c'est un rabbin en réduction qu'on nous envoie ! Allez, monte.

Il aida Andréi à s'installer sur le siège à ses côtés.

Lianka tendit à l'enfant un petit panier recouvert d'un torchon.

— Surtout, ne mange rien dans des *treif tellers* [2] recommanda-t-elle. Tu as tout ce qu'il te faut là-dedans.

Le rabbin s'approcha à son tour.

— N'oublie pas : Dieu est partout et te regarde. A ce soir, mon garçon.

Diomki, d'un léger coup de fouet, fit repartir son cheval, tandis qu'Andréi adressait de grands gestes d'adieu à son grand-père et à Lianka.

1. *Payess :* longues boucles portées par les juifs les plus pieux.
2. *Treif tellers :* assiettes non casher.

Pendant tout le parcours, le cocher ne cessa de chantonner en jetant de temps en temps un coup d'œil goguenard à son passager.

— Vous êtes quand même de drôles de gens, vous autres juifs, commenta-t-il. On n'a pas idée de s'habiller comme ça en plein été ! Et puis ces cheveux ! Monsieur Stanislas va croire que je lui amène une fille...

Andréi entendait à peine, l'esprit trop occupé à imaginer ce qui l'attendait au château.

Après avoir traversé les ombres d'une forêt de hêtres, la carriole déboucha en pleine lumière sur une large allée rectiligne. On y avait répandu une couche de sable rouge et le bruit des roues se fit plus doux.

Au bout de cette voie écarlate, Andréi aperçut la masse grise du château, dont les tourelles et les toits compliqués se découpaient sur le ciel. Il eut l'impression qu'il y avait des centaines de fenêtres, tant la bâtisse lui paraissait énorme. C'était la première fois qu'il voyait la demeure du baron Osmak... la tour de Babel, voilà à quoi elle le faisait penser...

La carriole passa sous un porche en pierre et vint se garer dans une grande cour pavée, devant un large perron.

A peine le véhicule s'était-il immobilisé qu'un grand garçon blond surgissait et venait se planter à côté du marchepied. Andréi lui trouva une physionomie sympathique, bien que le fils du baron — car c'était sans doute lui — le dévisageât avec curiosité, sans même se donner la peine de lui dire bonjour.

— Alors, qu'est-ce que vous pensez de votre nouveau camarade, monsieur Stanislas ? interrogea le cocher. Il a fière allure, non ?

Saisissant Andréi de ses bras puissants, il le souleva et le déposa à terre devant le fils du baron.

Les deux garçons s'observèrent en silence.

Andréi estima que Stanislas devait avoir son âge, bien qu'il mesurât une bonne tête de plus que lui. Il était un peu gras, avec des yeux bleus aux reflets de faïence.

Stanislas sourit.

— Ainsi, dit-il, c'est toi que mon père a choisi ? Tu es un peu bizarre ! Qu'est-ce que c'est que ce drôle de chapeau ? Il doit te tenir chaud ! Et ces chaussettes blanches, et ces anglaises !

N'y tenant plus, il éclata de rire, imité par le cocher.

« Ignore les *goïm* ignorants », disait le rabbin.

Andréi serra les lèvres pour les empêcher de trembler. Il fallait tenir bon, ne pas pleurer...

Il sentit la main de Stanislas sur son épaule.

— Ne t'en fais pas, je voulais seulement te taquiner ! Je sais bien que vous vous habillez comme ça, vous autres juifs. Allez, viens !

Il prit la main d'Andréi et l'entraîna à l'intérieur du château.

Et le petit-fils du rabbin en oublia aussitôt sa tristesse.

Comme tout était immense, impressionnant, merveilleux ! Ce grand hall avec son dallage noir et blanc et ces armes qui tapissaient les murs... cet immense salon au parquet luisant encombré de coffres, de tables et de divans... et puis encore une pièce, une autre, des tableaux, des tapisseries, des pendules, une multitude d'objets inconnus... et ces domestiques qui s'inclinaient sur leur passage ! Ici, on aurait pu loger une bonne partie de la population de Visneck...

— Ah, voici notre petit phénomène, dit le baron.

Les deux enfants venaient de pénétrer dans une pièce de dimensions plus réduites, aux murs tendus de tissu. Le baron était assis à une table surchargée de plats, en compagnie d'une petite fille blonde aux grands yeux verts et d'un jeune homme à moustaches.

— Venez vous asseoir, mes enfants, dit-il.

Il fit les présentations. La petite fille blonde se prénommait Hélène, c'était la sœur de Stanislas. La manière ironique dont elle détaillait Andréi le fit rougir. Le jeune homme, M. Varan, était le précepteur, celui qui allait lui apprendre tant de choses nouvelles...

Andréi s'assit et, face à l'amoncellement de gâteaux, de crêpes, de crèmes et de plats de toutes sortes qui recouvraient la table, se souvint soudain avec effroi du panier que lui avait préparé Lianka !

Qu'en avait-il fait ? Il avait dû l'oublier dans la carriole...

— Eh bien, qu'est-ce que tu attends ? Sers-toi, l'invita Stanislas. Prends tout ce qui te plaît.

— Excuse-moi, mais je n'ai pas faim, dit Andréi d'une voix faible.

Stanislas pouffa.

— Eh bien, on peut dire que tu es le contraire de moi ! lança-t-il en s'emparant d'une énorme part de brioche.

« Dieu est partout et te regarde », avait dit le rabbin.

Mais Andréi sentait son estomac le tirailler. Les bonnes odeurs de pâtisserie le faisaient saliver... et puis, devant ces convives qui avaient cessé de parler pour s'adonner joyeusement au plaisir de manger, il souffrait de se montrer déjà différent, peut-être même mal éduqué...

Une servante déposa sur la table une énorme tarte aux fraises ornée de crème fouettée, qu'elle découpa en larges parts.

— Et la tarte aux fraises, tu vas t'en priver aussi ? interrogea Hélène en fixant le nouvel invité avec ironie.

— Allez, mange, mon garçon, renchérit le baron.

Andréi se rendit compte qu'il tendait son assiette et qu'on y déposait une énorme part de tarte...

« Dieu te regarde... »

Tant pis. Je ne peux plus refuser, maintenant. Et puis, je ne vais pas mourir de faim toute la journée !

Il mordit dans la pâtisserie... c'était si bon, la crème... les fraises... Dieu comprendrait.

Les cours ne devant commencer que l'après-midi, les deux jeunes garçons vagabondèrent dans le château. Stanislas s'amusait beaucoup de l'ébahissement de son compagnon. Les armures surtout fascinaient Andréi, ainsi que les énormes poêles de faïence.

Ils visitèrent aussi les caves. Dans l'une d'elles, Stanislas montra fièrement des anneaux scellés dans les murs et les chaînes qui y pendaient.

— Tu vois, ici, on attachait des prisonniers, autrefois.

— Quels prisonniers ?

— Je ne sais pas, moi, ceux qui n'obéissaient pas, les ennemis...

Andréi imagina des corps enchaînés dans l'obscurité. Des hommes avaient souffert là, y étaient morts sans doute... En haut, c'était le luxe et la beauté ; au-dessous, la cruauté et les ténèbres.

— C'est horrible, murmura-t-il.

Stanislas lui envoya une bourrade.

— Mais non, c'est comme ça que les hommes règlent leurs affaires, tu sais. Allez, viens, on remonte.

Andréi fut heureux de retrouver le ciel, les arbres, d'entendre les oiseaux chanter. Longtemps, il devait conserver en mémoire cette vision de la cave du baron Osmak, sans savoir pourquoi elle le troublait à ce point...

Visneck...

Comme Visneck paraissait soudain petit et laid, avec ses maisons de bois, sa grand-rue boueuse...

Assis à côté du cocher, Andréi fit un signe de la main à Baruk, l'épicier, qui le regardait passer avec stupéfaction.

Sa présence dans la carriole du baron allait constituer, sans doute, un des principaux sujets de conversation de la soirée au village ! A cette pensée, Andréi ne put s'empêcher de ressentir une certaine fierté.

Mais tout aussitôt, une inquiétude pointa :

« Qu'est-ce qu'ils pensent de moi, au château ? »

Il se revit dans la bibliothèque, écoutant avec Stanislas la première leçon du précepteur. C'était une leçon de russe. S'il avait eu quelques difficultés avec la prononciation, il avait rapidement assimilé la grammaire et le vocabulaire. Ensuite, on avait parlé de l'histoire de la Pologne, et là... M. Varan avait bien dû se rendre compte de son ignorance presque totale ! Qu'allait-il dire au baron ?

Et Stanislas, est-ce qu'il lui avait plu ?

Il aime rire, et moi, je suis peut-être un peu trop sérieux... pas du tout le genre de camarades qu'il doit avoir l'habitude de fréquenter.

« — Est-ce que tu sais monter à cheval ?... et nager ? et conduire une carriole ?... et monter aux arbres, est-ce que tu aimes ?... » A toutes ces questions, Andréi avait été contraint de répondre non...

Le cocher viendra-t-il demain me chercher comme convenu ? s'interrogea-t-il. Comment savoir, ces gens sont si différents...

— Te voilà arrivé, petit !

Andréi sursauta, puis descendit de la carriole, le paquet de Lianka à la main.

Sur le chemin du retour, il avait subrepticement jeté sur le bord de la route la nourriture qu'il contenait. Mais Diomki l'avait remarqué.

— Tu nourris les oiseaux juifs, maintenant ? avait-il demandé dans un grand rire.

Andréi n'avait pas répondu, rouge de confusion.

La carriole repartit.

En entrant dans la maison, le jeune garçon eut un nouveau choc. Comme c'était petit et sombre ! Une lampe à pétrole était allumée au-dessus de la table où son grand-père était en train de lire la Bible, ses lunettes à monture d'acier sur le nez. La lumière sculptait son visage jaunâtre aux pommettes saillantes. Lianka, assise à côté de lui, cousait.

— Alors, tu as passé une bonne journée, Andréi ? questionna le rabbin.

— Très bonne, grand-père. Tu sais, c'est merveilleux, là-bas, au château : immense, plein de meubles... je vais te raconter...

— Et le fils du baron, est-ce qu'il a été gentil avec toi ?

— Je n'ai jamais rencontré un garçon aussi sympathique ! Toute la matinée, nous avons fait connaissance en visitant le château et le parc... Si tu savais, grand-père, comme c'est beau... Les plafonds sont très haut au-dessus de nos têtes. Sur les poutres du salon, il y a des fleurs qui sont peintes, de toutes les couleurs !...

— Très bien, mon garçon, très bien, murmura le rabbin en hochant la tête. Et le professeur, comment le trouves-tu ?

— Très gentil aussi. Il nous a expliqué que les Polonais avaient fait la guerre contre les Turcs et les avaient battus, il y a quelques siècles... Si tu veux, grand-père, je te raconterai cela...

Lianka s'était emparée du panier et regardait à l'intérieur.

— C'est bien, dit-elle, tu as tout mangé. Est-ce que c'était suffisant ?

Affronter le regard de Lianka...

C'était dur mais Andréi y parvint, en se persuadant qu'il ne disait pas la vérité pour ne pas lui causer de peine...

— Oui, Lianka, dit-il, c'était très bon.

Le soir, il eut du mal à trouver le sommeil, tant les événements de la journée passaient et repassaient dans sa tête. Le château au bout de la grande allée écarlate... les caves sombres et leurs sinistres chaînes... le regard moqueur d'Hélène... les murs couverts de livres de la bibliothèque...

Il finit par s'endormir en rêvant qu'il montait à cheval — Stanislas ne lui avait-il pas promis de lui prêter l'un de ses poneys ? Ils riaient tous deux, ils galopaient... dans la rue principale de Visneck.

Le lendemain matin, la carriole était là.

Et le lendemain encore.

Elle vint tous les jours de la semaine sauf le samedi, jour du sabbath, et le dimanche, jour des chrétiens.

Chaque fois, Lianka préparait à Andréi un panier dont il vidait les victuailles en cours de route.

Ce manège dura une quinzaine de jours.

Puis, un matin où la carriole attendait, Andréi n'y tint plus.

— Lianka, ne te donnes pas tout ce mal. Je mange au château. Je mange de tout, et rien n'est *casher*, là-bas.

Une rougeur subite monta au visage de la femme de charge. Elle se mit à crier qu'elle avait élevé un mécréant, que c'était une honte, qu'il s'était moqué d'elle...

Mais le rabbin lui posa la main sur l'épaule.

— Je t'en prie, dit-il, tout est de ma faute. Jamais je n'aurais dû accepter qu'Andréi aille chez le baron.

Andréi se jeta dans les bras de son grand-père en pleurant.

— Je suis resté juif, je te le jure, balbutia-t-il, mais je ne pouvais pas faire autrement...

Le rabbin lui caressa les cheveux sans répondre.

Diomki, qui s'impatientait, fit claquer son fouet.

Andréi embrassa tendrement son grand-père et monta aux côtés du cocher, les yeux encore humides.

Lianka avait gardé le panier à la main.

— Tout de même, tout de même, murmura-t-elle, toute cette nourriture gâchée... Ça aussi, c'est une offense au Seigneur !

Dans les années qui suivirent, Andréi fut un être double.

Au château, il se comporta en élève passionné, apprécié de M. Varan, se lançant avec avidité à la découverte du monde moderne, des sciences et des littératures étrangères.

Dès son retour à Visneck, il devenait le commentateur brillant de la Torah et de ses exégètes. A treize ans, vint pour lui le grand moment dans la vie d'un jeune garçon juif, celui où il atteint sa majorité religieuse. Il fit sa *bar mitsva*. Désormais responsable de ses actes devant Dieu, et membre de la communauté d'Israël, il pouvait faire partie du *miniane*[1].

A l'office matinal du samedi qui suivit son anniversaire, le petit-fils du rabbin lut pour la première fois un passage de la Torah, puis il y eut une petite fête, où il reçut de nombreux cadeaux, de son grand-père, de Revké, de Schlomo, de Lianka et aussi de nombreux amis venus le féliciter. A la fin du repas, il fit un petit exposé sur une question talmudique qui emplit son grand-père de fierté.

— On fera de lui un rabbin, dit Lianka, ce n'est

1. *Miniane* : minimum de dix hommes exigé pour la prière publique.

pas comme ce vaurien de Schlomo, qui ne veut rien apprendre...

— Peut-être, si tel est le vœu du Seigneur, répondit le grand-père d'Andréi.

Malgré toutes les satisfactions que lui procurait son petit-fils, il ne pouvait s'empêcher d'être anxieux. Il guettait avec appréhension les signes de la transformation que ne manquerait pas de provoquer dans l'esprit d'Andréi tout ce qu'on lui apprenait au château. La tradition hébraïque et le reste du monde dans une même tête, pensait-il, cela finirait par la faire pencher d'un côté ou d'un autre...

Andréi était loin de se douter des problèmes qu'il posait à son grand-père. Il n'imaginait pas que cette façon de vivre dût se terminer un jour — tout au moins, il ne voulait pas y penser.

Stanislas et lui étaient devenus de vrais amis, des confidents, presque des frères. Leurs caractères opposés s'accordaient parfaitement. Stanislas était aussi téméraire et impulsif qu'Andréi était réfléchi et posé.

Cette amitié portait ses fruits : le fils du baron faisait des progrès notables dans ses études et le petit juif craintif avait appris à monter à cheval et même à nager. Ses épaules s'étaient élargies, sa démarche traduisait une assurance toute nouvelle. Au village, les garçons qui s'étaient risqués à l'attaquer avaient vite compris : le « fils de personne » était maintenant parfaitement capable de leur tenir tête et ils avaient cessé de l'importuner. Sarah, seule, continuait de se moquer de lui. Quand ils se croisaient dans la rue de Visneck, elle esquissait des révérences. « Bonjour, Monsieur du château », lançait-elle, ce qui faisait pouffer de rire les filles qui l'accompagnaient...

Pour les seize ans de Stanislas, le baron organisa une grande fête au château, où furent conviés tous les jeunes nobles des environs. Andréi, malgré l'invitation de son camarade, n'avait pas voulu venir au repas : il ne tenait pas à être un objet de curiosité ou de moquerie, avec ses *payess* et ses vêtements juifs traditionnels.

Le lendemain, Stanislas entraîna son camarade dans la forêt, jusqu'à la hutte qu'ils avaient construite. Le fils du baron semblait plus grave qu'à l'accoutumée.

— Andréi, il faut que je te parle de mes projets, dit-il en pénétrant dans la hutte. Asseyons-nous et écoute-moi bien.

— Que se passe-t-il ? Tu veux demander à ton père de t'acheter un nouveau cheval ?

— Non, ne plaisante pas, c'est très important.

Après un silence, le fils du baron reprit :

— Tu sais sans doute que mon père a décidé que je lui succéderais ici, pour m'occuper du domaine et de la tannerie. Et moi, ça ne me plaît pas du tout, figure-toi ! Je ne veux pas passer ma vie dans ce coin perdu, je veux vivre des aventures, courir le monde, comme dans nos livres...

— Tu ne vas pas t'enfuir du château, tout de même ?

Stanislas rit.

— Mais non ! J'ai un autre projet, beaucoup plus simple... l'armée ! L'armée, mon ami ! A Minsk, il y a une école militaire, où l'on peut entrer comme cadet à partir de seize ans...

— Mais Minsk est en Russie ! Nous sommes Polonais...

Stanislas eut une grimace d'agacement.

— Ne sois pas stupide ! Tu sais bien que dans le Royaume, nous sommes tous en réalité sujets du Tsar. Et puis, ce qui m'intéresse, c'est de devenir officier et là-bas, on en forme d'excellents.

Andréi réfléchit.

— Eh bien, après tout, admit-il, c'est sans doute une bonne idée. Je crois que ça te conviendrait bien. Seulement, le problème, c'est qu'il faut convaincre ton père.

Stanislas sortit un canif de sa poche, l'ouvrit et le planta dans un tronc d'arbre.

— Mon père, dit-il, c'est toi qui va le convaincre. Ce qu'il craindra surtout, c'est que je mène une vie dissolue et que je travaille mal, là-bas. Alors, tu lui annonceras que tu viens aussi — ça t'est possible puisque tu as le même âge que moi. Pour lui, ce sera une sacrée garantie !

Andréi fixa son ami avec stupéfaction.

— Mais c'est une idée folle ! D'abord, on n'accepte pas les juifs dans une école militaire... et puis je n'ai pas envie de devenir soldat !

Stanislas ôta son canif du tronc d'arbre. Il avait cette mine un peu renfrognée que son compagnon lui connaissait bien, quand il avait une idée en tête et qu'on s'y opposait...

— D'abord, dit-il, tu t'appelles Andréi Parocki, c'est un nom chrétien, ça ! Et puis le directeur de l'école est un ami de mon père, alors les choses s'arrangeront très bien. Tu *dois* venir avec moi, si vraiment tu es mon ami.

Un éclair de colère passa dans son regard.

— Et puis, qu'est-ce que tu veux, à la fin ? Rester dans ton village de pouilleux jusqu'à la fin de tes jours ?

— Mais mon grand-père ne voudra jamais que je devienne soldat !

Stanislas haussa les épaules.

— Ne t'en fais pas pour ça ! Ton grand-père, il fera comme tous les gens de Visneck, il obéira à mon père... ou alors il finira dans la cave, avec des chaînes !

— Tu as l'air bien pensif, ce soir, petit, observa Diomki le cocher sur le chemin du retour.

Andréi ne répondit pas, les yeux fixés sur la route. Je suis faible, songea-t-il. J'ai cédé presque tout de suite. Et maintenant, comment annoncer ça à mon grand-père... lui qui espère que je devienne un jour rabbin ! Il va être triste, il ne va pas comprendre... Mais après tout, c'est de ma vie qu'il s'agit, pas de la sienne ! D'ailleurs, j'aurais fait un très mauvais rabbin... quoique je fasse sans doute un bien mauvais soldat. J'ai peut-être eu tort... Bah, on verra bien. Ce qui est intéressant, c'est l'aventure, c'est de partir !

CHAPITRE III

Avec des gestes rapides, Andréi passait l'étrille sur les flancs de Bianca. Dormant encore à moitié, la jument se laissait faire, la tête plongée dans son râtelier.

Une vapeur légère montait des chevaux alignés dans les stalles jusqu'à l'immense plafond voûté de l'écurie où voletaient des dizaines de moineaux.

Andréi souriait. Il imaginait son grand-père le regardant faire et s'indignant de voir son petit-fils transformé en palefrenier :

« — Comment ? C'est pour faire ça que tu as dédaigné les études rabbiniques ? »

« — Mais grand-père, on n'éduque pas seulement son esprit, le corps aussi mérite d'être entretenu, amélioré même par des activités physiques. Un vrai cavalier doit être à la fois le maître et le serviteur de son cheval, comme ne cesse de nous le rappeler notre professeur d'équitation. »

Le rabbin levait alors les bras au ciel, l'incompréhension peinte sur le visage.

« — Hoï ! Hoï ! Serviteur de son cheval ! Qu'est-ce que les *goïm* ont encore inventé ! »

Andréi fit doucement reculer Bianca pour étriller son poitrail.

S'il pouvait se permettre de sourire à présent, il

n'en avait pas moins connu des moments difficiles, quand il avait annoncé à son grand-père son intention de partir avec Stanislas.

Pour la première fois de sa vie, il avait vu le rabbin en colère, frappant du poing sur la petite table où trônait le samovar.

« — Andréi, mon petit-fils, porter des armes, tuer des gens ? Non jamais ! Ce n'est pas à un juif de faire un tel métier ! »

Le baron était venu à la rescousse.

Il s'était dérangé spécialement pour rendre visite au rabbin et, dans la grande pièce, avait marché de long en large en faisant sonner ses bottes et en tirant de rageuses petites bouffées de sa pipe.

« — Rabbin, vous êtes vraiment égoïste : vous faites passer vos préjugés avant le bonheur de votre petit-fils.

« — Non, Monsieur le Baron. Je connais le caractère d'Andréi : il est doux et déteste la violence. Il ne pourra être que très malheureux là-bas, je le sais. »

Le baron s'était fâché tout rouge.

« — Vous ne savez rien, vous n'avez jamais quitté votre village, où vous vous fermez au monde ! A Minsk, ils feront d'Andréi un homme véritable, courageux et sachant se défendre dans la vie. Et puis, pour lui qui aime tant s'instruire, cela représente une chance inespérée de faire des études supérieures ! »

Comme le rabbin ne s'avouait pas vaincu, le baron était parti en menaçant :

« — Après tout, si vous ne donnez pas votre consentement, j'aurai celui de Valak Parocki et cela suffira bien, vieille tête de mule ! »

Après le départ du baron, le rabbin s'était mis à prier, sans un regard pour Andréi. Dans la pièce voisine, Lianka se lamentait.

Andréi s'était approché de son grand-père et avait posé la main sur son épaule.

« — Si tu veux, je t'obéirai, je n'irai pas à Minsk. Mais je ne deviendrai jamais rabbin. Ce n'est pas ma vocation, ma foi n'est pas assez profonde. »

Pendant quelques secondes, le vieil homme avait cessé de psalmodier et regardait Andréi avec douleur, puis il avait repris sa litanie.

Le lendemain, il donnait son accord.

On avait alors commencé au château les préparatifs pour le départ. Un costume de Stanislas avait été retaillé aux mesures d'Andréi, car il était hors de question que le futur cadet se présente à l'école militaire dans sa tenue de « petit rabbin ». Il avait fallu également couper les cheveux des deux jeunes gens et dans l'officine, les *payess* noires d'Andréi s'étaient mêlées sur le carrelage aux boucles blondes de Stanislas.

Devant le nouveau visage que lui renvoyait la glace, Andréi avait éprouvé des sentiments contradictoires. Maintenant, il ressemblait aux gens du château, on aurait pu le prendre pour un des leurs, ce qui le rendait assez fier... mais en même temps, il se sentait coupable d'avoir commis ce sacrilège.

« — Enfin, tu ressembles à quelqu'un de civilisé ! avait lancé Hélène en tournant autour de lui.

Le soir, lorsqu'il était rentré à Visneck, le rabbin l'avait regardé tristement mais n'avait fait aucun commentaire. Lianka avait poussé de grands cris, mais le vieillard l'avait fait taire...

— Tout doux, Bianca, tout doux.

Andréi flatta la croupe de la jument avant de la contourner.

La veille de son départ, Valak était venu le voir.

« — Sortons, allons nous promener un peu », avait-il proposé.

Ils avaient quitté le village et marché dans la campagne.

« — Andréi, il faut que j'aie un entretien avec toi », avait dit Valak sur un ton qui contrastait avec sa réserve habituelle.

Il avait parlé de ses rencontres secrètes avec Myriam, du passage des hussards dans le village et du viol de la jeune femme, enfin de leur mariage et de sa décision de considérer Andréi comme son propre enfant.

« Fils de personne... », ainsi c'était donc vrai.

Andréi n'avait ressenti aucune peine à l'idée que Valak, cet homme si lointain, si indifférent, dont il n'était jamais parvenu à comprendre le comportement, ne fût pas son père. Mais la pensée que Myriam, sa mère, dont le portrait ornait le mur au-dessus de l'alcôve, ait eu à subir ces violences, ce déshonneur, l'avait profondément troublé et rendu malheureux.

Ainsi, son père — son vrai père — était un soldat. Le destin lui jouait là un étrange tour !

Il s'était alors juré de respecter et de défendre toutes les femmes qu'il rencontrerait...

Ce qu'il faut maintenant, songea-t-il, c'est m'intégrer à ce monde dans lequel je vis.

Dans la grande forteresse grise qui dominait la ville, tout était réglé avec minutie, et selon une discipline de fer.

Lever à six heures... toilette... puis rassemblement dans la grande cour d'honneur pour l'envoi des couleurs. Le drapeau impérial du Tsar, l'aigle à deux têtes, était hissé en haut du mât. Ensuite, petit déjeuner — thé et pain noir — puis manège et maniement d'armes. Au manège, la première année, on faisait monter les élèves sans étriers et Andréi avait plusieurs fois chuté dans le sable, provoquant les rires et les lazzis de ses camarades. Il lui fallait alors courir rejoindre son cheval, tandis que le maître de manège s'amusait à faire claquer sa chambrière pour effrayer l'animal, puis se hisser en selle et aller rejoindre sa place. Mais avec le temps, il avait acquis de l'assiette et faisait maintenant partie des meilleurs cavaliers de deuxième année. De même était-il devenu un fin tireur au sabre. Tous ces exercices avaient fortifié son corps et, comme il avait beaucoup grandi depuis son entrée à l'école, personne n'aurait pu reconnaître le chétif gamin de Visneck...

A midi, on déjeunait dans le grand réfectoire dallé aux longues tables de chêne ciré. Bœuf bouilli, pommes de terre et choux constituaient l'ordinaire, avec pour seule boisson de l'eau pure...

L'après-midi était consacrée aux cours. Après le repas du soir, on passait en salle d'étude puis on regagnait la chambrée. A dix heures, le clairon sonnait l'extinction des feux.

Les cours étaient donnés en russe — c'était d'ailleurs la seule langue tolérée à l'école. Les rares élèves venus de Pologne devaient se plier à cette règle jusque dans les chambrées. S'ils l'enfreignaient, ceux qu'on s'amusait parfois à appeler *niemiets*[1] étaient sévèrement punis et risquaient même le renvoi. Cette russification à outrance se déroulait sous l'œil paterne et un peu fatigué du tsar Nicolas II, dont le portrait en grand uniforme était accroché dans la plupart des locaux.

Les jours de sortie, les cadets qui n'étaient ni de corvée ni de garde avaient l'autorisation de descendre en ville. Ils se déplaçaient par petits groupes dans les larges rues luxueuses bordées de maisons à plusieurs étages, où aux fiacres se mêlaient parfois des automobiles, objet d'une grande curiosité. Attentifs à saluer tout officier qu'ils rencontraient, les

1. *Niemiets :* vieille expression populaire désignant les étrangers, à l'origine les Allemands.

cadets regardaient avec envie à l'intérieur des cafés et des salons de thé où ils n'avaient pas le droit d'entrer ou bien longeaient le fleuve Svislotch pour aller assister au concert donné au kiosque en plein air. Beaucoup espéraient une aventure galante, hélas improbable car les mœurs de la ville étaient très puritaines et les femmes et les jeunes filles ne sortaient jamais sans être chaperonnées. Les plus riches et les plus réalistes se rendaient dans une maison close...

Si Stanislas faisait souvent partie de ces derniers, Andréi préférait marcher à la découverte de la ville.

Ainsi s'était-il retrouvé dans les quartiers pauvres.

Des files d'ouvriers — hommes, femmes et même enfants — attendaient l'embauche, le regard résigné, à la porte des usines gardées par des piquets de *gorodovoï*[1] vigilants.

Un après-midi, sous ses yeux, une vieille femme s'était soudain écroulée, évanouie. La faim, sans doute...

Il l'avait raccompagnée chez elle.

La femme habitait dans une de ces bâtisses lépreuses qui entouraient les usines. Il avait alors découvert de grands dortoirs sales et sombres. La vieille logeait dans une *kamorka* — une minuscule chambre qu'elle partageait avec sa famille et deux autres ménages. Les lits recouverts de guenilles, les vêtements accrochés aux murs, les ustensiles de cuisine empilés dans un coin, le linge qui séchait et cette odeur aigre et douceâtre de l'intimité misérable, tout cela lui avait semblé le comble du malheur.

Mais il avait trouvé pire.

C'était les asiles de nuit où les miséreux venaient dormir sur des planches superposées, les îlots de

1. *Gorodovoï :* sergents de ville.

bicoques branlantes où s'entassaient les familles dans la crasse et le froid. A la vue de son rutilant uniforme, les mendiants se précipitaient pour le solliciter. Parfois aussi, des rires et des moqueries accompagnaient son passage. Cette misère criante d'une partie de la ville le bouleversait au point qu'il se sentait vaguement honteux...

Et puis il y avait les permissions.

Andréi et Stanislas en avaient obtenu une au bout de quelques mois. Pour Andréi, dont les notes étaient excellentes, il n'y avait pas eu de problème. Stanislas, lui, avait bénéficié de l'intervention de son père...

Quand Andréi avait fait son apparition dans le *shtetl*, il avait fait sensation, avec sa tunique de drap gris, ses bottes rutilantes, sa casquette sur sa nuque rasée...

— Mais c'est un cosaque ! s'était écriée Lianka en le serrant dans ses bras. Tu as grandi, forci... quel gaillard !

Puis elle s'était reculée et l'avait observé en penchant la tête.

— Tout de même, ça fait un drôle d'effet de te voir en soldat...

Le rabbin avait paru troublé de voir son petit-fils ainsi transformé, mais n'avait fait aucun commentaire. Andréi avait pourtant senti que quelque chose dans ce qui les liait s'était éteint...

Il était ensuite allé rendre visite à Revké, qui venait de mettre au monde une fille, et à Schlomo, récemment marié dans le village. Andréi était assailli de questions sur sa nouvelle vie. Dans ses réponses, il prenait soin de dissimuler qu'il vivait maintenant exactement comme un chrétien.

En revenant de chez Schlomo, il avait croisé Sarah, la fille de Baruk, l'épicier. Elle s'avançait à grandes enjambées, balançant un peu ses épaules larges. Toujours aussi maigre, mais moins « garçon manqué » qu'autrefois...

— Bonjour, Sarah, avait-il dit.

La jeune fille s'était immobilisée, en l'inspectant de la tête aux pieds.

— Je ne dis pas bonjour aux Russes, avait-elle répliqué.

Puis elle avait craché sur les bottes d'Andréi et était repartie sans se retourner, le laissant tout décontenancé...

L'après-midi, il s'était rendu au château.

Le baron, ravi d'accueillir ses deux « soldats », leur avait offert de la *pertzovka*[1] pour fêter dignement l'événement.

Andréi, qui faisait pour la première fois connaissance avec ce breuvage, s'était à moitié étranglé. Les yeux embués de larmes, il avait vu tout le monde s'esclaffer autour de lui. Hélène riait aussi. Comme elle était devenue belle pendant ces quelques mois de séparation... Elle avait relevé ses cheveux en chignon et son cou long et mince avait une ligne exquise.

Il s'était trouvé ridicule et avait rougi.

Andréi finissait de lisser la robe de sa jument quand soudain il eut conscience d'une présence et se retourna.

Plusieurs cadets de sa section s'étaient postés derrière lui et l'observaient en silence.

Parmi eux, Ivan Grigorevitch, un grand gaillard rouquin qui s'était toujours montré malveillant à son égard, le traitant de lèche-bottes et de « polak mal dégrossi ». « Ne t'en fais pas, disait Stanislas, il est simplement jaloux de tes succès scolaires. »

Le Russe jeta un objet dans la paille, aux pieds d'Andréi.

— Parocki, tu peux nous dire ce que c'est que ça ? Alexandre a voulu t'emprunter un livre d'algèbre, et voilà ce qu'il a trouvé...

1. *Pertzovka :* vodka au poivre.

Andréi se baissa.

Il ramassa la petite Bible en hébreu que lui avait offerte Lianka. Elle avait insisté pour qu'il l'emporte à l'école : « — Va, va, elle te protégera et t'empêchera de nous oublier. » Il avait d'abord refusé, conscient du danger qu'elle représentait, puis avait fini par céder pour ne pas lui faire de peine et l'avait glissée dans sa poche. Il l'avait rangée dans son armoire et n'y avait plus pensé...

— Alors, tu es juif ? questionna Ivan.

Andréi ne répondit pas.

Ivan prit les autres à témoin.

— Nous avions un youpin parmi nous et nous ne le savions pas ! Il se cachait comme un voleur... comme tous les juifs, parce que c'est un lâche !

— Je ne suis pas que juif, lança Andréi. Mon père...

Ivan l'interrompit en ricanant.

— C'est ça, tu vas nous raconter des histoires à présent ! Tu te moques de nous ? Moi, je sais que tu es juif, que tu appartiens à cette race maudite. J'en ai eu l'intuition, dès le premier jour où je t'ai vu, avec ta maladresse, ton air faux, cette façon de toujours vouloir te faire bien voir des profs...

Il s'avança vers Andréi.

— Dans notre famille, on a toujours méprisé la racaille juive et on lui a toujours fait sentir. Il te faut une bonne leçon et je vais te corriger, pour nous avoir trompés.

D'un revers de main, il gifla Andréi.

Celui-ci recula et porta la main à sa bouche.

— Bats-toi, défends-toi, dégonflé de juif ! cria le rouquin en marchant sur lui.

— Allez-y ! crièrent les autres avec excitation, allez-y, battez-vous !

Andréi recula et sentit contre son dos le flanc chaud de Bianca. La jument était nerveuse et se cognait contre le bat-flanc.

La peur... la peur contractait le ventre d'Andréi, paralysait ses bras, brouillait ses idées.

Se battre... pourquoi devait-il se battre ? Il était prêt à discuter, expliquer... mais échanger des coups n'avait aucun sens, c'était quelque chose de sauvage, de terrifiant...

Soudain, le poing d'Ivan lui percuta le ventre.

Andréi sentit une onde de douleur le transpercer.

Il se plia en deux...

Le rouquin le redressa d'un coup de genou à la mâchoire.

Andréi sentit qu'il perdait l'équilibre.

Il tomba dans la paille, aux pieds de Bianca, qui recula en hennissant.

— Un... deux... trois... quatre... ! comptèrent les autres avec jubilation.

Andréi avala sa salive et sentit le goût fade du sang. Le plafond de l'écurie semblait danser autour de lui. Il avait l'impression que sa mâchoire enflait démesurément.

— ... cinq... six... sept !...

Andréi parvint à se mettre à quatre pattes.

Il sentait en lui quelque chose de puissant et d'inconnu qui le poussait soudain à se relever. Il fallait faire face, il le fallait...

Il plongea dans les jambes de son adversaire et l'entraîna avec lui dans la paille.

Ce fut un corps à corps confus... Andréi sentait des coups frapper son visage, ébranler ses os... Il martelait frénétiquement le corps de son ennemi de ses poings crispés avec une haine qu'il ne se connaissait pas...

Ivan faiblit soudain.

Andréi réalisa qu'il frappait un adversaire qui ne se défendait plus.

Il se mit à genoux, puis se dressa péniblement sur

ses pieds. Son œil gauche était presque fermé, sa mâchoire parcourue de douleurs lancinantes.

Ivan gisait dans la litière et le regardait, la mine ahurie. Du sang coulait de son nez. Les autres lui prodiguaient des encouragements.

— Vas-y, Ivan, relève-toi ! Tu ne vas pas te laisser battre par un juif ! Debout !...

Deux cadets l'aidèrent à se relever.

Il vacillait. Du sang maculait sa chemise blanche. Quelque chose comme de la peur se lisait dans son regard, mêlée à la haine.

Andréi eut l'impression qu'il suffisait de le pousser pour qu'il s'écroule.

Pourtant, il ne se décidait pas à marcher sur cet adversaire à sa merci, à le frapper pour le mettre hors de combat. Il ne bougeait pas.

Et soudain, il sentit un choc contre sa jambe gauche, perdit l'équilibre et se retrouva à nouveau sur le sol. L'un des cadets venait de lui faire un croc-en-jambe.

Avec un cri de triomphe, Ivan se laissa tomber sur lui et frappa, frappa... Il répétait : juif ! juif !...

Andréi sentit la douleur le submerger.

Tout ce qui l'entourait devint flou et il sombra dans un trou noir.

Les ténèbres... une odeur de désinfectant...

A peine reprit-il conscience qu'il sentit tout son corps meurtri. Une douleur sourde martelait son crâne.

Il porta la main à son visage.

Un pansement lui ceignait le front et son œil droit était complètement fermé.

Il fit un effort pour regarder autour de lui et reconnut les murs blancs de l'infirmerie. Ainsi, on l'avait transporté là, après la bagarre dans l'écurie.

Je ne suis pas que juif...

Voilà tout ce qu'il avait trouvé à répondre aux insultes d'Ivan.

Je ne suis pas que juif...

Il avait balbutié ça comme un coupable.

Comme un lâche.

A l'image de ce qu'Ivan pensait des juifs, de ce que tous pensaient des juifs...

Il se mit soudain à pleurer, les mains crispées aux montants métalliques de son lit. Des larmes amères coulaient sur son visage, tandis que des sanglots secouaient son corps.

Juif... juif... Il l'était pour toujours, comme son grand-père et Lianka, et aussi comme Myriam. C'est en tant que juive qu'elle avait été humiliée et violée, et il était le fruit de cette humiliation, et il continuait de s'humilier lui-même par sa honte.

« Merci, mon Dieu, de m'avoir fait naître juif. » Cette prière que son grand-père lui avait apprise, qu'il avait récitée pendant des années, lui semblait soudain folle, incompréhensible...

Comment pouvait-on remercier Dieu d'avoir été choisi pour subir le mépris, les coups, la haine, l'exclusion ?

Ses larmes cessèrent.

Il se revit dans l'écurie, frappant quand on le frappait.

C'est bien cela qu'il fallait faire ! C'est comme cela qu'il fallait vivre une condition qu'il n'avait pas choisie, mais qui était la sienne et qui le serait pour toujours ! Pour toujours, cela voulait dire qu'il devait la porter en lui, la vivre en lui, qu'elle était tout son être...

Sa pensée fiévreuse lui martelait des mots qu'il savourait comme autant de réponses magiques : ne plus jamais avoir honte... riposter... attaquer même ! Sans pitié, jusqu'au bout, à l'égal des autres dont il était l'égal. Force contre force, oui, ainsi, il existerait vraiment...

Il se revit face à Ivan ensanglanté, qu'il tenait à sa merci. Comme il avait été bête de ne pas avoir exploité son avantage, quelle paralysie imbécile l'avait retenu !

Jamais plus il ne commettrait ce genre de faute.

Jamais plus.

Le lendemain, quand Stanislas vint lui rendre visite, Andréi regarda son ami avec d'autres yeux.

C'est Stanislas qui avait décidé de son sort. C'est lui, le fils du baron, l'enfant capricieux du château, qui avait voulu venir à Minsk et l'avait entraîné à sa suite, l'amenant à mentir, à se faire passer pour chrétien, honteusement...

Il rectifia mentalement. Lui aussi était coupable. Il n'avait guère opposé de résistance, séduit par l'idée de mener une vie nouvelle...

Stanislas marchait de long en large autour du lit, emplissant la petite pièce triste de sa joyeuse vitalité.

Andréi le suivit des yeux.

Au fond, je suis pour lui un compagnon bien commode, moi, le petit Andréi, toujours prêt à recevoir ses confidences et à l'aider dans ses études. Est-ce qu'il s'intéresse à moi, seulement ? Est-ce qu'il me connaît, en tant qu'être humain ? Il ignore tous mes problèmes, ou plutôt il préfère les ignorer...

— Alors comme ça, lança Stanislas, il suffit que je ne sois plus avec toi pour qu'il t'arrive des malheurs ?

Il semblait vouloir traiter cette affaire sous un jour plaisant, désinvolte.

— Remarque, poursuivit-il, tu es vraiment idiot d'avoir gardé cette Bible ! A-t-on idée ?... Figure-toi que je suis arrivé à l'écurie juste après la bagarre, cinq minutes trop tard. Tu étais évanoui dans la paille, sous le ventre de ta jument. A en juger par l'état dans lequel se trouvait Ivan, tu t'étais tout de même bien défendu ! En tout cas, j'étais fou de rage et je voulais aller trouver le lieutenant de semaine... mais les autres m'ont supplié de n'en rien faire. Toute la section risquait de trinquer, de voir ses permissions supprimées, tu sais comment ça se passe dans ces cas-là, les gradés n'y vont pas de main morte...

Il vint se planter devant une vitrine aux montants de cuivre contenant des fioles poussiéreuses.

— Et puis, poursuivit-il, dans ton intérêt aussi, il était préférable que l'affaire ne s'ébruite pas trop. Tu me comprends...

Il revint vers le lit.

— Alors, mon cher, on t'a monté ici, en expliquant au major que tu étais tombé dans l'escalier. Je ne pense pas qu'il l'ait cru un instant, mais tu le connais, il s'en moque — et puis il est de ceux qui ne sont pas opposés aux règlements de comptes entre cadets : ils pensent que ça nous aguerrit. Bien sûr, si on te demande qui t'a mis dans cet état, tu raconteras cette même histoire d'escalier...

Andréi se souleva sur un coude. La rage qu'il avait ressentie la veille l'habitait encore.

— D'accord, dit-il. Mais tu sais, je l'aurai, Ivan. Il représente plus que sa propre personne : il est l'intolérance, l'injustice méprisante et orgueilleuse, l'autocratie qui gouverne ce pays d'une main de fer...

Stanislas éclata de rire.

— Ma parole, mais tu fais de la politique !

— Non, mais tu le sais, les jours de sortie, quand tu vas au bordel, moi je me promène dans la ville. Dans les quartiers pauvres, il y a des gens qui ont faim et froid... certains n'ont même pas de toit pour s'abriter, alors ils dorment à l'asile de nuit. Tu sais ce qu'est un asile de nuit ? C'est un trou infâme où l'on dort sur des planches superposées. Il y a là des chômeurs, des paysans misérables et illettrés chassés de leurs terres... et puis j'ai vu aussi les files d'attente devant les usines, et les enfants qu'on exploite...

Stanislas l'interrompit.

— Eh bien, tu en as vu des choses ! C'est si passionnant que ça ?

— J'ai aussi parlé avec des juifs, poursuivit Andréi sans prendre garde au ton ironique de son ami. Tu sais que maintenant, le Tsar leur impose des zones de résidence très strictes, que de nouvelles professions leur sont interdites ?

Il sentit une douleur lui traverser le crâne et reposa précautionneusement sa tête sur l'oreiller.

— Et les pogroms, continua-t-il, ils se multiplient ! Certains, comme à Balta, à Tchernigov, à Kichinev, sont organisés en sous-main par le gouvernement. Mais parfois il ne se cache pas et envoie la troupe faire ouvertement la besogne, comme à Gomel, par exemple !

Stanislas haussa les épaules, embarrassé.

— Je ne sais pas où tu as pris tout ça...

— C'est vrai, je t'assure — d'ailleurs, c'est logique : quand la misère du peuple grandit, on réveille ou on suscite la haine du juif, il faut bien trouver un bouc émissaire...

— Oui, mais tout cela, c'est en Russie. Chez nous, c'est différent.

Andréi ferma les yeux. Il se sentait très fatigué.

— Différent ? Eh bien tu te trompes. La dernière fois que je suis allé à Visneck, mon grand-père m'en a parlé. Il commence aussi à y avoir des problèmes, là-bas. Des paysans se révoltent à cause de la vie trop dure, des impôts et de la disette. Ils forment des bandes armées qui pillent et tuent pour subsister. Alors on envoie l'armée russe les pourchasser et on commence à propager l'idée que ce sont les juifs qui sont responsables. C'est mauvais pour nous, toujours mauvais pour nous...

Stanislas eut un geste d'agacement.

— Pour nous, pour nous, répéta-t-il, quand cesseras-tu de t'identifier à tous les juifs de la terre ?

Andréi fut secoué d'un rire amer qui réveilla la douleur de son crâne.

— Et ceux qui m'ont envoyé sur ce lit, tu crois qu'ils ne m'ont pas identifié à tous les juifs de la terre ?

Une expression de contrariété passa sur le visage de Stanislas.

— Écoute, Andréi, tu es vraiment assommant, à la fin ! Quand tu venais au château, et même pendant les premières années ici, tu étais un compagnon agréable, toujours de bonne composition, qui ne passait pas son temps à rabâcher toutes les misères de l'univers ! Moi, je te préviens, je ne suis pas prêt à te suivre dans cette voie-là ! J'ai autre chose à faire ici, figure-toi : devenir un officier du Tsar. Toi aussi, tu ne devrais songer qu'à cela et, si tu veux un conseil, fais attention, ne te laisse pas gagner par toutes ces idées révolutionnaires qui se propagent dangereusement depuis quelques années ! Je lis les journaux, figure-toi. Je les connais, ces fameuses idées révolutionnaires professées par les poseurs de bombes, les anarchistes, tous ces gens qui ne veulent que le désordre et la ruine !

Andréi parvint à s'asseoir, en faisant une grimace de douleur. Il fallait qu'il parle, même si les chances de convaincre Stanislas étaient bien minces...

— Tu ne sais peut-être pas ce qui s'est passé le 9 janvier 1905, dit-il. C'était un dimanche. Plus de cent mille ouvriers de Saint-Pétersbourg, avec leurs femmes et leurs enfants, se sont présentés devant le Palais d'Hiver. Certains portaient des icônes, d'autres des portraits du Tsar et de sa famille. A leur tête, il y avait un pope. C'était une foule pacifique et confiante, venue simplement remettre des pétitions à celui qu'ils appelaient leur « père le Tsar ». Eh bien, tu sais comment ça s'est terminé ? La garde a tiré sur la foule, il y a eu des centaines de morts, et je te prie de croire, ce n'étaient ni des poseurs de bombes ni des anarchistes !

Il soupira.

— Bien sûr, ce « Dimanche rouge », comme on l'a appelé, a provoqué d'autres affrontements avec l'armée et la police, des mutineries même, comme celle du cuirassé *Potemkine* et de Kronstadt... Qu'est-ce que tu ferais, toi, si on te donnait l'ordre de charger des ouvriers, des paysans ou même d'autres soldats qui demandent seulement plus de liberté ?

Stanislas haussa les épaules.

— Eh bien, j'obéirais. Je ferais confiance à mes supérieurs. C'est tout ce que tu voulais savoir ? Tu le sais, maintenant.

Andréi retomba sur son oreiller.

Stanislas, le bon Stanislas, toujours prêt à rire et à s'amuser, réagissait en aristocrate. Inutile de chercher à le convaincre... Il est vrai qu'il était aussi victime de l'enseignement qu'on donnait dans cette école : on apprenait avant tout aux cadets à obéir aveuglément aux ordres reçus, comme des automates...

Le fils du baron s'approcha du lit, tapota l'épaule de son ami.

— Bah, ne t'en fais pas, dit-il. C'est tous ces coups que tu as reçus qui te donnent des idées. En tout cas, pour ce qui est d'Ivan, je m'en charge !

— Non ! Non... laisse-moi m'occuper de mes affaires moi-même.

Andréi ferma les yeux.

Stanislas hésita, puis après une moue dubitative, quitta l'infirmerie.

Quelques jours plus tard, le soir, Andréi refit son apparition dans la chambrée.

Il s'était préparé à affronter les sarcasmes, les brimades, les humiliations.

Quand il s'avança sur le dallage ciré, entre les deux rangées de lits, il se tenait un peu raide, les poings crispés. Il s'appliquait à fixer successivement chacun des cadets.

Mais à son grand étonnement, il ne rencontra aucun regard.

Allongés sur leur lit, discutant autour du grand poêle de fonte ou occupés à fourbir leur équipement, aucun d'eux ne semblait remarquer sa présence... pas même Ivan, dont le visage portait encore les traces de ses coups.

Qu'est-ce qu'ils me réservent ? songea-t-il. C'est évidemment une attitude concertée. Peut-être qu'ils m'ont déjà dénoncé au directeur ? Oui... c'est cela, pour eux, je n'existe plus, ils ont décidé de mon sort...

Quand il s'immobilisa à la hauteur de son lit, Stanislas, qui occupait le lit voisin, l'accueillit avec un large sourire.

— Salut, Andréi ! J'espère que tu as retrouvé ta forme, car il faut que je t'annonce une bonne nouvelle : après-demain, notre compagnie part en bivouac de nuit.

Andréi eut du mal à trouver le sommeil.

Des pensées tumultueuses se heurtaient dans sa tête.

Si Stanislas m'a annoncé ce bivouac, c'est qu'il est sûr que j'y participerai... Personne ne m'a donc dénoncé au directeur de l'école : ils ont décidé de garder « leur juif » parmi eux...

Pourquoi ?

Sûrement pas par pitié. Sans doute plutôt parce que je me suis bien battu et qu'ils sont sensibles à ce genre de choses...

Et puis, après tout, je les ai jugés un peu trop hâtivement. Ils sont peut-être capables de réfléchir, de revenir sur leurs préjugés, de reconnaître que je suis leur égal...

Mais alors, pourquoi cette attitude distante ? Je crois la comprendre : leur conscience est en train de les tirailler, ils ont un peu honte... oui, c'est ça, ils ont un peu honte...

Le lendemain, tout au long des exercices et des cours, l'attitude des cadets ne varia pas.

Andréi s'efforça de leur montrer qu'il comprenait leurs sentiments, s'employa à leur parler le plus naturellement du monde, à bien leur montrer que tout était oublié, à plaisanter...

On lui répondit poliment, mais toujours avec cette même réserve glacée.

Que se passait-il ? Il s'interrogea de nouveau. Bah, sans doute avaient-ils encore du mal à l'admettre parmi eux sur un pied d'égalité... les préjugés sont des choses tenaces, qui collent à l'esprit, il faut savoir attendre...

Le soir, alors qu'il rangeait ses livres dans son armoire, il ne trouva pas la Bible de Lianka.

— Stanislas, dit-il, ma Bible, est-ce que tu sais ce qu'elle est devenue ? L'un de vous l'a peut-être ramassée ?

Son compagnon, occupé à cirer ses bottes, assis sur son lit, se laissa soudain aller en arrière, gagné par le fou rire.

— Sa Bible... sa Bible..., répéta-t-il, il demande sa Bible !... Eh bien, c'est moi qui l'ai ramassée, mon vieux, et je l'ai jetée dans le fleuve — elle a failli me coûter assez cher !...

Comme Andréi le fixait, sans comprendre, il se redressa, les yeux toujours rieurs.

— Il faut que tu comprennes une chose, Andréi : si ces messieurs de la section étaient allés te dénoncer au directeur, non seulement tu aurais été vidé avec pertes et fracas, mais moi aussi, peut-être, et mon père aurait eu des ennuis pour avoir dissimulé tes origines. Alors, il a fallu que je parvienne à les convaincre, ces gaillards... Remarque, ils ont été très chic : ils ont accepté de se taire pour ne pas briser ma carrière, mais c'est fou ce que ça m'a coûté en vodka et en cigares !

Andréi sentit un grand froid l'envahir.

Quel imbécile il avait été d'imaginer que ces gens étaient capables d'admettre un juif parmi eux !

Le sort de Stanislas seul avait compté. Lui, il n'avait été épargné que parce que l'intérêt du fils du baron l'exigeait. Une puissante solidarité de classe les liait tous...

Imbécile qui avait mendié son intégration parmi les *goïm*.

Shnorrer[1]...

Après l'extinction des feux, il resta longuement immobile sur son lit, sans s'être dévêtu.

Puis il se leva brusquement, alluma une bougie et vint la planter sur la table au milieu de la chambrée.

— Messieurs, dit-il, il y a quelques jours, dans l'écurie, j'ai subi un affront. Ivan Grigorevitch m'a insulté. Il m'a traité de lâche. Je considère que le combat qui a suivi n'a pas été loyal : l'un d'entre vous est intervenu pour me faire trébucher alors que mon adversaire était en très mauvaise posture. J'ai donc droit à réparation et j'ai décidé de lancer un défi à Ivan.

Tous les cadets s'étaient assis sur leur lit et regardaient Andréi, dont le visage éclairé du dessous par la lueur tremblotante de la bougie paraissait fantomatique.

Stanislas était venu le rejoindre.

Il murmura :

— Mais qu'est-ce qui t'arrive ? Qu'est-ce que tu as encore inventé ?

Andréi ne lui prêta aucune attention et poursuivit d'une voix forte :

— Notre compagnie part demain en bivouac de nuit. J'attendrai Ivan à minuit, au rocher de Krivoï. C'est là que tous nos anciens réglaient leurs problèmes d'honneur.

Un murmure parcourut la chambrée.

Puis Ivan se leva et s'approcha de la table.

Il semblait amusé.

— Tu es vraiment fou, juif, dit-il. Mais n'aie crainte, j'y serai et je compte bien te ridiculiser.

— Je n'ai pas fini, j'ai encore une précision à te donner.

1. *Shnorrer :* mendiant, en yiddish.

Le rouquin fronça les sourcils.

— Oui, poursuivit Andréi. Tout vrai défi demande un vrai enjeu : le vaincu fera ses excuses au vainqueur.

— Ses excuses ?

— Oui. Si je suis battu, je te ferai mes excuses pour être juif. Si tu es battu, tu me feras tes excuses pour être antisémite.

Des rires fusèrent dans la chambrée.

Ivan, décontenancé, ne sachant trop quoi dire, haussa les épaules et regagna son lit.

Mais déjà, on discutait avec animation. Les cadets étaient ravis, voilà une affaire qui allait rompre la monotonie.

« Nous y serons tous... mais il faudra bien organiser les choses, avec des arbitres, afin que tout se passe selon les règles... Il faudra aussi pouvoir sortir du camp sans attirer l'attention... »

Seul Stanislas ne semblait pas gagné par l'excitation générale et faisait semblant de dormir. Quand Andréi voulut lui parler, il lui tourna ostensiblement le dos.

Eh bien, qu'il boude, pensa ce dernier. Il ne me gâtera pas ma joie. Ce soir, je me sens fort comme une armée ! Je vais combattre Ivan d'égal à égal : il n'y aura plus de juif ou de chrétien, demain soir, mais deux hommes face à face.

Tard dans la nuit, on discuta, on prit même des paris et des roubles s'échangèrent...

Le lendemain, dans la grande cour pavée, les cadets se mirent en selle et leur compagnie sortit de la caserne, fanions déployés.

Les cadets trottaient dans les faubourgs, sabre au côté, le buste bien droit, le menton levé. Le pas des chevaux martelait fièrement le sol sous le regard admiratif des passants.

Andréi, ses mains gantées crispées sur les rênes de sa jument Bianca, ne pensait qu'aux événements qui allaient se dérouler la nuit même.

Stanislas, qui chevauchait à ses côtés, se mit soudain à murmurer, sans bouger la tête :

— Tu es vraiment fou ! Pourquoi nous as-tu entraînés dans cette affaire ?

— Parce que toi, tu n'aurais pas lancé ce défi ?

— Sûrement pas ! Écoute, tout s'était arrangé, je m'étais donné assez de mal pour cela... et pour me remercier, voilà ce que tu trouves !

— Tu n'es pas forcé de t'en mêler. Tu n'auras qu'à rester sous ta tente.

Stanislas haussa imperceptiblement les épaules.

— Idiot ! Tu sais bien que je serai avec toi. Il n'empêche que ce défi est une tradition stupide, dangereuse, et d'ailleurs interdite par le règlement. Tu risques gros.

— Ivan aussi. C'est cela qui me plaît, nous serons à égalité. Et puis, c'est pour l'honneur, mon cher, pour l'honneur !

Il y avait dans le ton employé par Andréi quelque chose d'ironique et d'amer qui procura une sensation de gêne à son ami.

En début d'après-midi, la compagnie parvint sur le plateau boisé de Krivoï, qui constituait un excellent polygone d'exercice pour la cavalerie.

On monta les tentes en un temps record, puis les exercices commencèrent : harnachement rapide des chevaux, encerclement d'un petit bois censé abriter des ennemis, tir à la carabine sans quitter sa monture, charges...

Enfin le soir tombant, on pansa les chevaux puis un repas réunit les cadets autour d'un immense feu de bois.

Peu avant minuit, Andréi secoua Stanislas, endormi à côté de lui sous la tente.

— C'est l'heure, murmura-t-il.

Ils sortirent silencieusement et rejoignirent l'enclos où étaient parqués les chevaux de leur section.

Le cadet de garde fit mine de ne pas les voir quand ils ouvrirent la barrière...

Andréi appela doucement Bianca, qui vint à lui aussitôt.

Rapidement, il posa une couverture sur le dos de sa jument, la sella puis la brida. Pendant ce temps, Stanislas se livrait à un travail beaucoup moins orthodoxe : en vrai voleur de chevaux, il enveloppait les sabots de la jument de morceaux d'étoffe tirés de ses poches...

Puis ils sortirent de l'enclos. Andréi tenait Bianca par la bride, Stanislas marchait à ses côtés.

Ils traversèrent le petit bois. La nuit était belle, la lune avait une couleur argentée. Après plus d'un kilomètre de marche, ils débouchèrent sur une longue butte de terre rocailleuse, qui donnait à pic sur un petit lac où se reflétait la lune.

Les cadets de la section étaient déjà là. Ils allumaient des torches de résine qui lançaient de courtes flammèches dans la nuit.

A l'arrivée d'Andréi, ils se placèrent sur deux rangs, face à face, formant un couloir d'une dizaine de mètres orienté vers l'à-pic.

Ivan était là lui aussi, monté sur un cheval noir.

Rapidement, Stanislas défit les chiffons qui entouraient les sabots de Bianca et Andréi monta en selle.

Les deux cavaliers se placèrent côte à côte, face à cette allée lumineuse donnant sur l'extrémité abrupte qui dominait les eaux noires du lac.

Andréi jeta un coup d'œil à Ivan.

Le rouquin, très calme, sûr de lui, flattait l'encolure de sa monture.

Il ne doute pas une seconde de sa victoire, songea Andréi.

L'un des porteurs de torche se détacha de la file et s'approcha d'eux.

— Messieurs, dit-il, je vous rappelle le règlement : dès que j'abaisserai ma torche, vous partirez en même temps. Le galop est la seule allure autorisée, mais pas au botte-à-botte. Le vainqueur sera celui qui sautera de sa monture le plus près du bord. Êtes-vous d'accord ?

Les deux cavaliers acquiescèrent d'un signe de tête.

Je sauterai le dernier, se répéta Andréi, les yeux fixés sur la double rangée de torches. J'irai jusqu'au bout, je serai vainqueur. Il le faut, pour moi, pour tous les juifs bafoués et humiliés... il le faut...

— Allez, messieurs !

La torche s'était abaissée.

Le cheval d'Ivan partit comme une flèche.

Andréi n'avait pas réagi, comme paralysé.

Il vit le rouquin revenir à bride abattue et reprendre sa place à ses côtés.

— Alors, juif, tu as changé d'avis ? lança-t-il avec un grand rire.

Andréi ne répondit pas.

Il s'obligeait au calme. Il avait été pris de vitesse... Il fallait prévoir le geste du porteur de torche, se préparer plus tôt, être plus prompt...

Le cadet qui avait donné le signal du départ s'approcha de nouveau.

— Cette fois, il faut que tu partes, lança-t-il à Andréi, sinon tu seras déclaré battu.

Celui-ci hocha la tête, les lèvres crispées.

Puis il se concentra, les yeux braqués sur la torche.

Elle s'abaissa.

Il planta ses éperons dans les flancs de Bianca.

La jument bondit en hennissant.

Couché sur l'encolure, Andréi ponctuait chaque foulée d'un violent coup d'éperon. Il ne voulait pas avoir l'air d'aller moins vite qu'Ivan, qui poussait son cheval comme un forcené.

Le bord se rapprochait... les torches formaient une double ligne de feu vacillante...

Galoper... attendre... ne pas songer encore à quitter sa selle...

Cinquante mètres... trente mètres...

Il fallait commencer à ralentir, il ne voulait pas tomber dans l'eau !

Il eut conscience d'un mouvement, sur le côté.

Ivan passait sa jambe droite par-dessus l'encolure de son cheval, puis se laissait souplement tomber à terre...

Andréi sentit un frisson de joie le parcourir : l'autre avait sauté le premier...

... il avait gagné !

Cinq mètres...

Tout le corps renversé en arrière, il tira désespérément sur les rênes de Bianca.

La jument se cabra dans un hennissement plaintif.

Bianca exécuta une sorte de danse désespérée, ses sabots piétinant la terre friable du surplomb.

Par miracle, elle réussit à garder son équilibre.

Andréi bascula de sa selle, se sentit projeté dans le vide...

Le vent de la nuit sur son visage... une immensité noire qui s'ouvrait devant lui...

Il tombait... tombait...

Et soudain, il ressentit un choc violent qui lui secoua tout le corps.

L'eau l'engloutissait, le pénétrait de toutes parts, par les oreilles, la bouche, le nez... l'entraînait dans ses profondeurs...

La panique... il ne fallait pas céder à la panique.

Il donna un violent coup de pied en arrière, remonta vers la surface, emplit ses poumons d'air frais.

En quelques brasses, il parvint jusqu'au bord du lac et s'écroula dans la boue, exténué, crachant l'eau qui avait pénétré dans son estomac.

Il entrevit des lueurs de torches, des visages qui se penchaient vers lui...

Stanislas était là, qui le tirait à lui, l'aidait à se mettre debout, puis le serrait violemment dans ses bras pour le féliciter.

— Ce que tu viens d'accomplir va devenir légendaire ! On le racontera tous à nos petits-enfants !...

Stanislas avait eu si peur en voyant son camarade disparaître dans le vide, puis tant de joie à le retrouver vivant, qu'il en oubliait toutes ses réticences passées devant cette course-défi.

— Et Bianca ? balbutia Andréi, est-elle tombée aussi ? Il faut...

Son camarade lui envoya une bourrade affectueuse.

— Ne t'en fais pas, elle est restée en haut, cette brave bête ! Elle doit avoir un peu de sang de chèvre dans les veines, ce n'est pas possible...

Il se tourna vers les autres, qui formaient un groupe silencieux.

— Alors, messieurs, qu'est-ce que vous attendez pour féliciter le cavalier le plus courageux du monde ?

Après une courte hésitation, les cadets s'avancèrent et serrèrent la main d'Andréi en le complimentant sur un ton qui lui parut quelque peu forcé. Ivan n'était pas parmi eux.

— Maintenant, cria Stanislas, nous allons pousser un triple hourrah en l'honneur d'Andréi ! C'est l'usage, il a vaincu loyalement, en risquant sa vie...

Quelques secondes s'écoulèrent, puis on entendit par trois fois :

— Hourrah ! Hourrah ! Hourrah !

Andréi esquissa un signe de bras pour remercier ses camarades de cet hommage. Il cherchait Ivan des yeux... qu'allait faire le rouquin ? Présenterait-il des excuses ?

L'autre apparut brusquement à la lueur vacillante des torches.

Le silence total s'établit.

Le jeune cadet affichait un air désinvolte.

Stanislas se précipita, mit la main d'Ivan dans celle d'Andréi.

— Allez, réconciliez-vous !

Le grand gaillard rouquin eut un sourire.

— Comme promis, juif, je te fais mes excuses d'être antisémite, dit-il.

Tous ses camarades éclatèrent de rire.

Andréi comprit qu'il s'était battu en vain.

CHAPITRE IV

Ce fut d'abord une vague rumeur...

Andréi remontait l'avenue principale, où la neige couvrait la chaussée et les trottoirs d'un tapis cotonneux.

Une rumeur sourde, scandée, insolite...

Il s'immobilisa.

Quelque chose se passait qu'il ne comprenait pas. L'avenue était déserte, calme, beaucoup trop calme pour ce dimanche après-midi. La plupart des magasins et des cafés étaient fermés, et les volets des maisons tirés. Il vit une famille endimanchée s'engouffrer en toute hâte sous un porche, l'effroi sur le visage.

Puis il y eut un martèlement sourd.

Un escadron de policiers montés déboucha d'une rue latérale et prit position sur trois rangs, barrant l'avenue en son milieu. Les hommes avaient des fusils en bandoulière. Le capitaine ventru qui les commandait lançait ses ordres d'une voix de stentor.

La rumeur s'amplifiait.

Des silhouettes apparurent en haut de l'avenue.

Une rangée d'hommes portant de grands drapeaux rouges.

Ils marchaient lentement et agitaient leurs drapeaux en criant des mots que l'on ne percevait pas.

Une foule s'avançait derrière eux, sur toute la largeur de l'avenue.

Au fur et à mesure qu'elle se rapprochait, Andréi crut reconnaître la population des quartiers pauvres, celle des usines, des masures, des asiles. Il y avait des ouvriers en tenue de travail, des jeunes, des vieux, des femmes en fichu portant leurs enfants dans leurs bras... des hommes en guenilles... Jamais il n'avait pensé qu'ils pouvaient être si nombreux, il en débouchait sans cesse...

Il distingua aussi quelques groupes d'étudiants, reconnaissables à leurs tuniques et à leurs casquettes.

La foule scandait : « Pain... travail... amnistie pour les condamnés... »

Il entendit le capitaine crier :

— Premier rang, pied à terre !

Les cavaliers de la première rangée descendirent de leurs montures, s'emparèrent de leurs fusils, qu'ils armèrent. Ils attendaient les ordres, immobiles.

La foule marchait toujours. Une centaine de mètres la séparait des policiers.

Le capitaine poussa son cheval en avant pour se rapprocher des manifestants et, dressé sur ses étriers, cria :

— Je vous donne trois minutes pour vous disperser ! Toute manifestation est interdite dans notre ville !

La foule continua de s'avancer, les drapeaux rouges de s'agiter.

« Pain... travail... amnistie pour les condamnés... »

Andréi sentit son cœur accélérer ses battements.

Ils sont fous... est-ce qu'ils comprennent seulement que les policiers vont tirer ?...

Il eut envie de courir vers les porteurs de drapeaux et de les adjurer de stopper leur marche... mais non, pourquoi l'auraient-ils écouté, lui qui n'était rien, rien qu'un individu face à cette foule... ?

Le capitaine fit faire volte-face à son cheval et rejoignit ses hommes.

Il lança un ordre.

Les policiers du premier rang mirent un genou à terre et braquèrent leurs fusils.

La foule ralentit.

Un jeune homme à la casquette d'étudiant s'en détacha et courut vers les hommes qui lui faisaient face.

— Notre marche est pacifique ! hurla-t-il. Le Tsar nous a promis la liberté et des réformes... et il nous envoie la police et des fusils !

Andréi distinguait le visage maigre de l'étudiant. La foule piétinait, attendait.

— Nous voulons aller jusqu'au palais du gouverneur déposer des pétitions, poursuivit le jeune homme, nous ne voulons pas faire de mal ! Il doit nous entendre...

Il montra ses mains nues aux policiers.

— Frères, allez-vous tirer sur vos frères ?

Une profonde ovation suivit ses paroles, puis un chant partit de la foule.

Ce chant, Andréi le reconnut : quelques jours auparavant, dans les quartiers pauvres, il l'avait entendu jouer à l'accordéon. Le musicien lui avait expliqué qu'il s'agissait d'un vieil hymne révolutionnaire français qu'on appelait « la Marseillaise » et qui servait à présent de chant de ralliement pour les opprimés.

L'étudiant resta quelques secondes immobile, fixant les policiers, puis revint prendre sa place dans le rang.

La foule reprit sa marche.

Une sonnerie aigrelette de clairon retentit.

Andréi sentit un grand froid le gagner.

C'était la dernière sommation avant le feu...

Et soudain, le capitaine leva haut son sabre, puis l'abaissa.

Une salve de coups secs, étouffés par la neige et les chants... la fumée qui s'échappait des fusils...

Des porteurs de drapeaux tombèrent... Andréi vit distinctement l'étudiant tituber, la tête ensanglantée, et s'abattre dans la neige.

— Second rang, pied à terre ! cria le capitaine.

La foule se disloquait... les hommes, les femmes, les enfants couraient en tous sens, refluaient en désordre, se heurtaient les uns aux autres... des drapeaux s'abattaient...

Une seconde salve.

Des corps s'écroulèrent de nouveau... les manifestants ne parvenaient pas à fuir, trébuchaient sur les blessés, tombaient les uns sur les autres.

— Chargez ! hurla le capitaine.

Le troisième rang de cavaliers s'ébranla lentement, sabre au clair.

Au trot, puis au galop.

Faisant tournoyer leurs lames, les hommes s'enfoncèrent dans la foule en faisant de larges moulinets, frappant au hasard hommes, femmes, enfants... poursuivant les fuyards sur les trottoirs...

Andréi se sentit envahi d'une rage impuissante. Il était bouleversé, il avait envie de courir, de crier, de faire quelque chose... mais quoi ?

Il restait immobile, paralysé, conscient de son impuissance...

Soudain, il la vit.

Une jeune femme en noir, vêtue avec élégance, qui courait sous les arcades.

Un cavalier l'avait aperçue et la poursuivait.

Il allait la rejoindre, la sabrer...

Andréi courut dans sa direction.

Vite, il la rejoignit, se dressa devant elle.

Elle lui jeta un regard effrayé... mais déjà il l'entourait de ses bras.

L'homme tira sur ses rênes, hésita, devant ce cadet en tenue militaire.

— Cette dame est avec moi, lança Andréi d'une voix un peu tremblante. Elle n'a rien à voir avec tout ça !

Il lut l'incertitude dans le regard du policier, puis celui-ci haussa les épaules et fit faire demi-tour à son cheval, pour s'éloigner dans la grand-rue à la poursuite d'autres manifestants.

— Merci, dit l'inconnue.

Andréi s'aperçut qu'il la serrait toujours contre lui. Il relâcha son étreinte et la vit vraiment. Elle avait un beau visage aigu, aux pommettes saillantes, de grands yeux marron, le menton un peu pointu. Elle n'avait plus l'air d'avoir peur, il crut même lire dans son regard une lueur d'excitation. Comme sa peau était blanche, blanche et veloutée à la fois ! Et elle était petite, elle lui arrivait à l'épaule.

— Je suis atterré, dit-il. Tous ces morts, alors que cette foule était pacifique ! C'est vraiment...

La jeune femme lui prit soudain le bras et l'entraîna d'un pas rapide dans une petite rue adjacente.

— Mettons les choses au point, dit-elle. Je n'étais pas avec ces canailles... j'allais rendre visite à une amie malade... Quelle affreuse chose !

— Excusez-moi, j'avais pensé...

Il se sentait déçu. Pourtant cette femme l'intriguait, l'attirait. Ainsi, les événements qui venaient de se dérouler ne lui avaient pas fait perdre un pouce de son assurance ! Elle avançait d'une démarche décidée, sa main fermement posée sur le bras d'Andréi.

Un petit groupe de manifestants passa en courant, poursuivi par des policiers.

— Merci de votre protection, soldat, dit l'inconnue. Les rues sont si dangereuses, avec tous ces troubles...

— Je ne suis pas vraiment soldat, seulement cadet à l'école militaire.

— Cadet ? Alors vous serez officier plus tard ?

— Oui. Si je réussis mes études...

Andréi s'interrompit, gêné par le ton qu'avait pris cette conversation. Ils allaient parler de sa carrière, alors que des hommes et des femmes étaient morts sous leurs yeux et mouraient peut-être encore. La rue était maintenant déserte mais on entendait encore quelques coups de feu.

— Eh bien, dit-elle, je vous remercie vraiment.

Elle s'était immobilisée au coin d'une rue plus calme.

— Mais je peux vous accompagner jusqu'à la maison de votre amie, proposa-t-il.

— Non. Inutile ! Elle habite à un pâté de maisons d'ici. Au revoir, soldat !

Il chercha les mots qu'on dit dans ces cas-là, quand on veut revoir une femme...

Puis il se lança :

— Nous pourrions nous retrouver un jour plus calme. Je m'appelle Andréi Parocki. Puis-je connaître votre nom et votre adresse ?

— Pourquoi ?

Elle le toisait.

Il se sentit soudain audacieux.

— Parce que vous êtes belle.

Elle ne rit pas, ne parut pas choquée, mais fronça les sourcils comme si cela méritait réflexion.

— Et vous, soldat, dit-elle, avec vos yeux gris, on ne vous a jamais dit que vous n'étiez pas mal non plus ?

Il balbutia :

— Non, jamais...

De sa main gantée, elle tapota un bouton de l'uniforme d'Andréi.

— Venez ce soir à cinq heures, pour le thé, au 41 de la rue Grivenko. Je m'appelle Sonia Livorevna.

Elle lui tourna le dos et s'éloigna rapidement.

Décontenancé, il resta sur place, à suivre des yeux la petite silhouette noire qui, d'une allure décidée, s'éloigna et disparut à sa vue.

Trois heures plus tard, il faisait les cent pas rue Grivenko.

C'était une petite rue calme, à la lisière des quartiers riches. Un fiacre passait de temps en temps, dérangeant un groupe d'enfants qui jouaient au cerceau.

Quelle étrange créature, songea Andréi.

Me donner ainsi, si facilement, son nom et son adresse, est-ce normal de la part d'une jeune fille ? Je n'imagine pas Hélène agissant ainsi, elle est beaucoup plus réservée... quant aux jeunes filles du *shtetl*, n'en parlons pas, elles vivent dans un autre monde, si fermé — même Sarah la sauvageonne n'aurait pas cette audace... Et puis, ces remarques déconcertantes sur mon physique !

C'est sans doute pour cela que j'ai tellement envie de la revoir, de la connaître mieux, de savoir qui elle est vraiment. Ces yeux marron effrontés !... et cette désinvolture !... Les hommes ne lui font pas peur... Quel âge peut-elle avoir ? Vingt ans, peut-être plus, comment savoir avec quelqu'un d'aussi déroutant ?

J'ai dû paraître gauche, un peu ridicule... mais non, peut-être pas, puisqu'elle m'a invité. Encore ne faudrait-il pas s'emballer, elle ne l'a fait, c'est fort possible, que par pure reconnaissance...

Il s'immobilisa et fixa sans le voir un enfant qui, sur le trottoir, faisait tourner une toupie à coups de fouet.

Dire qu'au début de cet après-midi, des hommes, des femmes, des enfants ont été massacrés sous mes yeux, et que je suis là, l'esprit tout occupé à mon rendez-vous galant. Je suis encore bouleversé par cette violence, et en même temps me voilà tout excité à l'idée de revoir cette femme...

Je devrais me sentir coupable, avoir honte de ma légèreté — et pourtant, ce n'est pas le cas. Peut-être parce qu'après tout cette manifestation et cette femme, ce sont deux aspects de ma vie étrangers l'un à l'autre...

Il consulta sa montre.

Cinq heures moins cinq... c'était le moment !

Il se dirigea vers le numéro 41.

Il paraît qu'il est de bon ton d'arriver légèrement en retard aux rendez-vous, mais je ne m'en sens pas la patience. Tant pis pour les usages mondains !

Le numéro 41 était un immeuble modeste de deux étages dont la façade se fissurait par endroits.

Andréi poussa la porte cochère, pénétra dans un petit couloir où un concierge en pantoufles, assis sur une chaise devant sa loge, lisait son journal.

— Bonjour, dit Andréi.

L'homme leva les yeux et fit entendre un petit grognement.

— Mlle Sonia Livorevna, c'est à quel étage ? questionna Andréi.

— Connais pas.

Déjà, le concierge avait repris la lecture de son journal.

Andréi crut avoir mal entendu.

— Excusez-moi, insista-t-il, mais j'ai rendez-vous avec Mlle Livorevna, elle habite ici... C'est elle-même qui m'a donné son adresse...

L'homme consentit à abandonner de nouveau sa lecture.

— Mon ami, dit-il sur un ton las, ça fait trente ans que je suis concierge. Est-ce que tu crois que je ne connais pas mon métier et que je ne sais pas qui loge ici ?

Andréi crispa les poings.
Une fausse adresse... et sans doute un faux nom...
Ah, elle s'était bien moquée de lui !
Il revit ses yeux marron, son regard...
La garce !

— Mais enfin, dit Stanislas, qu'est-ce que tu as ?
Allongé sur son lit, il suivait des yeux son ami, qui marchait de long en large dans la chambrée.
— Ce que j'ai ? cria Andréi. C'est que cet après-midi, j'ai vu la police tirer sur des hommes désarmés, des femmes, des enfants... c'était une manifestation pacifique et pourtant, ils les ont sabrés... c'est une honte !
Stanislas jeta un rapide coup d'œil sur les autres cadets.
— Plus bas, plus bas, dit-il, modère-toi un peu... On en a entendu parler, en effet, mais ne te mets pas dans cet état-là ! Des manifestations, il y en a des centaines, en ce moment, d'ailleurs organisées, on le sait, par des meneurs anarchistes, ou bolcheviks... Je ne t'ai pas entendu t'indigner aussi fort quand à Kiev, en plein théâtre, le Premier ministre Stolypine a été lâchement assassiné dans sa loge...
Andréi vint s'asseoir sur le lit de son camarade.
— Tant qu'il y aura cette misère et cette injustice, dit-il, il y aura de la violence.
— Elle ne durera pas, rassure-toi : Nicolas II est un tsar généreux. Il va faire des réformes, en faisant voter des lois libérales par la *Douma* [1]. Il a fallu des siècles pour faire la Russie, tout ne peut pas changer d'un seul coup...
— Si, il faut que ça change, vite et radicalement !
Stanislas jeta un nouveau regard autour de lui puis se pencha vers son ami.
— Écoute, Andréi, dit-il à voix basse, tu es libre de

1. *Douma :* Assemblée consultative.

penser ce que tu veux, mais tiens-toi un peu tranquille : en ce moment, les officiers sont très durs, question discipline. Surtout depuis ce qui est arrivé avec l'affaire Markov.

— Quelle affaire Markov ?

— Serge Markov, un cadet de la quatrième compagnie, un vrai fou ! On l'a surpris en train de faire circuler des tracts révolutionnaires dans l'école...

Il hocha la tête avec commisération.

— Tu te rends compte, quelle inconscience ! Le colonel l'a aussitôt mis aux arrêts...

Andréi réfléchit.

— Markov... Markov... ça me dit quelque chose...

Oui, c'était ce garçon, un grand brun au regard hautain que l'on venait admirer quand il tirait au sabre — la plus fine lame de l'école, affirmaient les maîtres d'armes. Il donnait l'impression d'être indifférent à tout et se comportait avec une certaine morgue. On le disait issu d'une très noble famille.

— Et ils parlaient de quoi, ces tracts ? questionna-t-il.

Stanislas eut un geste d'ignorance.

— Ça, mon ami, je n'en sais rien, je n'ai pas été les lire... mais c'est incroyable, quand on connaît le personnage ! En tout cas, toi, tiens-toi tranquille, c'est le meilleur conseil que je puisse te donner !

Après l'extinction des feux, Andréi se glissa hors de la chambrée et descendit dans les sous-sols.

Il marcha quelque temps dans un couloir faiblement éclairé qui suivait les contours de la forteresse et aperçut bientôt un cadet qui, le fusil sur l'épaule, faisait les cent pas devant une épaisse porte de bois.

A la vue d'Andréi, le factionnaire s'immobilisa.

— Qu'est-ce que tu viens faire ici ? interrogea-t-il.

— Parler au prisonnier.

Le garde lui jeta un regard stupéfait.

— Markov ? Mais toute visite lui est interdite, il est aux arrêts !

— J'ai quelque chose de très important à lui dire.

— Impossible !

— Ne fais pas l'idiot, je ne vais pas le faire évader, voyons ! Je dois lui transmettre un message très important de sa famille. A cette heure-ci, il n'y a aucune inspection, tu le sais bien. Tu ne risques rien à me laisser entrer cinq minutes. Entre cadets, on peut se rendre ce genre de petits services, tout de même !

Voyant que l'autre hésitait, Andréi sortit quelques roubles de sa poche et les glissa dans la main du garde. Cette somme, il l'avait empruntée à Stanislas quelques heures auparavant, en principe pour acheter des livres...

— Voilà, dit-il : tu ouvres la porte, tu me laisses un peu parler avec Markov. Ne t'inquiète pas, je ne serai pas long...

L'autre garda quelques secondes le rouleau de roubles dans son poing, puis le fourra dans sa poche.

— Très bien, dit-il, mais fais vite !

Rapidement, il ouvrit la porte de bois à l'aide d'une clé.

Andréi entra et entendit la serrure se refermer derrière lui.

Il se trouvait dans une petite pièce au sol de terre battue, éclairée par une bougie posée sur le rebord d'un soupirail.

Sur un bat-flanc était allongé un garçon long et maigre, parfaitement éveillé, qui le regardait.

— En voilà des manières, de s'introduire ainsi chez les gens sans y avoir été invité, dit-il sans paraître pour autant très surpris. Je n'ai pas l'honneur de te connaître, qu'est-ce que tu veux ?

Andréi s'approcha de lui.

— Je vais t'expliquer. Je m'appelle Andréi Parocki, et cet après-midi, j'ai assisté à une manifestation pacifique, qui a été réprimée dans un bain de sang. J'étais profondément bouleversé, je voulais faire quelque chose, mais je ne savais quoi... Et quand je suis rentré, j'ai appris que tu avais diffusé un tract révolutionnaire, alors... alors je ne sais pas, j'ai voulu te connaître, savoir...

Serge Markov s'assit sur son bat-flanc. Il avait toujours cet air indifférent, un peu hautain, qu'Andréi avait déjà observé.

— Et si tu étais envoyé par le colonel pour me faire parler ? interrogea-t-il.

Il sourit en scrutant le visage d'Andréi.

— Non, je ne crois pas. Ça ne se fait pas, ici... On ne recourt pas à des méthodes de basse police. Alors, qu'est-ce que tu veux savoir ?

— Eh bien, dit Andréi, d'abord, ce tract, qu'est-ce qu'il disait ?

— Il dénonçait le massacre de la Lena. Ça ne te dit rien, je parie ? Ça s'est pourtant passé cette année, le 4 avril 1912, dans le nord-est de la province d'Irkoutsk, en Sibérie. Les ouvriers des mines d'or de la Lena se sont mis en grève pour protester contre leurs conditions de travail. Ils réclamaient aussi des rations alimentaires décentes à la place de la viande pourrie qu'on leur octroyait et leurs femmes étaient venues les soutenir. Alors la police a rétabli l'ordre. Ça s'est soldé par un massacre, on a compté plus de deux cents tués. Voilà ce que je voulais qu'on sache...

— Tu as pris un risque énorme en tentant de diffuser ce tract ici !

L'autre eut un mince sourire.

— Mon ami, tu devrais savoir que la Révolution, si elle veut vaincre, ne doit pas se limiter à un milieu, à une classe, mais répandre ses idées partout, même dans une école de futurs bourreaux du peuple...

Il rit.

— De toutes façons, rassure-toi, je n'ai pas couru un si grand danger ! Ah, si j'avais été un ouvrier ou un *moujik* capturé dans la rue avec ces tracts, j'aurais immédiatement fait connaissance avec les geôles de l'*okhrana*[1] et je me serais retrouvé ensuite quelque part en Sibérie... Mais les Markov descendent d'une branche cadette des Romanov, la propre famille du Tsar ! On ne touche pas... Je vais simplement être discrètement renvoyé dans mes foyers et j'en serai quitte pour un sermon — un sermon pas trop sévère, car chez les Markov il y a toujours eu un original par génération, on en a l'habitude. Mon arrière-grand-père était décabriste[2] et un de mes oncles a épousé une écuyère de cirque et parcourt l'Europe dans une roulotte... Finalement, rendu à la vie civile, je n'en serai que plus libre pour continuer la lutte avec mes amis.

Andréi lui saisit la main.

— Je veux faire partie de tes amis.

Serge Markov le scruta.

— Es-tu sûr de ne pas parler sous le coup de l'émotion ? Tu viens d'assister à une manifestation sanglante qui t'a ému, révolté... il te semble insupportable de ne pas réagir... Mais dans quelques jours, ton indignation se sera peut-être calmée...

— Ce n'est pas d'aujourd'hui que l'injustice qui règne en Russie et en Pologne m'est intolérable. Je suis très lucide, très déterminé. Je veux être des vôtres.

Markov haussa les épaules.

— Après tout, pourquoi pas ? Nous avons besoin de tout le monde.

1. *Okhrana :* police politique.

2. Décabristes : membres d'une organisation secrète de nobles et d'officiers russes aux idées libérales qui tentèrent un soulèvement vers 1825 contre Nicolas Ier. Leur révolte fut durement réprimée.

— Même des juifs ?

Un sourire éclaira le visage maigre de Markov.

— Ah, je me souviens à présent, dit-il, Parocki... on a parlé de ton histoire à mots couverts, dans l'école : c'est toi, le petit juif qui avait lancé un défi à ce grand escogriffe imbécile d'Ivan Grigorevitch, au rocher de Krivoï ? Bel exploit... aussi beau que stupide !

Sa voix redevint plus grave.

— Eh bien, laisse-moi te dire que ta question révèle une ignorance totale des idéaux révolutionnaires. Pour nous il n'y a pas des juifs et des non-juifs, mais des exploiteurs et des exploités. Les juifs exploiteurs, nous les combattons comme les autres, les juifs exploités, nous les défendons et luttons à leurs côtés. Dans un État socialiste, les juifs auront les mêmes droits que les autres citoyens. Il n'y aura jamais de pogroms, de racisme, de discrimination raciale, car ces maux sont sécrétés par le capitalisme pour assurer sa survie...

Il bâilla.

— Mais je ne vais pas te faire un cours, mon ami, tu découvriras bien tout ça par toi-même...

On entendit des coups discrets frappés à la porte.

— Le garde s'impatiente, commenta Serge Markov. Écoute, Parocki, tu vas me laisser dormir, maintenant. Il ne faut plus revenir me voir, tu dois continuer de te conduire en bon petit cadet. Quand le moment sera venu, je te contacterai. A présent, bonsoir et merci de ta visite.

Sans plus se préoccuper de son visiteur, il s'allongea sur son bat-flanc et ferma les yeux.

Andréi sortit.

Quel étrange personnage, ce Markov...

Andréi fixa le plafond de la chambrée.

Je ne suis qu'un ignorant... Il l'a bien compris et m'a traité comme tel.

Tout de même, je m'attendais à plus de chaleur, moi qui venais pour combattre à ses côtés !...

Andréi, Andréi, tu te montres encore une fois trop sensible.

Un révolutionnaire doit être un homme d'action, avant tout, pas un sentimental !

Ce qu'il faut maintenant, c'est attendre avec confiance que Markov te fasse signe...

[illegible] dans [illegible]

[illegible] fait d'ordinaire [illegible]

MARTIN

[illegible] des coups de [illegible] qui s'est [illegible] dans le [illegible] de ses pattes et le tinte[illegible]

[illegible] de l'ouvrier [illegible]

[illegible]

[illegible] plus librement [illegible]

[illegible]

[illegible]

CHAPITRE V

— Allez, filez mes chéris, plus vite !

Diomki, le cocher, engoncé dans son épaisse pelisse de mouton, son bonnet de fourrure rabattu jusqu'aux yeux, lançait des coups de fouet aux chevaux de la troïka. Le traîneau filait sur la neige durcie dans le grincement de ses patins et le tintement des clochettes.

Le ciel grisâtre virait au rouge orangé à l'horizon. Des boqueteaux s'effilochaient sur le paysage blanc ; parfois, un champ en friche dont le vent avait dispersé la neige découvrait ses broussailles grisâtres.

— Et toi, Elodia, ne t'endors pas ! lança Diomki au cheval du milieu, un lourd *mazuren* à robe grise, à la croupe lourde et basse. Il était attelé aux brancards et portait le lourd collier d'attelage, tandis que ses deux compagnons galopaient plus librement à ses côtés.

— Diomki, calme-toi, tu vas crever ces pauvres bêtes. Nous avons le temps, après tout, lança Hélène.

La jeune fille était assise entre son frère et Andréi. Emmitouflés dans d'épaisses pelisses, les trois jeunes gens étaient étroitement serrés à l'arrière du traîneau et recouverts d'un amoncellement de couvertures.

— J'adore ces promenades en traîneau, j'aimerais

qu'elles durent des heures, dit Hélène. Et toi, Andréi ?

Celui-ci acquiesça.

Le vent faisait voleter les mèches blondes qui s'échappaient du bonnet de zibeline d'Hélène.

Comme elle était belle... Une beauté presque parfaite. Le visage ovale, les yeux larges et brillants... Tout semblait l'amuser, lui procurer du plaisir...

Il sentit la jalousie le gagner.

On revenait d'une visite à un châtelain des environs. Andréi avait trouvé ce jeune hobereau détestable, jouant les grands seigneurs, parlant avec mépris des paysans et faisant le beau devant Hélène, qui avait ri de ses plaisanteries et paru apprécier le personnage.

Le traîneau décrivit une large courbe et Andréi sentit le corps de la jeune femme venir se presser contre le sien. Une mèche de ses cheveux frôla sa joue, il respira son parfum...

Jaloux ?

De quel droit l'était-il, lui le petit juif adopté par le baron ? Il n'était rien, n'avait rien à espérer, jamais...

Est-ce que je l'aime ?

Je l'ai connue petite fille, nous avons joué dans le parc du château, dans les greniers, comme frère et sœur. Et puis, brusquement, elle est devenue cette jeune fille, sûre de sa beauté... Pendant quelque temps, elle a continué à me traiter comme un frère, avec toujours la même familiarité, la même simplicité, me houspillant parfois en bonne camarade alors que moi, je me sentais troublé, éprouvant de plus en plus de difficultés à assumer le rôle qui m'était dévolu.

Et puis brusquement, lors de la dernière permission, quelque chose s'est passé, j'ai perçu un changement dans son attitude envers moi... C'était une Hélène plus moqueuse, plus provocante aussi... Elle me considérait soudain comme un homme, un homme dont elle avait sans doute perçu le trouble, un homme qu'il était peut-être amusant de rendre amoureux, simplement par jeu ou pour vérifier son pouvoir de séduction...

— Moi, dit Stanislas, je le trouve très sympathique, notre voisin ! C'est curieux que l'on ne se soit pas vus plus souvent. Il faudra l'inviter...

— C'est vrai, dit Hélène, il est amusant. Qu'en penses-tu, Andréi ?

Elle avait tourné son visage vers lui et le regardait en souriant.

Il balbutia :

— Oui, oui... très amusant...

Elle se moque de moi.

Car je la connais, elle a bien remarqué mon attitude pendant toute la visite : je suis resté comme une souche...

Sonia...

Sonia aussi s'est moqué de moi. Il faut vraiment que je cesse de penser à elle, j'ai été trop ridicule dans cette histoire. Une fausse adresse... un faux nom sans doute... Pourquoi diable faut-il que le souvenir de cette rencontre me poursuive ? J'ai pensé à elle à Minsk, j'ai pensé à elle ici...

Soudain, il entendit un son aigu.

Un hurlement...

Le traîneau s'était immobilisé.

Il comprit que c'était Hélène qui venait de hurler.

A présent, elle posait sa main gantée sur ses yeux.

— Dieu nous garde, murmura Diomki en se signant.

Un grand chêne se dressait devant eux, à la lisière d'un petit bois.

A une branche basse étaient pendus deux hommes, que le vent faisait lentement osciller.

Andréi distingua les franges blanches du châle rituel juif qui dépassaient de sous les gilets.

Il sauta du traîneau, courut...

— Non, je t'en prie ! lança Stanislas.

Mais Andréi était déjà sous le chêne, les yeux rivés sur les cadavres.

Des villageois, assez jeunes. Ils avaient les yeux grands ouverts, le visage violacé, tout leur corps était recouvert d'une couche de givre. Attachée aux pieds de l'un d'eux, une pancarte indiquait : LA MORT POUR CELUI QUI LES ENLÈVERA...

Andréi était pétrifié, engourdi d'horreur. Son cœur cognait dans sa poitrine.

Ces hommes... c'était le *rebbe*, c'était Lianka, c'était lui...

— Andréi ! reviens ! cria Stanislas. Ça ne sert à rien de rester là.

Pourquoi les avait-on pendus, et qui ?

Il imagina les jours et les nuits qui allaient s'écouler, avant que les corbeaux, la vermine... Est-ce que les hommes de leurs familles viendraient dire le *kaddish* [1] ou bien étaient-ils déjà venus ?...

Il resta encore quelques secondes, puis revint vers le traîneau.

Hélène se cachait le visage contre la poitrine de son frère.

Il monta à leurs côtés.

— C'est horrible, les pauvres gens, dit Stanislas.

Andréi ne répondit pas.

Déjà, le traîneau repartait, dans son joyeux bruit de clochettes...

— Je n'aime pas ce ciel, dit Diomki, il porte la tempête. Il faut rentrer vite au château.

Plusieurs fois, Andréi se retourna.

Bientôt, le grand chêne se confondit avec le reste de la forêt.

— En passant à Lidor, je propose que nous pre-

1. *Kaddish* : prière des morts.

nions un peu de thé... et de vodka, dit Stanislas. Ça nous fera du bien...

Diomki protesta.

— Le temps va se gâter, je le sens. Il faut aller vite et...

— Tais-toi ! l'interrompit Stanislas avec agacement, tu as toujours peur, comme une vieille femme !

Le cocher grommela et envoya un grand coup de fouet à ses bêtes.

Bientôt, quelques maisons de rondins apparurent.

Une certaine effervescence régnait dans le village. Ils virent des uniformes marron. Des soldats russes, certains à pied, d'autres qui allaient et venaient à cheval.

Diomki arrêta la troïka sur la petite place.

Devant l'une des maisons, un groupe de six hommes, gardés par deux soldats, étaient encordés les uns aux autres.

C'étaient des paysans.

Épuisés et transis, ils sautillaient sur place pour se donner un peu de chaleur, car leurs longues blouses trouées et rapiécées, leurs brodequins de toile bourrés de paille étaient transpercés d'humidité. L'un d'eux, un adolescent très pâle sanglotait bruyamment sans cesser ses sautillements. Son front était barré d'une large entaille dont le sang avait gelé. Ses compagnons paraissaient comme hébétés, dans leur regard se lisaient la résignation et l'acceptation du malheur.

Un seul d'entre eux, petit mais d'une largeur d'épaules peu commune, faisait exception.

Andréi fut frappé par l'expression de son visage, dont l'œil gauche était crevé. Chez lui, pas de peur, pas de fatalisme. Dans son œil unique brillait une lueur froide, déterminée.

L'homme s'adossa au mur de la maison.

Aussitôt, l'un des soldats se précipita en l'injuriant et lui expédia des coups de crosse dans la poitrine pour le faire se redresser.

Le borgne reprit sa position primitive sans paraître souffrir des coups qu'il avait reçus.

Cet homme, songea Andréi, possède une force intérieure peu commune. Il doit être dur comme du granit. Comme j'aimerais avoir un peu de sa puissance...

Andréi, Andréi... devant ces malheureux enchaînés, tu ne penses qu'à toi ! Quand cesseras-tu cette recherche de toi-même à travers les autres ?...

— Ne restons pas là, dit Hélène, repartons.

— Mais non, l'auberge est juste en face, protesta son frère, allons-y...

La troïka fit quelques mètres et s'arrêta devant une maison un peu plus grande que les autres, ornée d'une enseigne.

A peine les chevaux s'étaient-ils immobilisés qu'un adjudant se précipita. C'était un colosse, au visage cramoisi. Il semblait furieux.

— Qu'est-ce que vous venez faire ici ? interrogea-t-il.

— Mes jeunes maîtres et moi, on voudrait prendre des boissons chaudes, dit Diomki d'un air digne.

L'autre éclata d'un grand rire et se tourna vers les autres soldats.

— Voyez-vous cela ! Ils ne doutent de rien, par ici ! On fait la guerre, et ces gens viennent boire le thé... sacrés Polonais ! Allez, passez votre chemin, nous ne...

Il se tut.

Un jeune lieutenant sortant de l'auberge s'était approché et fixait son subalterne.

Le nouveau venu était mince, bien sanglé dans son uniforme, sa capote négligemment posée sur ses épaules. Sa main gantée tenait une fine cravache de cuir torsadé qu'il tapotait contre sa botte.

— Voyons, adjudant, dit-il, un peu de calme.

Il sourit en regardant les trois passagers du traîneau.

— Il croit avoir affaire à des paysans, c'est un paysan lui-même, dit-il.

De sa cravache, il désigna la porte derrière lui.

— Venez, je vous en prie. Entrez, vous êtes mes invités.

Après une courte hésitation, Stanislas, Hélène et Andréi descendirent du traîneau et pénétrèrent dans l'auberge, suivis du lieutenant. Diomki sauta de son siège et leur emboîta le pas.

A l'intérieur, les murs de rondins noircis étaient ornés de quelques gravures pieuses. Un feu flambait dans la cheminée. Toutes les tables étaient occupées par des soldats russes. L'odeur âcre du *makhorka* [1] se mêlait à celles de l'alcool et du drap mouillé des uniformes.

Le lieutenant désigna une table où étaient installés deux soldats qui, aussitôt, s'empressèrent de dégager la place.

— Asseyez-vous, dit-il aux trois jeunes gens. Votre cocher ira se réchauffer près de la cheminée.

Tandis que Diomki obéissait en marmonnant, l'aubergiste, une grosse femme aux joues rouges, accourut.

— Ta meilleure vodka, du thé et tout ce que tu peux avoir à manger pour mes invités et moi, lança l'officier.

Avant de s'asseoir à son tour, il claqua les talons en inclinant légèrement le buste.

— Lieutenant Pavel Zoubroff, se présenta-t-il.

— Je m'appelle Stanislas Osmak, dit le fils du baron. Voici ma sœur Hélène et Andréi Parocki, mon ami, cadet comme moi à l'école militaire de Minsk.

1. *Makhorka* : tabac russe grossier.

Le lieutenant s'assit et ôta ses gants de cuir fin, puis se massa les mains, qu'il avait longues et blanches.

— Ainsi, vous êtes cadets ? Je vous félicite, messieurs de vouloir servir le Tsar !...

Il ajouta avec un sourire :

— ... en espérant que vous n'aurez pas l'infortune, comme moi, de mener des missions aussi peu exaltantes que celle que j'effectue actuellement dans la région...

— Mais que se passe-t-il exactement ? interrogea Andréi.

L'aubergiste posa sur la table un large plateau de bois chargé de gâteaux, ainsi que le thé et la vodka.

— Des troubles, dit le lieutenant.

Il emplit de thé la tasse d'Hélène.

— Des juifs ont semé le doute dans l'esprit des paysans en colportant le bruit qu'une loi avait été votée donnant les terres à ceux qui les cultivaient. Alors ces rustres se sont rendus chez leurs maîtres — ils avaient bu plus que de coutume pour se donner du courage — et ont demandé des actes de propriété ! Bien entendu, on les a chassés... Ils sont devenus furieux et ont incendié des granges et des bâtiments. Les imbéciles...

Il but une gorgée de thé, reposa son verre.

— Alors on a fait appel à un détachement de mon régiment pour rétablir l'ordre.

Il eut une moue désabusée.

— Allez vous y retrouver dans ces querelles de villages... On a capturé quelques paysans suspects que leurs voisins et la rumeur publique avaient désignés, et on les a interrogés. Mais rien à en tirer ! Ils nient tous... Je me demande ce que je vais en faire.

— Relâchez-les, dit Andréi. Même s'ils sont coupables, ils auront eu trop peur pour recommencer jamais...

Le lieutenant éclata de rire.

— Eh bien, cadet, vous avez encore beaucoup de choses à apprendre ! Ici, les populations ne comprennent que la force. Il faut faire des exemples, pour frapper leurs esprits simples et les obliger au respect de l'ordre. Ces paysans, je vais les envoyer en Sibérie, à moins que je ne les fasse fusiller... Oui, je crois que le mieux serait de les faire fusiller, ça m'évitera d'avoir à me charger d'eux longtemps...

Andréi serra les poings.

Cet homme...

Cet homme était encore pire que le capitaine qui avait fait tirer sur les manifestants, à Minsk. L'autre avait au moins l'excuse de se trouver plongé dans une situation qu'il lui fallait résoudre immédiatement, en respectant des consignes très strictes. Tandis que lui, c'est un assassin qui agit selon son bon plaisir, un bourreau indifférent...

— Pour les juifs, ça a été plus simple, poursuivit l'officier : j'en ai pris deux au hasard et je les ai fait pendre. Les braves gens seront rassurés et contents, car, dans la région, on déteste les juifs : ils sont responsables de tous les malheurs...

Stanislas vit le visage d'Andréi blêmir.

Il s'empressa d'intervenir...

— Tel n'est pas le cas partout, dit-il. Ainsi, à Visneck, sur les terres de mon père, le baron Osmak, les deux communautés vivent en assez bonne entente.

L'officier fronça les sourcils.

— Visneck... Visneck... ah oui, j'ai entendu parler de ce village, en effet. Juifs et chrétiens s'entendent, dites-vous ? Étonnant, étonnant... pour ne pas dire anormal ? J'aimerais bien voir cela de plus près.

— Mon père se fera une joie de vous accueillir, si vous passez par là.

Le lieutenant jeta un regard à Hélène.

— J'espère avoir ce plaisir. Et puis, nous aurons

ainsi l'occasion de parler de choses moins sordides que toutes ces affaires ! Par bonheur, il se passe dans la vie des choses plus agréables... par exemple, à Saint-Pétersbourg, d'où je viens. Je vous en parlerai, c'est une ville si raffinée, si merveilleuse...

Diomki s'approcha de la table, son bonnet à la main.

— Maître, dit-il à Stanislas, pardonne-moi, mais nous devons partir, je te l'assure.

Andréi se leva aussitôt, heureux de cette intervention car il ne pouvait supporter davantage les propos de cet homme...

— Soit, dit Stanislas en se levant à son tour. Nous devons vous quitter, lieutenant. Peut-être à bientôt.

— Peut-être. Ravi d'avoir fait votre connaissance.

L'officier les raccompagna jusqu'à la porte de l'auberge et les salua d'un signe amical, tandis qu'ils s'installaient dans le traîneau.

— Allez, mes chéris, filez ! lança Diomki en expédiant un grand coup de fouet aux chevaux.

La troïka s'ébranla, traversa le village et s'engagea dans la campagne.

— J'ai bien cru qu'Andréi allait sauter à la gorge de ce lieutenant ! dit Stanislas. Il faut avouer que c'est un curieux personnage... enfin, il fait son devoir, n'est-ce pas...

— En tout cas, je l'ai trouvé joli garçon et plein de classe, dit Hélène. Il doit être un hôte charmant...

Elle lança à Andréi un regard provocateur.

Mais à sa grande surprise, son compagnon ne parut ni gêné ni jaloux comme à l'accoutumée.

Il y avait dans ses yeux gris quelque chose de lointain et de dur à la fois qu'elle ne lui avait jamais connu.

— Je n'aime pas ce temps, dit Diomki en fixant le ciel. Il est à la neige. Un temps de loups...

La tempête s'était abattue sur la campagne.

Le vent hurlait. Des tourbillons de neige se déplaçaient, si denses qu'on ne voyait plus à dix mètres.

— Malédiction ! cria Diomki, nous voilà comme des aveugles !

Tout en les encourageant de la voix, il envoyait de violents coups de fouet aux chevaux. Les bêtes avaient perdu leur allure régulière et trébuchaient de temps en temps dans une fondrière.

A l'arrière, frileusement serrés les uns contre les autres, les trois passagers tentaient de se protéger du mieux qu'ils pouvaient du vent glacial et des bourrasques.

Stanislas tira sa montre de son gilet, l'essuya de son gant.

— Voilà plus de trois heures que nous devrions être au château...

— Je n'y puis rien, maître, protesta Diomki. Comment veux-tu que je m'y retrouve ? Je ne possède plus aucun repère... Ah, si seulement on m'avait écouté, au lieu de perdre du temps à l'auberge ! Mais voilà, on ne m'écoute jamais...

Il désigna le ciel de son fouet.

— Mais on dirait que le Seigneur va nous venir en aide : ça s'améliore, oui, je le sens...

Il ne se trompait pas.

Peu à peu, la violence du vent se calma.

Les flocons se firent plus espacés et les contours du paysage apparurent avec plus de netteté.

On s'approchait d'un petit bois.

— Le bois de Wroclow ! s'exclama le cocher, ça alors ! Nous avons tourné en rond !... Allez, encore un effort, mes chéris, nous sommes dans la bonne direction et vous aurez droit à un bon picotin d'avoine à l'arrivée...

A présent, le cocher se sentait rassuré, ses passagers détendus...

— Ouf, tu peux dire que tu nous as fait peur ! lança Hélène.

La troïka s'enfonça dans le bois, empruntant le petit chemin qui le traversait. Les chevaux, fourbus, avançaient au petit trot, lourdement, leurs robes luisantes d'humidité. De la vapeur sortait de leurs naseaux.

— Seigneur ! cria soudain Diomki.

Il se dressa sur son siège et tira de toutes ses forces sur les rênes.

Le cheval du milieu se cabra, les deux autres piétinèrent la neige en renâclant.

Les trois passagers furent projetés en avant.

— Qu'est-ce qui te prend, cria Stanislas, tu es fou ?

— La croix de Wroclow ! s'exclama le cocher.

Une grande croix de bois était plantée au milieu du chemin.

— On l'a arrachée de son socle, balbutia Diomki... malédiction... Qui a pu faire ça ? C'est un péché, ça porte malheur...

— Bon, descends et va la mettre sur le côté, s'exclama Stanislas avec énervement. Toutes ces superstitions.

Diomki hésita, puis sauta au bas de son siège.

Aussitôt, quatre hommes sortirent des fourrés.

Andréi les reconnut.

Les paysans prisonniers...

Par quel miracle se trouvaient-ils ici ?

Ils avaient un aspect terrifiant. Dans leurs visages rougis par le froid, leurs yeux brillaient d'une lueur meurtrière. Deux d'entre eux pointaient des fusils, tandis que les deux autres agitaient des gourdins.

Le borgne était parmi eux, mais Andréi ne vit pas l'adolescent blond qui portait une plaie au front.

— Des brigands ! s'exclama Diomki, qui ne les avait pas reconnus.

Il revint vers la troïka, fouilla sous son siège, en sortit un fusil.

L'un des paysans le frappa d'un coup de gourdin.

Le cocher tituba et tomba dans la neige, tandis que son arme était prestement récupérée par les assaillants.

Andréi sauta sur le sol et alla se pencher sur le cocher. Diomki, étendu sur le dos, se tenait l'épaule et grimaçait de douleur.

— J'ai mal, gémit-il. Ils m'ont brisé les os, les mécréants...

Andréi aida le cocher à s'asseoir, puis le traîna en arrière et l'adossa contre le patin de la troïka.

Quand il se redressa, il vit que les paysans avaient fait descendre Stanislas et Hélène, sous la menace de leurs armes.

Effrayée, la jeune fille se blottissait contre son frère, qui l'entourait de ses bras.

— Maintenant, videz vos poches, dit le borgne.

Il avait une voix douce et posée qui contrastait étonnamment avec sa physionomie farouche.

— Je n'ai pas grand-chose, dit Andréi, et mes amis non plus.

Le borgne eut un mouvement des lèvres qui ressemblait à un sourire.

— Pas grand-chose, c'est déjà beaucoup pour nous...

Andréi sortit sa bourse et la posa sur la large main tendue du paysan.

Stanislas l'avait imité.

— Ma sœur n'a pas d'argent sur elle, dit-il.

— Mais ils ont peut-être des bijoux, suggéra l'un des agresseurs.

Aussitôt, les trois jeunes gens furent fouillés sans ménagement.

Si l'on ne trouva rien sur Andréi, Stanislas, lui, fut délesté de sa montre et d'une bague et Hélène de son collier de perles.

— Prenez aussi les couvertures, ordonna le borgne à ses compagnons.

Les hommes s'emparèrent des fourrures qui garnissaient la troïka. Ils s'en enveloppèrent aussitôt et en lancèrent une à leur chef.

L'un des paysans s'approcha d'Hélène. Il paraissait fasciné par la pelisse de zibeline de la jeune fille. D'un geste brutal, il tenta de la lui arracher... Hélène poussa un cri de frayeur et s'efforça de maintenir son vêtement contre elle... L'homme tirait sur la fourrure avec acharnement...

— Non, dit Andréi.

Il alla se planter devant le paysan.

— Avec ce froid, elle risque la mort, dit-il.

Il ôta sa propre veste de fourrure, la tendit à l'homme.

L'autre le regarda fixement, sans répondre, puis d'un geste brutal le repoussa, braquant son fusil sur lui.

— Ne te fatigue pas, dit le borgne à Andréi, il est sourd et muet.

Il posa sa main sur l'épaule du jeune homme.

— Toi, tu as du courage. Garde ta veste, et que cette belle jeune femme conserve sa pelisse... Je ne tiens pas à ce que vous mourriez de froid. Quoi que tu puisses penser, nous ne sommes pas des bandits, mais des hommes pourchassés injustement.

Il fit un geste et le sourd-muet recula, avec un grognement de mécontentement. Andréi remit sa veste.

— Les chevaux, lança le borgne. Je vais en prendre deux seulement, tu vois que nous ne sommes pas des gens sans cœur.

Rapidement, les deux chevaux qui se trouvaient de part et d'autre du *mazuren* portant les brancards furent dételés.

Les hommes, deux par deux, grimpèrent sur les

bêtes et avec des cris, des coups de gourdin, s'enfoncèrent dans la forêt et disparurent.

Le silence retomba, troublé seulement par les gémissements de Diomki.

— Stanislas, dit Andréi, aide-moi à placer ce malheureux à l'arrière.

Ils s'emparèrent du cocher et l'installèrent tant bien que mal dans la troïka.

Puis ils allèrent arracher la croix plantée au milieu du chemin et la placèrent sur le côté.

— Il faudra la faire remettre en place, balbutia Diomki. Que Dieu damne ces bandits qui ne respectent rien...

Stanislas monta à l'avant et s'empara des rênes, tandis qu'Andréi s'installait à côté de Diomki pour le soutenir.

Le fils du baron fit claquer son fouet sur la croupe du *mazuren*.

— Allez, mon brave Elodia... c'est toi qui vas avoir tout le travail !

Le traîneau s'ébranla lentement. Le cheval peinait, tous ses muscles tendus, puis se mit à trotter d'un pas lourd.

Les passagers étaient silencieux.

La nuit était presque tombée.

Quand ils arrivèrent au château, une effervescence inhabituelle y régnait. Des soldats se trouvaient à la grille, des torches à la main. On en distinguait d'autres dans le parc et les communs.

Le traîneau à peine immobilisé devant le perron, le baron descendit les marches à leur rencontre.

— Mes enfants, s'exclama-t-il, nous avons eu tellement peur... ce retard, avec tout ce qui se passe dans la région... entrez vite vous réchauffer ! Mais ce malheureux Diomki est blessé !... Qu'on l'emporte dans sa chambre et qu'on fasse venir un médecin...

Tandis que les domestiques accourus s'emparaient du cocher, le baron précéda les trois jeunes gens à l'intérieur du château.

En pénétrant dans le salon, ils découvrirent le lieutenant, planté devant la grande cheminée de pierre, un verre à la main.

L'officier les accueillit avec un large sourire.

— Ah, les voilà, les disparus ! Monsieur le baron se faisait un sang d'encre et j'étais sur le point d'envoyer des hommes à votre recherche. Mais vous êtes sains et saufs, c'est parfait !

— Nous avons été attaqués par des paysans, dit Stanislas. Ils nous ont dévalisés et pris deux chevaux. Notre cocher a été blessé.

Hélène s'écroula dans un fauteuil.

— Ils m'ont pris mon collier, dit-elle. Ces sauvages... j'ai cru qu'ils allaient nous tuer. C'était terrifiant !

Le lieutenant emplit un verre de porto et le lui porta.

— Buvez, ma chère, dit-il. Il faut oublier cette vilaine affaire. Je suis vraiment confus. Je me sens responsable : peu après notre rencontre à l'auberge, quatre de mes prisonniers ont pu prendre la fuite, profitant d'un moment d'inattention de leurs gardiens. Ils leur ont même volé deux fusils ! Croyez que j'ai pris des sanctions, mais le mal était fait...

Il se pencha vers la jeune fille et posa sa main sur la sienne.

— Je vous promets que vos agresseurs seront châtiés comme ils le méritent. Dans la région, jamais plus personne ne s'avisera de les imiter, vous pouvez m'en croire... et vous pourrez de nouveau vous livrer aux joies de la promenade en toute quiétude.

Hélène but une gorgée de porto puis esquissa un timide sourire à l'adresse de l'officier qui, penché vers elle, la couvait d'un regard protecteur.

— Ah, dit-il avec satisfaction, voilà qui est mieux ! Je vous préfère ainsi...

Il se redressa, rejoignit Stanislas et Andréi.

— Messieurs, dès l'aube, j'enverrai plusieurs patrouilles ratisser la région. Il est hors de question que ces fripouilles nous échappent. Je compte sur vous, bien entendu.

— Bien entendu, dit Stanislas.

Andréi se contenta d'acquiescer... cherchant désespérément comment il allait pouvoir échapper à cette expédition.

Il n'avait aucune envie de participer à la chasse et à la capture de ces malheureux...

Pendant toute la soirée, il dut supporter les fanfaronnades, les mots d'esprit et les discours du lieutenant. Le baron avait décidé qu'après ces événements dramatiques qui, par bonheur, ne s'étaient pas trop mal terminés une petite fête s'imposait.

Le repas qu'il avait organisé était somptueux. Sur la grande nappe damassée se succédaient les meilleurs plats. Les verres et la vaisselle scintillaient, reflétant les flammes de la cheminée et des hauts chandeliers d'argent. Les domestiques, affairés, s'employaient à satisfaire le moindre désir des convives. Un vin ambré, réservé pour les grandes occasions, coulait généreusement...

Andréi sentait la douce chaleur de la cheminée dans son dos. Il s'était contraint à boire un peu de vin mais ne parvenait pas à entamer le *losos* [1] qui était dans son assiette.

— Ah, Saint-Pétersbourg, disait le lieutenant, tourné vers Hélène, si vous connaissiez cette ville enchanteresse, fabuleuse... l'une des dernières où l'on s'amuse vraiment ! Il y a les cabarets, où se produisent les meilleures troupes de Tziganes, qui vous tirent les larmes des yeux... On chante, on danse avec eux pendant des heures, c'est une communion dans le plaisir, l'oubli du reste du monde... une plongée dans l'exaltation pure !

Ils se balancent dans le froid...

Les corbeaux ont peut-être déjà attaqué leurs visages.

Andréi revoyait nettement les pendus du grand chêne.

C'étaient des juifs pieux et pacifiques, qui n'auraient jamais eu l'idée de prendre un fusil et de se défendre, comme ces paysans...

— Andréi, mais tu ne manges rien ! s'exclama Hélène. Tu es contrarié ?

1. *Losos :* saumon fumé et grillé.

Elle lui adressa un large sourire. Ses yeux brillaient de contentement.

Elle est persuadée que je suis jaloux de son traîneur de sabre, se dit Andréi. C'est la seule pensée qui lui vient à l'esprit. Comment ai-je pu être amoureux d'elle ? Elle est superficielle et égoïste, indifférente aux malheurs des hommes...

— Bah, votre ami a peut-être eu un peu peur, dit le lieutenant. La vie militaire se chargera de l'aguerrir, notre cadet !

— Et ces fameuses nuits blanches de Saint-Pétersbourg, sont-elles aussi féeriques qu'on le dit ? demanda le baron.

L'officier se renversa sur son fauteuil.

— Plus encore, cher baron, plus encore... Quand on sort des cabarets, au petit matin, la lune éclaire comme en plein jour les palais de la Neva, la forteresse Pierre et Paul, les centaines de petits canaux avec les ponts qui les enjambent... Des fiacres, des carrosses, nous attendent. On part en direction des petites îles jusqu'à la dernière, la Strelka — la flèche. La brise marine souffle du golfe de Finlande. On chante, on a emporté de quoi boire, on lie connaissance, on se fait des amis à la vie à la mort... quelles nuits fabuleuses !

Andréi observait Hélène, qui semblait totalement subjuguée par le récit de son invité.

Ils vont très bien ensemble...

La jeune baronne qui s'ennuie dans sa campagne et le brillant officier du Tsar qui apporte dans sa vie l'amusement, la nouveauté, l'aventure...

Il regarda le baron.

Celui-ci couvait les deux jeunes gens d'un regard ravi.

Oui, tout est dans l'ordre. Ils sont d'un même monde.

Ce lieutenant, je pourrais lui jeter à la figure tout ce que je pense de lui, le provoquer, mais ça ne servirait à rien. Ce serait une action aussi inutile que lorsque j'ai lancé un défi à Ivan, au rocher de Krivoï...

Ce n'est pas aux individus qu'il faut s'attaquer, mais aux groupes, aux structures qui oppriment, affament et pendent pour assurer leur propre pouvoir.

Demain matin, je partirai avec les patrouilles.

S'il y a une seule chance pour sauver la vie de l'un de ces paysans, je la tenterai.

— Voilà la zone que le lieutenant m'a confiée, dit l'adjudant en désignant, sur la carte qu'il tenait à la main, une portion de terrain délimitée au crayon.

Au petit matin, quand l'escadron au grand complet avait atteint le bois de Wroclow, Stanislas avait indiqué l'endroit où avait eu lieu l'attaque des paysans. Aussitôt, le lieutenant avait fait former des patrouilles, leur assignant à chacune un périmètre de recherche précis. Il avait demandé à Stanislas de l'accompagner... Quant à Andréi, il s'était retrouvé aux côtés du gros adjudant au visage cramoisi, celui-là même qui avait voulu leur interdire l'accès à l'auberge, au village de Lidor.

— Nous allons nous déployer en ligne et prendre cette direction ! cria le sous-officier à ses hommes, après avoir examiné sa boussole.

De son bras tendu, il désignait un bois de sapins.

Andréi lui jeta un regard stupéfait.

Une battue dans une forêt de sapins où la neige était tombée sans discontinuer depuis plusieurs jours ? L'adjudant se croyait-il sur un terrain de manœuvre ? Il faillit lui faire remarquer que la progression serait extrêmement difficile, mais s'en abstint. Après tout, cela pouvait donner des chances aux fugitifs...

Déjà, les cavaliers avaient pris position et la marche commença.

La matinée était glaciale, des milliers de petits flocons voletaient en tous sens. Il n'y avait pas un souffle de vent.

Peut-être était-ce une chance, de se trouver avec ce colosse au regard buté... Andréi espérait qu'il pourrait le manœuvrer, si la nécessité s'en faisait sentir. Mais ce ne serait sans doute pas facile, car l'adjudant, qui avait été tenu pour responsable de la fuite des quatre paysans, voulait à tout prix retrouver l'estime de son chef en retrouvant les fugitifs...

Les cavaliers pénétrèrent dans le bois de sapins.

— Ils n'ont pas pu aller bien loin pendant la nuit, affirma l'adjudant, surtout à deux par cheval. Dommage que la neige ait effacé leurs traces... mais on les retrouvera !

Il décrocha une gourde de sa ceinture et avala une bonne lampée de vodka avant de la tendre à Andréi, qui refusa d'un signe de tête.

A présent, les chevaux s'enfonçaient dans la neige jusqu'aux genoux, certains jusqu'au poitrail. Les branches des sapins fouettaient les cavaliers, leur projetant des paquets de neige glacée qui leur gelait le visage...

Par moments, le bois devenait si dense que les hommes se perdaient de vue et devaient s'interpeller pour rester en contact.

Le soldat qui se trouvait le plus proche d'Andréi poussa soudain un grand cri... la neige avait cédé sous les pas de son cheval, qui était tombé dans un trou profond.

Il fallut venir à leur secours, tandis que la bête hennissait et ruait de peur.

L'incident ne sembla pas entamer la résolution de l'adjudant qui, impavide, continua de diriger la manœuvre.

Au bout de deux heures de cette progression infernale, les hommes sortirent de la forêt, épuisés et transis.

— Ils sont là, s'exclama l'adjudant, ils sont sûrement là !

Il désignait les toits recouverts de neige d'un hameau en contrebas.

La patrouille se reforma en bon ordre et prit le trot.

Andréi distingua bientôt les murs de bois et de torchis de la dizaine de petites maisons groupées autour d'une petite place... les fumées qui s'échappaient des cheminées, les poulaillers, les tas de fumiers... Tout était calme, serein, paisible...

— Fedor, lança l'adjudant à l'un de ses soldats, tu prends dix hommes et tu cernes ces maisons. Personne ne doit sortir de là !

Les cavaliers s'élancèrent.

L'adjudant surveilla la manœuvre. Quand le hameau fut cerné, il se tourna vers ses hommes.

— Maintenant, soldats, nous allons leur faire comprendre, à ces paysans, comment l'armée russe fait régner l'ordre.

Il sortit son sabre du fourreau.

— En avant ! Faisons sortir tous ces rustres de leurs trous !

Il enfonça ses éperons dans les flancs de sa monture et, suivi de ses cavaliers, dévala sur le village.

Arrivés devant les maisons, les soldats mirent pied à terre et, brandissant leurs fusils, entrèrent dans les fermes en enfonçant les portes à coups de botte. Ils en ressortaient rapidement, poussant sans ménagement devant eux hommes, femmes, enfants...

Les habitants formèrent un groupe apeuré sur la petite place. Les enfants criaient et pleuraient, accrochés aux jupes de leurs mères qui tentaient de les rassurer et de les protéger du froid.

— Paysans, lança l'adjudant, je sais que vous cachez des rebelles, des bandits... Vous allez immédiatement me les livrer, sinon je prendrai des otages !

Les villageois restèrent silencieux.

Puis l'un d'eux, qui semblait le plus âgé, s'approcha.

— Monsieur l'officier, dit-il, nous ne cachons personne, je vous le jure, nous sommes d'honnêtes sujets du Tsar.

L'adjudant hurla :

— Chien ! Je sais que tu mens !

Il brandit sa cravache et l'abattit avec violence sur le vieillard, qui s'écroula sur le sol.

Andréi s'avança.

— Mon adjudant, dit-il, peut-être ces gens disent-ils la vérité... comment pouvez-vous être sûr...

L'autre ricana.

— Parce que je suis soldat depuis trente ans et que j'ai de l'instinct.

Il balaya les maisons du regard.

— Ces bandits sont là, cachés quelque part. Et je parie même qu'ils sont en train de nous regarder.

Un sourire effleura son visage rougeaud.

— Mais à malin, malin et demi. Viens avec moi, tu vas voir.

Il se dirigea vers l'une des fermes, entra dans l'écurie. Un seul cheval s'y trouvait. Le sergent l'inspecta rapidement puis ressortit.

Il passa dans l'écurie voisine, puis dans la suivante, toujours suivi d'Andréi.

En pénétrant dans la cinquième, le jeune homme sentit son cœur battre plus fort dans sa poitrine.

L'un des chevaux volés de la troïka était là, au bout de la rangée des trois qui mangeaient au râtelier.

— Alors, interrogea l'adjudant, tu ne remarques rien ?

— Non, répondit Andréi, en s'efforçant de garder un ton indifférent.

Le gros sous-officier s'approcha du cheval.

Il le caressa doucement puis se tourna vers Andréi.

— Ainsi, dit-il, cette bête ne te dit rien ?

Andréi fit mine d'examiner le cheval.

— Non, je ne vois pas... elle est comme les autres...

L'adjudant éclata de rire.

— Pour un cadet, tu n'es pas très doué !

Il frappa sur l'épaule du jeune homme.

— Figure-toi que nous ne sommes pas des idiots ! Le cocher nous a donné le signalement des deux chevaux volés, et celui-là, en est un : un alezan brûlé avec trois balzanes, il n'y a pas à s'y tromper. Reste à dénicher l'autre, tu vois que j'ai du flair !

Ils trouvèrent le second cheval dans l'écurie voisine.

Les soldats firent sortir les deux bêtes.

Un silence de mort régnait dans le village. Les habitants étaient toujours parqués sur la place, immobiles.

L'adjudant remonta en selle.

— Moujiks ! lança-t-il, vous avez abrité des rebelles, vous êtes leurs complices, vous méritez tous la mort ! Espériez-vous tromper l'armée russe ? Maintenant, vous allez nous dire où sont cachés ces bandits. Je vous donne trois minutes pour me répondre.

Andréi regarda ces femmes, ces hommes. Il eut la sensation qu'ils formaient un bloc, quelque chose d'homogène, une résistance...

— Bien, dit l'adjudant. Puisqu'il en est ainsi, je sais comment vous mater.

Il désigna deux enfants, deux garçons d'une dizaine d'années qui se serrèrent contre leur mère. Des soldats s'emparèrent d'eux et les traînèrent, hurlant de peur, jusqu'au pied du cheval du sergent.

Il y eut un mouvement dans le groupe des paysans. On voulut se précipiter à leur suite, mais les soldats s'interposaient, fusil braqué.

— Si personne ne parle, je pends ces deux enfants, dit l'adjudant.

Les paysans se mirent à crier... les femmes pleuraient, gémissaient, tombaient à genoux en priant...

— Vous n'allez pas faire ça ! s'exclama Andréi.

Le sous-officier lui jeta un regard outré.

— Mon jeune ami, nous sommes en mission pour le Tsar, et nous ne faisons que notre devoir !

Il ricana :

— Mais si ça peut rassurer ton âme sensible, ces gens vont parler...

Déjà, les soldats poussaient les deux enfants auprès d'un arbre situé à l'orée du village. Un vieux paysan les suivait en marmonnant des prières. Les enfants, comme hébétés, ne résistaient pas et avançaient docilement.

Andréi scrutait les visages des paysans. Quand allaient-ils se décider à parler ? Ces deux enfants ne pouvaient être sacrifiés ainsi... Après tout, les fugitifs étaient armés et défendraient chèrement leur vie...

Mais qu'attendaient le borgne et ses compagnons pour agir ? Allaient-ils laisser mourir ces enfants ?

Chaque seconde de cette épreuve de force était intolérable, absurde, criminelle...

Et soudain claqua un coup de feu... un second... un troisième...

Le groupe des paysans se disloqua, fuyant, hurlant.

L'un des soldats se tenait le ventre. Il tomba à genoux. Le tissu de son uniforme se maculait de rouge. Un autre gisait dans la neige, les bras en croix.

— Ils sont là ! Ils sont là ! hurla l'adjudant en désignant une maison de son sabre.

Une volute de fumée s'échappait d'une lucarne sous le toit.

La porte de la maison s'ouvrit.

Andréi vit le sourd-muet courir vers l'un des soldats qui gisait dans la neige, s'emparer de son fusil...

Plusieurs balles l'atteignirent en même temps.

L'homme tournoya sur lui-même en poussant un grognement et tomba face contre terre, sa main crispée sur le fusil.

— Cernez la maison, ordonna l'adjudant en descendant de sa monture, et feu à volonté !

Les soldats arrosèrent le bâtiment. Les balles faisaient éclater le torchis, jaillir des éclats de bois.

Quelques coups de feu espacés répondaient à cette mitraille.

— Ils ne nous échapperont pas, jubila l'adjudant, qui tirait au pistolet, abrité derrière un pan de mur.

Dans la lucarne, Andréi distingua l'un des compagnons du borgne, puis le canon d'un fusil. Mais l'homme fut foudroyé avant d'avoir pu tirer.

— Un de moins ! Ils ne sont plus que deux ! commenta l'adjudant.

Ses hommes continuaient d'arroser la maison d'un feu nourri. Bientôt, aucune riposte ne se fit entendre.

— Ils n'ont plus de munitions, dit le gros sous-officier. Ils sont à nous. Nous les tenons !

La porte de la maison s'ouvrit de nouveau.

Un des fugitifs sortit, les bras en l'air.

L'adjudant pointa aussitôt son pistolet sur lui.

— Vous n'allez pas tirer ! s'exclama Andréi. Cet homme se constitue prisonnier...

Le canon de l'arme ne dévia pas d'un pouce.

— Nous ne sommes pas à la guerre, cadet... cette canaille n'est pas un soldat, mais un hors-la-loi.

Le sous-officier appuya sur la détente de son arme.

L'homme s'écroula.

Puis ce fut le silence.

— Bien, dit l'adjudant. Le dernier, nous allons le prendre dans sa tanière !

Il ordonna aux soldats d'investir la maison.

Une dizaine d'entre eux s'engouffrèrent à l'intérieur.

L'adjudant s'avança jusqu'au seuil de la porte. Andréi le suivit. Il songeait à l'homme que les soldats allaient exécuter maintenant. Le borgne...

Il vit les Russes renverser les meubles, éventrer quelques pauvres matelas de leurs baïonnettes, piétiner toute cette misère. Il entendait les pas et les appels de ceux qui fouillaient le grenier...

Puis il les vit descendre, la mine déconfite.

— Il n'y a plus personne là-haut, sauf le cadavre, annonça l'un des soldats.

— Ce n'est pas possible, dit l'adjudant. Fouillez mieux... il ne peut nous échapper ! La cave, vous avez pensé à la cave ?

Deux soldats ouvrirent le battant d'une trappe, au milieu de la pièce.

Ils n'eurent pas le temps de se pencher au-dessus.

Une vingtaine de rats gris, énormes, jaillirent et se jetèrent sur eux...

Les deux hommes se roulaient par terre, ne sachant comment se débarrasser de ces ignobles bêtes... Leurs compagnons durent les secourir en frappant les rats à coups de baïonnette...

Les deux soldats, couverts de morsures, sortirent en titubant.

Le sergent leur tendit sa gourde de vodka, dont ils inondèrent leurs plaies.

— Consolez-vous, mes petits, ricana l'adjudant, si l'homme est descendu à la cave, les rats sont en train de ronger ses os ! Mais il a peut-être trouvé une cachette dans la maison. Mettons-y le feu et faisons-le griller !

Aussitôt, les soldats disposèrent des fagots tout autour du bâtiment, puis les embrasèrent à l'aide de torches.

Andréi vit les flammes s'élever, lécher le bois, noircir le torchis.

Il se sentait las, dégoûté, anéanti.

Il s'éloigna.

Les paysans, qu'on avait laissé repartir, s'étaient calfeutrés dans leurs maisons. Il en vit quelques-uns faire le guet aux fenêtres. Sans doute avaient-ils peur que les soldats viennent aussi incendier leurs maisons.

Il erra au hasard...

Un rat.

Un rat gris traversait la ruelle, devant lui. Suivi d'un second.

Puis d'autres... puis d'autres encore...

Ils fuyaient l'incendie, s'échappant d'un large trou au bas d'un mur de la grange.

Andréi regarda leur manège, comme hypnotisé.

Soudain, il crut être victime d'une hallucination.

Dans le trou, un visage apparaissait.

Andréi distingua ses traits dans la pénombre.

Le borgne...

Par quel miracle était-il arrivé jusqu'ici ?

Andréi se pencha.

Il voulait aider l'homme à se sortir de cette situation...

... quand une galopade se fit entendre. Des appels retentirent. On le cherchait.

— Où est passé ce bougre de cadet ? hurlait la voix de l'adjudant.

Andréi approcha son visage de l'orifice.

— Le rabbin de Visneck, souffla-t-il. Va chez le rabbin de Visneck.

Lianka posa une soupière fumante sur la table.

— Alors, quand la maison a été complètement brûlée, dit Andréi, l'adjudant a fait fouiller les décombres... On a bien retrouvé le corps calciné du fugitif qui avait été tué au grenier, mais du borgne, aucune trace. La cave était complètement vide, les rats aussi avaient disparu...

Il avala une cuillerée de soupe et poursuivit :

— L'adjudant en a conclu aussitôt que le dernier fugitif avait été brûlé vif et réduit en cendres. Il n'en avait aucune preuve, mais cette conclusion arrangeait bien ses affaires. Il a fait pendre les trois cadavres sur la place, avec interdiction de les enlever, et incendier les deux écuries où l'on avait retrouvé les chevaux volés. Puis nous sommes repartis...

— Au moins, dit le rabbin, il n'a tué personne du village.

Andréi acquiesça.

— Il était plutôt content de lui. En arrivant au château, il a fait un compte rendu assez étonnant de toute l'expédition, expliquant que sa patrouille était tombée dans une embuscade, un traquenard, c'est pourquoi deux de ses hommes avaient péri. Mais il avait finalement eu raison des bandits, qui étaient tous morts. Le lieutenant l'a félicité, lui promettant une citation à l'ordre du régiment... de sorte que maintenant, le borgne n'est plus recherché par les soldats.

— Ce que je ne comprends pas, dit Lianka, c'est comment cet homme a pu s'échapper de la maison en feu... c'est de la magie, ce...

Elle s'interrompit.

On frappait à la porte.

Andréi se leva, alla ouvrir.

Le borgne entra en titubant, parvint à s'affaler sur une chaise. Ses vêtements étaient imprégnés d'humidité. Il semblait épuisé.

— Voilà le magicien, dit Lianka.

Elle lui tendit un morceau de pain.

L'homme se mit à le déchiqueter avec avidité.

Quand il eut terminé d'avaler son pain, il regarda Andréi.

— Merci, dit-il. Je t'ai pris ton argent, et pourtant tu m'as aidé.

Il fixa le rabbin.

— Merci à toi de m'accueillir, petit père rabbin.

— Bon, dit Lianka, maintenant mets-toi à table et raconte-nous. Je meurs d'envie de savoir comment tu as pu t'échapper de cette maison.

Le borgne aspira plusieurs cuillerées de soupe avant de répondre.

— Mon grand-père n'était pas de la région, dit-il, mais d'Elblag, dans le Nord. On l'appelait « le rat ». Il avait un don. Lorsqu'un fermier ou un meunier n'arrivait pas à se débarrasser des rats, il faisait appel à lui. Mon grand-père se faisait enfermer avec ces animaux, leur donnait un peu à manger, leur parlait doucement, sifflait d'une certaine manière. Peu à peu, les bêtes s'habituaient à lui, ne lui faisaient pas de mal. Alors, mon grand-père les menait vers une cage et le tour était joué. Je l'accompagnais souvent et j'ai beaucoup appris. Il m'a donné ses secrets...

Il tendit son assiette à Lianka, qui l'emplit de nouveau.

— Quand je me suis retrouvé seul dans la maison, et sans cartouche, poursuivit-il, je suis descendu rapidement. En bas, il y avait une trappe, je l'ai soulevée et me suis glissé dessous dans la petite cave. Elle était pleine de rats ! Je les ai sentis qui grouillaient autour de moi, qui montaient le long de mes jambes...

Il sourit.

— Ils avaient l'air bien excités, les bougres. Mais moi, j'ai commencé à leur parler doucement, comme mon grand-père, sans m'affoler... j'ai sifflé, comme il m'avait appris à le faire... et ces braves bêtes se sont calmées.

Il prit une nouvelle tranche de pain et la trempa dans sa soupe.

— J'entendais au-dessus de moi les bottes des soldats. Et puis la trappe s'est ouverte et j'ai bien cru que j'étais perdu... mais voilà que les rats m'ont sauvé la vie, ils ont sauté sur les soldats comme des démons ! La trappe s'est refermée. Pour autant, je n'en étais pas quitte : au bout d'un moment, j'ai senti une odeur de brûlé. Les Russes mettaient le feu, j'allais griller avec la maison... J'ai fait mes prières...

Le borgne repoussa son assiette.

— Mais il faut croire que Dieu — ou le diable — ne voulait pas encore de votre serviteur. Je me suis rendu compte que les rats étaient moins nombreux autour de moi, et j'ai fini par découvrir qu'ils s'enfuyaient par une sorte de boyau creusé dans la terre. Ils montaient les uns sur les autres pour passer les premiers, et en même temps élargissaient l'ouverture. Alors j'ai décidé de prendre le même chemin qu'eux, j'ai rampé à l'intérieur de cette espèce de conduit... J'ai bien cru que je ne m'en sortirais jamais... par endroits, la terre s'effondrait et je devais gratter, faire comme les rats, la rejeter en arrière...

Il soupira.

— Et puis j'ai aperçu la lueur du jour. Le boyau aboutissait à une ruelle. Et je t'ai vu, toi.

— Je m'appelle Andréi Parocki.

Le borgne lui tendit sa large main.

— Et moi Piotr Gusow.

— Bon, dit Lianka, les mains sur les hanches, tout ça c'est beau, mais qu'est-ce qu'on va faire de lui ?

— J'y ai pensé, dit le rabbin. Il y a la soupente, où tu mets ton linge à sécher quand il pleut. C'est étroit, mais il pourra se cacher là jusqu'au départ des soldats.

D'un geste brusque, le borgne se pencha et baisa la main du rabbin.

— Petit père, dit-il, tu es un homme de cœur. Jamais jusqu'ici je n'avais fait attention aux juifs, mais...

— Il faut te coucher, tu es fatigué, dit Lianka. Viens.

L'homme se leva et sortit avec elle.

Andréi se tourna vers son grand-père.

— Tu ne penses pas que j'ai eu tort, en proposant à cet homme de venir se réfugier ici ? J'y ai beaucoup pensé depuis. En l'accueillant, nous risquons de mettre la communauté en danger... mais j'ai obéi à une impulsion...

Le rabbin soupira.

— Tu as bien fait. Tu ne pouvais pas laisser cet homme sans recours... C'est toujours l'éternel problème du choix entre le sort d'un individu et la sauvegarde d'une communauté. Les villageois, là-bas, qui l'avaient caché, avaient tranché. C'est bien que nous fassions comme eux.

— Mais pour nous, c'est plus dangereux.

Du tranchant de la main, le vieil homme ramassa les miettes de nourriture devant lui et les recueillit dans sa paume.

— Pour les juifs, c'est toujours plus dangereux. Surtout en ce moment, avec la recrudescence des pogroms non seulement en Russie, mais maintenant dans notre Pologne. Face à cette épreuve, Dieu nous commande de nous conduire dignement...

— Grand-père, sais-tu que près de Lidor on a pendu deux juifs ? Je les ai vus. Les autorités excitent les paysans contre nous. Que comptez-vous faire ? Est-ce que les communautés de la région en discutent entre elles, ou bien attendez-vous l'arrivée des atrocités sans réagir ?

Le rabbin avait posé ses avant-bras sur la table et semblait las.

— Ce n'est pas d'aujourd'hui que la question se pose et que nous en débattons, dit-il. Il y a toujours eu des rabbins pour penser que le retour en Terre sainte devait précéder l'arrivée du Messie. C'est eux qui ont maintenu au cours des siècles la présence de communautés en Palestine. Ils ont organisé des pèlerinages, afin d'offrir à la Diaspora un centre spirituel sur la terre d'Israël... Avec la multiplication des pogroms, ils ont été relayés dans leur tâche par les mouvements qui prônent le retour à Sion[1] et la création pour les juifs d'un « foyer national ». Il y a déjà eu de nombreux départs...

Il sourit.

— Mais tu connais le fameux dicton : « Là où il y a deux juifs, il y a trois synagogues... » D'autres commentateurs des Écritures soutiennent au contraire que le retour et l'établissement en Palestine sont contraires à notre tradition messianique. Selon eux, notre patrie, c'est notre identité religieuse, nos

1. Sion : nom donné à Jérusalem dans la liturgie juive.

Livres, nos traditions. Nous existons par l'exil, nous devons rester dans l'exil...

— Et nous faire massacrer ?

Le rabbin eut un geste d'impuissance.

— Eh bien moi, dit Andréi, je ne suis ni pour le départ en Palestine ni pour la résignation. Les juifs doivent se battre là où ils se trouvent et faire la révolution pour devenir des hommes libres et égaux à tous leurs concitoyens.

Le rabbin grignota un gâteau, le reposa, hocha la tête.

— La révolution... la révolution... Je sais, figure-toi que j'ai lu des brochures clandestines du *Bund*[1] qui circulent même jusque dans nos villages reculés...

Il eut un triste sourire.

— La révolution, en France, elle avait proclamé l'égalité de droits de tous les citoyens, y compris des juifs, et pourtant c'est dans ce pays qu'a eu lieu l'affaire Dreyfus — tu connais l'histoire de ce capitaine juif ? Il a été faussement accusé d'espionnage et de trahison. Eh bien à Paris, quand on l'a dégradé publiquement, la foule hurlait « Mort au traître ! Mort aux juifs ! » C'est en entendant ces cris de haine que Theodor Herzl a compris que, même parfaitement assimilés, même protégés par des lois, les juifs risquaient à tout moment d'être traités en parias, en étrangers dans leur propre patrie. Il a écrit un livre qui a connu un grand retentissement, *l'État juif*, où il proposait l'établissement en Palestine non plus d'un foyer spirituel, mais d'un véritable État.

Le rabbin devint pensif.

— Un État, c'est peut-être la solution pour toi et les nouvelles générations...

1. *Bund :* Parti révolutionnaire réunissant des ouvriers juifs de Lituanie, de Pologne et de Russie, fondé en 1897 et hostile au sionisme.

— Mais je te l'ai dit, grand-père, pour moi le combat est ici. D'ailleurs, il faut que tu saches : je ne vais plus rester longtemps dans cette école. Je n'attends qu'un signal, alors j'entrerai dans la lutte. Il se peut que je prenne des risques, que j'utilise la violence, et puis...

Le vieil homme sourit tristement.

— ... et puis que nous soyons obligés de nous séparer, c'est cela ? Et même que ta visite de ce soir soit, qui sait, la dernière ?

Andréi ne répondit pas, la gorge nouée par l'émotion.

Le vieillard lui posa la main sur le front.

Son petit-fils ne serait jamais rabbin, mais il se comporterait en homme courageux, sachant mettre en accord les actes de sa vie avec les grands principes moraux qu'il lui avait enseignés...

— Je serai toujours avec toi, dit-il, je prierai pour toi. Quoi qu'il se passe, mon fils, nous serons toujours ensemble. Puisse l'Éternel te guider sur le chemin de la Vérité.

CHAPITRE VI

La façade du petit hôtel particulier était surchargée de frises représentant des fruits, des fleurs et des figures allégoriques...

Andréi était passé sans encombre devant la loge du gardien, qui semblait vide, et avait traversé la cour aux pavés roses et gris. Il se sentait ému et impatient : Serge Markov lui avait enfin fait parvenir un message...

La porte d'entrée était entrouverte.

Il monta les quelques marches du perron.

En passant entre les deux cariatides aux formes rebondies qui montaient la garde de part et d'autre de la porte, il lut sur une plaque, en lettres dorées : CERCLE DES AMIS DES ARTS ET LETTRES.

Le vestibule était désert. Au fond s'élevait un grand escalier de marbre éclairé par la lumière crue d'une verrière. De l'étage arrivaient des bruits de conversation mêlés à des notes de musique.

Andréi hésita quelques instants, regardant sans les voir les bustes poussiéreux logés dans des niches. Puis il s'engagea dans l'escalier.

Sur le palier du premier étage, il écarta une tenture de velours et découvrit un vaste salon où une trentaine de personnes étaient réunies. Il s'avança... nul ne lui prêtait attention... Des hommes et des femmes d'une élégance un peu surannée étaient réunis par petits groupes et discutaient avec animation, un verre à la main, certains près d'un buffet regorgeant de *zakouski*[1] d'autres assis sur des canapés de velours. Un peu à l'écart, devant un auditoire attentif, une femme épaisse en robe de velours gris orné de dentelles déclamait des vers dont Andréi ne put saisir que quelques mots dans le brouhaha. Au fond de la pièce, un homme en habit jouait du piano à queue au milieu d'un cercle d'auditeurs dont certains suivaient son jeu une partition à la main.

Andréi prit machinalement sur un plateau le verre que lui tendait un serviteur, puis s'approcha du piano.

— Tu aimes Rachmaninov ?

Il se retourna.

Serge Markov...

Andréi retrouva le grand garçon brun au regard hautain et moqueur. Son habit sombre accentuait sa maigreur et sa haute taille.

— Ah, ce fameux prélude en *do* dièse mineur, ricana-t-il. Toute société de musique qui se respecte se doit de l'avoir à son programme... Pour moi, c'est d'un romantisme désuet...

— Tu m'as demandé de venir pour parler musique ?

Markov eut un léger sourire.

— Droit au but, hein ? Toujours aussi impatient... Suis-moi.

Les deux hommes passèrent dans une pièce attenante où un vieillard ronflait dans un fauteuil. Markov ouvrit une porte qui donnait sur un couloir étroit et sombre.

Dans le fond, Andréi distingua un homme debout,

1. *Zakouski :* hors-d'œuvre divers (caviar, filets de hareng, concombres aux aromates, petits pâtés chauds, etc.).

devant une porte. Un individu presque chauve, à la carrure athlétique, qui à leur vue se retourna et frappa quatre coups espacés au battant, puis s'écarta.

Serge Markov poussa la porte.

La pièce dans laquelle ils pénétrèrent était ovale. Les murs étaient peints de scènes champêtres où des bergers d'opérette lutinaient des bergères.

Autour d'une table étaient assis trois hommes.

Et une femme...

Andréi eut un choc.

Le regard de ces yeux marron... ce beau visage fin aux pommettes saillantes...

Sonia, l'inconnue de la manifestation, celle qui lui avait donné ce faux rendez-vous !

— Mes amis, je vous présente Andréi Parocki, dit Markov.

— Nous nous sommes déjà rencontrés, je crois, dit la jeune femme, sans qu'Andréi puisse discerner la moindre trace d'ironie dans sa voix.

— Assieds-toi, dit le plus âgé des hommes, un personnage d'une quarantaine d'années, qui portait un gilet brodé. Et toi aussi, Serge.

Quand les nouveaux venus furent installés, l'homme reprit la parole.

— Mon nom est Vladimir. Serge nous a dit que tu étais prêt à t'engager à nos côtés. Qu'est-ce qui t'a poussé à prendre une telle décision, toi, un futur officier du Tsar ?

Andréi fixa la table.

— C'est difficile à expliquer, comme ça, d'un seul coup, dit-il. Je suppose que certains viennent à vous après avoir lu des livres, des traités, des théories politiques. Ils veulent édifier quelque chose, une forme de société différente... Moi, c'est parce que je vois la misère, l'injustice, l'oppression, et que ça me révolte. Je ne supporte plus de rester inactif. Mais je sens bien aussi que je ne peux pas agir seul, qu'il faut que j'entre dans une organisation...

Une lueur d'ironie passa dans les yeux de Vladimir.

— Une organisation... n'importe laquelle, tu n'as pas de préférence ?

— Aucune. Ce que je veux, c'est agir, me rendre utile rapidement.

— Sais-tu seulement qui nous sommes ?

Andréi haussa les épaules.

— Non, mais j'ai fait confiance à Serge Markov.

— Eh bien nous, nous avons été plus curieux. Nous savons pas mal de choses sur toi — sur Visneck, ton grand-père rabbin, la protection du baron Osmak, ton comportement à l'école des cadets. Nous avons décidé que nous pouvions t'admettre parmi nous. Nous sommes des socialistes révolutionnaires. Notre parti est né avec le siècle. Il est issu de divers mouvements de révolte, de paysans et d'ouvriers, un peu partout dans le pays. Nous organisons des grèves, des manifestations et aussi des attentats. Nous tentons également de sensibiliser le peuple et de l'informer. Pour cela, il nous faut de l'argent, beaucoup d'argent. C'est là que tu peux nous être utile, et bientôt.

Son voisin s'empara d'une carafe d'eau, but et la reposa. Il était trapu et ressemblait au pianiste, dans le salon.

— Nous savons par une indiscrétion, dit-il, qu'un train transportant des fonds va passer par Minsk et y stationnera le temps de faire de l'eau et du charbon. Ces fonds seront protégés par des gardes des chemins de fer. Pour les neutraliser, nous avons pensé revêtir des uniformes de soldats et jouer sur la surprise. C'est ici que tu interviens : il nous faut une demi-douzaine de tenues, dont une d'officier.

Serge Markov prit la parole.

— C'est moi qui devais me charger de ce travail, mais hélas, cette affaire de tract m'a fait quitter l'école plus tôt que prévu. J'ai eu le temps cependant de prendre l'empreinte de la serrure du magasin d'habillement.

Il sortit une clé de sa poche et la posa devant Andréi.

— Voilà la clé que j'ai fait faire.

Il posa une seconde clé.

— Quant à celle-là, elle ouvre la petite porte sur la rue Dovenko, dont tu as sûrement entendu parler...

Vladimir fixa Andréi.

— Alors ?

Le jeune homme prit les clés.

— Je vais tenter de faire ce que vous me demandez, mais...

— Mais ?

— J'aurais aimé en faire plus, participer à cette attaque. Je sais me servir d'un fusil.

— Procure-nous d'abord les uniformes, ensuite, nous verrons. Ça dépendra d'un certain nombre de facteurs.

Il désigna la jeune femme.

— C'est notre amie qui te servira de contact pour l'opération.

Déjà, Vladimir consultait des papiers posés devant lui.

Andréi comprit que l'entretien était terminé et se leva.

— Je vous remercie de m'avoir accepté parmi vous, dit-il.

Ainsi, il faisait maintenant partie d'une organisation révolutionnaire, le pas était franchi...

Il se sentait à la fois ému et vaguement déçu par le manque de chaleur de ces hommes. Et Markov ! Que se serait-il produit s'il n'avait pas été renvoyé et placé alors dans l'impossibilité d'accomplir sa mission ?

Peut-être ne lui aurait-il jamais fait signe, malgré sa promesse...

Andréi, Andréi, cesse d'être aussi romantique !

A quoi t'attendais-tu ? A des embrassades, des envolées lyriques ? Tu as eu en face de toi des hommes d'action. Il va falloir apprendre maintenant à te comporter comme eux...

— C'est nous qui te remercions, dit le voisin de Vladimir — en espérant que tu seras une bonne recrue.

« Sonia » s'était levée à son tour.

Elle rejoignit Andréi et lui prit le bras.

— Viens, dit-elle, je vais te raccompagner.

Elle l'entraîna hors de la pièce.

Quand ils revinrent dans le grand salon, l'animation était toujours aussi vive. Appuyée contre le piano, une dame à l'opulente poitrine chantait une mélodie aux notes très aiguës.

Andréi vit sa compagne serrer des mains, faire des sourires aux invités. Elle semblait connaître beaucoup de monde.

Ce qui est remarquable, chez elle, songea-t-il, c'est que dans n'importe quelle situation elle est parfaitement à l'aise.

La jeune femme prit deux verres de vodka au buffet et en tendit un à Andréi.

— Tu vois, murmura-t-elle — tu permets que je te dise tu ? — cette aimable société nous est bien utile. L'*okhrana* n'aurait pas l'idée de venir chercher des révolutionnaires parmi ces amis des arts...

Elle sourit à un homme à barbiche qui lui baisa la main.

— Pourquoi m'avoir donné ce faux rendez-vous, ce faux nom, se décida à demander Andréi.

Elle croqua un morceau de concombre et rit.

— Et la prudence, soldat, la prudence ? Je ne te connaissais pas...

— Alors pourquoi m'avoir laissé croire que je ne vous étais pas indifférent ?

— Ah, ça c'était la vérité.

Elle se rapprocha soudain de lui.

— D'ailleurs, je n'ai pas changé d'avis, si tu veux le savoir. Ça a l'air de te gêner, excuse-moi... Je dis les choses comme je les ressens. J'aime bien tes yeux gris, ton air un peu innocent et en même temps pur et dur. Mais tu ne bois pas ?

Elle lança :

— *Do-Dna*[1] !

Elle porta son verre à ses lèvres et le vida d'un trait.

Il fit de même et sentit la vodka éclater dans son estomac.

Aussitôt, elle lui tendit un second verre.

— Je suis en train de pervertir l'ange de la révolution, dit-elle.

Elle se moquait encore de lui... Il but à nouveau.

— J'ai été bien contente de découvrir que ce cadet dont Serge Markov nous avait parlé, ce fou du rocher de Krivoï, ce juif apprenti officier du Tsar, c'était toi, le charmant garçon qui s'était lancé à mon secours lors de la manifestation. Le destin nous a joué un joli tour, tu ne trouves pas ?

Lui aussi était heureux de la retrouver... mais comment exprimer l'émotion qu'il ressentait ?

— *Do-Dna !*

Il entendit plusieurs fois cette injonction, qu'elle lançait comme un défi. Peu à peu, les rumeurs, les sons autour de lui devenaient plus forts, plus envahissants...

Il allait être ivre, il le sentait.

Pourquoi... pourquoi me fait-elle boire ?

1. *Do-Dna :* cul sec.

Pour me faire parler ? Parce que ses amis n'ont peut-être pas encore entièrement confiance en moi ?...

— Il y a autre chose qui nous rapproche, dit-elle en lui tendant un nouveau verre. Je suis juive moi aussi.

Il lui saisit le poignet.

— A quoi joues-tu ? interrogea-t-il.

Les lèvres de la jeune femme se crispèrent un peu.

— Tu me fais mal, soldat.

— Cesse de m'appeler ainsi ! Et toi, d'abord, donne-moi ton nom, ton vrai nom.

Elle rit.

— Zina, Zina... Sonia... laquelle préfères-tu ?

Elle passa son bras autour de son épaule et l'entraîna hors du salon.

Ils descendirent l'escalier.

— Moi, je suis comme ça, dit-elle : quand un jeune homme me plaît, je le lui dis.

— Tu le dis souvent ?

Elle rit, laissant aller sa tête en arrière d'un mouvement brusque.

— Jaloux ! Il est jaloux ! Petit-bourgeois ! Vilain petit-bourgeois réactionnaire...

Soudain, il sentit ses lèvres contre les siennes.

Mais elle continuait de rire.

Sans un mot, la rage au cœur, il la repoussa et ouvrit la porte pour sortir.

— Andréi, dit-elle, viens ici dans deux jours, à la même heure. Tu auras eu le temps d'étudier le problème des uniformes et nous réglerons tous les détails. Sois tranquille, je serai au rendez-vous, cette fois.

Il fit un signe de tête pour marquer son accord puis, d'un pas rapide, descendit les marches et traversa la cour sans se retourner.

Des rangées interminables de bottes, de casques,

luisant comme à la parade... et cette odeur de tissu et de cuir graissé, à en étouffer...

Des rayonnages constituaient les murs de ce labyrinthe qu'était le magasin d'habillement. En sueur, ses lourds sacs de toile à la main, Andréi progressait, soucieux de ne pas se tromper... Cinq tuniques de drap ordinaire... les culottes, les ceinturons, les casquettes, les bottes... tout l'attirail d'un simple soldat. Et puis la tenue d'officier, avec le poignard de parade dans son fourreau. Il vérifia qu'il n'avait rien oublié. Les deux sacs étaient pleins à craquer !

Quand il sortit du magasin, la nuit était froide et noire.

Il longea le mur d'enceinte jusqu'à la petite porte — ce fameux passage qu'empruntaient pour leurs sorties nocturnes certains élèves de dernière année et, disait-on, des professeurs...

La clé de Markov fonctionna parfaitement.

Dehors, le fiacre attendait.

Le cocher, engoncé dans sa pelisse, ne tourna même pas la tête.

La portière s'ouvrit. Andréi distingua Zina, qui se penchait.

— Vite, dit-elle.

Elle l'aida à hisser les sacs.

— C'est lourd, tu as volé des mitrailleuses, ma parole, chuchota-t-elle.

— Tes amis ont pris une décision ? Est-ce que je participerai à l'attaque ?

— Oui. Tu es content ? Viens dimanche à quatre heures écouter de la musique, on mettra tous les détails au point.

Soudain, alors que la jeune femme lui avait paru jusque-là tendue, sérieuse, il vit luire une petite lueur malicieuse dans son regard.

— Dis-moi, tu l'empruntes souvent cette petite

porte, interrogea-t-elle, pour aller à des rendez-vous galants ?

Sans attendre la réponse d'Andréi, elle referma la portière.

Le fiacre repartit aussitôt.

— Attention, pour une demi-volte renversée ! annonça le maître de manège.

Il fit claquer sa chambrière.

— Demi-volte renversée !

Les vingt cavaliers exécutèrent la manœuvre.

— Parocki ! hurla l'officier instructeur, qu'est-ce qui vous prend ? Vous faites votre demi-volte au trot enlevé, maintenant ? On ne vous a jamais appris que les figures s'exécutaient au trot assis ? Vous avez de la veine que je sois de bonne composition aujourd'hui...

Andréi reprit sa place dans la file en songeant qu'il lui fallait à tout prix faire attention, dominer sa nervosité.

— Doublez et arrêtez-vous au centre ! Halte... pied à terre... rênes par-dessus l'encolure !...

Andréi retrouva avec plaisir la sciure sous ses bottes. Il prit Bianca par la bride et se dirigea vers la sortie.

— Mon pauvre vieux, lui lança Stanislas, qui vint se placer à ses côtés, je ne sais pas ce que tu as, depuis quelques jours, mais tu n'es plus le même... Au cours de stratégie, tu étais dans la lune... il se passe quelque chose !

— Mais non.

— Enfin, aller dimanche à Visneck te fera du bien.

— Je ne viens pas.

De surprise, Stanislas immobilisa sa monture, ce qui lui valut les protestations de ceux qui le suivaient.

— Comment, tu ne viens pas ? répéta-t-il en reprenant sa marche.

— Non, je te l'ai dit.

— C'est la première fois que ça t'arrive... qu'est-ce qui se passe, qu'est-ce qui te retient en ville ? Est-ce par hasard... une femme ?

— Oui, tu as deviné.

Le fils du baron éclata de rire.

— Une femme ? Toi, le sage, le raisonnable... Eh bien, tu peux dire que tu me surprends... je ne m'en serais jamais douté... Hypocrite, cachottier ! Quand je vais dire ça à Hélène... Tu sais, tu as tort de la délaisser : le beau lieutenant de Saint-Pétersbourg, lui, ne rate pas une occasion de venir lui rendre visite, mon vieux...

Ils pénétrèrent dans l'écurie et firent entrer leurs chevaux dans leurs stalles.

Andréi restait silencieux. Il passa le licol à sa jument, lui ôta le mors de la bouche.

Hélène, le baron, le château... c'était déjà une autre époque, un autre lui-même.

La dernière fois qu'il était allé à Visneck, il avait informé son grand-père de sa décision et lui avait fait ses adieux, ainsi qu'à Lianka. C'était l'essentiel.

Tout était en ordre maintenant pour une nouvelle vie dont il ignorait tout...

Les bergers d'opérette dans la pièce ovale, où parvenaient quelques bribes de la musique du grand salon... Cinq hommes autour d'une table, plus Zina et Andréi.

Vladimir avait posé devant lui un plan sommairement dessiné.

— Le train de marchandises transportant les fonds entrera en gare mardi, à 23 h, dit-il. Il sera aiguillé sur cette voie latérale, ici — très éloignée des quais de voyageurs, comme vous le voyez. Le réapprovisionnement en eau et en charbon durera environ une heure. Le fourgon qui nous intéresse se trouvera à peu près stoppé à cette hauteur. A 23 h 30, nous entrerons par cette issue et longerons la voie le fusil à l'épaule, comme si nous étions une patrouille de sécurité. Je marcherai en tête.

Il eut un léger sourire.

— Notre ami Andréi m'a trouvé un bel uniforme de capitaine. Moi qui n'ai jamais pu être autre chose qu'un deuxième classe, je lui en suis très reconnaissant.

Il y eut quelques sourires.

Je les envie, songea Andréi. Ils sont calmes, précis, mettent tranquillement au point une opération où ils risquent de longues années de prison, la déportation en Sibérie, peut-être leur vie. Ils se comportent comme des soldats et moi, apprenti officier, l'angoisse m'envahit...

Dans quelque temps, je serai peut-être comme eux, quand j'aurai acquis l'expérience de la lutte.

Mais en attendant, j'ai peur...

Il regarda leurs visages, un à un.

Dire qu'à part Markov, je ne sais rien d'eux, même pas leur nom, rien de leur passé, ni de ce qui les a poussés à devenir révolutionnaires...

Vladimir reprit ses explications.

— Selon mon informateur, les quatre gardes chargés de la protection des fonds ont reçu la consigne de rester à l'intérieur du fourgon pendant toute la durée des arrêts, mais ils ne la respectent pas et en profitent pour se dégourdir les jambes à tour de rôle. Pour cela, ils déverrouillent la porte... Il nous faudra improviser pour les neutraliser avec le moins de tapage possible, mais l'effet de surprise aidant, je doute qu'ils nous opposent une très grande résistance. Nous nous emparerons de l'argent et n'aurons plus qu'à le transporter jusqu'à la voiture qui nous attendra sur le chemin extérieur qui longe la voie. Nicolas sera le cocher, comme d'habitude, et Zina la passagère, bien armés tous les deux de façon à pouvoir nous prêter main-forte s'il y a la moindre anicroche.

Vladimir se tourna vers la jeune femme.

— Mais tu sais que ce qui compte avant tout, c'est que l'argent arrive bien à l'endroit prévu. Pendant tout le déroulement de l'opération, tu ne devras pas l'oublier.

— Bien entendu, mon capitaine, dit Zina en saluant d'un geste comique.

— Après avoir ligoté, bâillonné et enfermé les gardes dans le fourgon, poursuivit Vladimir, nous ressortirons de la gare en bon ordre... à moins qu'en cas de coup dur nous soyons obligés de nous disperser. Dans cette éventualité, nous savons tous où nous devons nous retrouver.

Il replia le plan, le glissa dans sa poche puis se leva.

— Maintenant, mes amis, il nous reste à souhaiter la réussite de cette opération, qui contribuera au succès de nos luttes.

Les autres s'étaient également levés.

Andréi s'approcha de Zina.

La jeune femme était en train de parler à Serge Markov quand son regard rencontra celui d'Andréi.

Il vit son expression changer, son sourire s'adoucir.

Elle lui prit la main.

— Viens, dit-elle, je te raccompagne.

Après avoir pris congé des autres, ils sortirent dans le couloir.

Zina n'emprunta pas le chemin habituel.

Elle se dirigea vers un petit escalier en colimaçon.

— J'ai peur, dit Andréi.

La main de la jeune femme serra la sienne.

— J'ai peur, répéta-t-il.

— Je sais.

Ils montèrent les marches poussiéreuses et grinçantes, débouchèrent sur un minuscule palier.

Zina ouvrit une porte.

Les fenêtres ovales du petit appartement mansardé où ils pénétrèrent donnaient sur les toits de la ville. Des meubles de tous styles, qui semblaient venus d'un peu partout dans le monde, étaient placés comme au hasard. Une malle-cabine constellée d'étiquettes d'hôtels était ouverte, des vêtements en désordre en sortaient.

— Mon père a habité quelque temps ici, dit Zina. Il ne vivait partout que quelque temps. La vie d'artiste, comme on disait dans la vieille Russie...

Elle prit une bouteille de vodka sur un piano, emplit deux verres.

— Il donnait des concerts, il était pianiste. Il avait beaucoup de succès auprès des femmes. Je suis née d'une de ses conquêtes, qui n'avait pas l'habitude non plus de rester à la même place. Elle a vite disparu, si bien que c'est lui qui a veillé sur une partie de mon enfance. Et puis il est mort, quelque part, je ne sais pas où ni de quoi, au moment où ça a commencé à être dur pour les juifs, même pour les artistes. Ici, on m'a fait la charité de me prêter son dernier perchoir. Allez, bois.

— Tu penses que ça va me donner du courage ?

— Je ne pense rien.

Elle but, reposa son verre.

— Tu me plais, j'ai envie de toi.

Il but à son tour, posa son verre avec violence sur le piano, dont les cordes vibrèrent.

— Jamais encore, dit-il, je n'ai...

Elle lui posa la main sur la bouche.

Puis elle passa dans la chambre voisine. Il la suivit. Un grand lit aux montants de cuivre semblait occuper tout l'espace.

Zina se déshabilla rapidement, en lançant ses vêtements au hasard. Jamais il n'avait pensé qu'une femme puisse porter tant de dessous avant que n'apparaisse la peau blanche et douce où il promena ses mains à la découverte.

Avant d'être entièrement nu, il alla tirer les rideaux.

En se retournant, il craignait de lire une lueur moqueuse dans son regard. Il n'en était rien, elle l'attendait, gravement étendue sur le lit dans la pénombre.

— Viens, Andréi, dit-elle.

Pour la première fois, elle ne l'avait pas appelé « soldat ».

Les six hommes laissèrent à leur droite la grande gare à arceaux d'acier, ses lumières, ses bruits métalliques, ses fumées...

Ils marchèrent dans la pénombre des voies, trouée de quelques lueurs falotes se reflétant sur l'acier des rails.

— Un, deux !... un, deux !...

Fusil à l'épaule, Andréi réglait son pas sur celui de Markov.

Le train était bien sur la voie prévue, sa locomotive placée sous l'espèce de château d'eau avec son manchon. Des silhouettes pelletaient dans une montagne de charbon pour emplir le tender...

...« — Mais tu es fou ! s'était exclamée Zina.

« — Non, je veux rester avec toi jusqu'à mardi. Nous parlerons de nous, on s'aimera, je suis si bien avec toi...

Elle avait allumé la lampe de chevet, projetant une lueur ronde sur les taches d'humidité du plafond. Étendu à ses côtés, Andréi se sentait envahi d'un bonheur inconnu.

« — Les consignes de Vladimir sont très strictes, avait dit Zina. Tu dois retourner à ta caserne et nous rejoindre mardi soir comme prévu, au lieu de rendez-vous, pour prendre les tenues et les armes...

« — Qu'est-ce que ça peut bien lui faire, à Vladimir, que je passe ces deux jours ici ou là-bas ?

« — Cette absence de la caserne serait anormale et tout ce qui est anormal attire l'attention. Ce n'est pas vraiment le moment ! Tu dois apprendre à obéir, si tu veux devenir un révolutionnaire sérieux... »

Il s'était levé, avait commencé à s'habiller, de mauvaise grâce.

Elle avait ri.

« — Andréi, tu as parfois de ces airs d'enfant boudeur... Il est vrai que tu es jeune, si jeune...

« — C'est ça, et toi tu as cent ans.

Elle avait hoché la tête, soudain grave.

« — Peut-être. »

Puis elle avait caché son visage dans un oreiller.

— Un, deux !... un, deux !

Maintenant, ils avançaient le long du train.

En tête, Vladimir, balançant en cadence un fanal qui lançait une lueur jaunâtre.

Andréi crispa ses doigts sur la crosse de son fusil.

On approchait...

Un peu plus loin, la portière ouverte de l'un des deux wagons projetait un rectangle de lumière sur le sol.

Un garde en uniforme se promenait le long du wagon, les mains dans les poches.

« — En tout cas, le coup terminé, ne compte pas sur moi pour retourner à l'école ! D'ailleurs, si l'on doit suspecter quelqu'un pour la disparition des uniformes, ce sera moi, le seul juif de l'école ! Et puis, vous m'aiderez : je veux vivre comme vous, agir comme vous...

« — Si je comprends bien, nous sommes tes exemples vivants.

« — Tu te moques de moi comme tu te moques de tout !

Il continuait rageusement de s'habiller.

« — Parfois, avait-il poursuivi, tu me donnes cette impression de ne pas croire vraiment au combat que nous menons.

Elle avait allumé une *papirossa*[1].

« — J'y crois, avait-elle dit, mais en même temps je m'interroge. Je me demande parfois si nous saurons faire sortir le meilleur de ce pire que nous combattons. Enfin, nous verrons bien, nous sommes des faiseurs de chaos, ensuite nous verrons bien, si nous sommes encore là pour voir...

« — Tu ne crois pas à un monde plus juste, où tous les hommes... »

Elle l'avait interrompu.

« — Mais si, ça m'arrive encore. Allez, file, soldat ! »

Au moment où ils passaient leurs tenues et s'armaient, une courte dispute avait éclaté entre Vladimir et Andréi, quand celui-ci avait expliqué au chef du commando qu'il n'avait pas l'intention de retourner à la caserne, qu'il voulait vivre comme eux, parmi eux...

Vladimir l'avait traité de « foutu romantique ».

Andréi avait eu beau argumenter que sa qualité de juif le ferait immanquablement soupçonner du vol des uniformes, l'autre n'avait rien voulu savoir.

Chacun des participants de l'expédition devait, une fois l'opération terminée, reprendre une vie normale sans rien changer à ses habitudes. Il n'y avait aucune raison pour qu'Andréi bénéficie d'un régime de faveur. Il devait se plier à la règle commune, sinon il risquait de mettre en danger ses camarades...

Andréi avait dû s'incliner, la rage au cœur...

1. *Papirossa* : cigarette russe à long embout de carton.

Le garde qui allait et venait devant le wagon avait aperçu les six hommes.

Il s'avança à leur rencontre, salua cérémonieusement Vladimir.

— Mes respects, mon capitaine, vous...

Il n'acheva pas sa phrase.

Vladimir avait posé son pistolet sur sa poitrine.

— Tais-toi, ne bouge pas, ordonna-t-il.

Rapidement, l'homme fut désarmé, bâillonné, puis on lui lia les mains.

La patrouille reprit sa marche.

Andréi pressait son fusil contre le dos du prisonnier.

Si l'homme s'échappe, est-ce que le « foutu romantique » que je suis pourrait tirer ? s'interrogea-t-il.

On arrivait devant le wagon.

Vladimir et ses hommes sautèrent à l'intérieur, leurs armes braquées.

— Les mains en l'air, ou nous tirons !

Andréi grimpa à son tour, poussant son prisonnier devant lui.

Les trois autres gardes se tenaient dans le fond, les mains en l'air. Sur une caisse de bois, les reliefs de leur repas. Une lampe à pétrole était suspendue au plafond. De l'autre côté du wagon étaient empilées des cassettes métalliques portant des scellés de cire.

— Nous ne vous voulons aucun mal, dit Vladimir. Nous sommes venus reprendre au Tsar cet argent qu'il a volé au peuple. Posez vos armes sur la caisse.

Les trois hommes commencèrent à exécuter cet ordre.

Puis il y eut une bousculade.

L'un des gardes brandissait son pistolet.

Andréi sentit un coup violent à l'épaule. Son fusil lui échappa des mains.

Markov ceinturait l'homme...

Il se sentit vaciller, puis tout devint noir.

CHAPITRE VII

Zina tira le rideau et la clarté du jour entra par la petite fenêtre ovale.

Andréi regarda la jeune femme s'avancer vers le lit.

— Voyons maintenant ta blessure de guerre, dit-elle.

Elle défit son pansement. Ses gestes étaient doux et sûrs.

Quand Andréi avait repris connaissance, il était étendu sur le plancher du wagon, non loin des trois gardes qu'on avait bâillonnés et ligotés.

Vladimir et ses hommes étaient en train d'emporter les cassettes métalliques.

« — Qui a tiré ? Qu'est-ce qui s'est passé ? » avait-il balbutié.

Quelques secondes plus tard, Zina penchée au-dessus de lui examinait sa blessure.

« — Je vais le ramener avec moi dans la voiture, avait-elle décidé. »

« — Il n'en est pas question, avait répliqué Vladimir.

Une courte discussion avait suivi.

Le chef de l'expédition prétendait que la mission de Zina était de transporter le butin au plus vite en lieu sûr et qu'il était trop dangereux qu'elle s'encombre d'un blessé. Il pensait qu'Andréi pourrait sortir de la gare soutenu par deux de ses compagnons, en simulant l'ivresse. Ensuite, on aviserait.

Zina s'était violemment opposée à cette idée : la blessure d'Andréi était trop grave, il risquait de perdre beaucoup de sang et d'attirer ainsi l'attention sur lui.

Finalement, on avait porté le blessé dans la voiture.

Il avait commencé le voyage sur le plancher, étendu sur le butin. Confusément, il se souvenait qu'en cours de route on s'était arrêté... qu'on l'avait soulevé... installé sur la banquette... Zina avait glissé un linge entre sa blessure et sa vareuse pour éponger le sang. Elle caressait son front en lui murmurant des mots d'encouragement... Puis on l'avait de nouveau étendu sur le plancher de la voiture, mais cette fois les cassettes n'étaient plus là...

Au milieu de la nuit, il s'était retrouvé dans la cour de l'hôtel particulier où logeait Zina. Nicolas, le cocher, avait aidé la jeune femme à le transporter jusqu'au petit appartement sous les toits...

Zina examina la plaie, qui n'était plus qu'un bourrelet rosâtre. La balle avait seulement éraflé l'épaule.

— C'est très joli et complètement cicatrisé, dit-elle avec satisfaction. Ça te fera un souvenir que tu montreras à tes futures conquêtes...

Andréi sourit.

Cette blessure présentait pour lui un tout autre intérêt.

Il n'en voyait que le côté providentiel, puisqu'elle l'avait dispensé de retourner à l'école...

Zina termina de fixer le pansement et se leva.

— Bon, dit-elle, maintenant il faut que j'aille travailler.

Elle déposa un baiser sur les lèvres d'Andréi puis

ouvrit une armoire. Elle en sortit rapidement un manteau et un chapeau à voilette.

Zina semblait toujours choisir ses vêtements au hasard, prendre les premiers qui lui tombaient sous la main. Ensuite, elle mettait un temps fou à les ajuster, à les agrémenter d'une broche, d'un collier, à s'inspecter minutieusement dans une glace...

— Ne rien changer à ses habitudes, dit-elle en piquant une longue épingle dans son chapeau, voilà l'une des règles d'or du parfait révolutionnaire — et ce n'est pas le camarade Vladimir qui me contredira !

Plusieurs fois par semaine, elle donnait des leçons de piano à des enfants de la bourgeoisie et de l'aristocratie.

Ces après-midi étaient de véritables épreuves pour Andréi. Il se sentait comme pris au piège, dans cet appartement sous les toits. Zina était son seul lien avec le monde extérieur, car lui-même ne pouvait sortir.

Ce que Vladimir avait redouté s'était produit.

La police avait fait le lien entre l'attaque du wagon et le vol des uniformes, puis entre ce vol et la disparition d'Andréi de l'école.

De tout le groupe, il était le seul à avoir été identifié. Plusieurs journaux avaient divulgué son nom et insisté sur le fait qu'il était juif... et qu'il s'était glissé dans les rangs des cadets en dissimulant ses origines. Suivaient les habituelles considérations sur la traîtrise, la malhonnêteté et la fourberie des juifs... Ainsi donc, il se trouvait brusquement dans la situation d'un homme traqué. Zina lui avait affirmé que Vladimir, avec qui elle restait en contact, ne l'abandonnerait pas, mais rien ne se passait... Est-ce que l'organisation se souciait vraiment de lui, et qu'avait-elle prévu ?...

La jeune femme accrocha une rose de velours noir

sur le revers de son manteau, fit deux pas en arrière pour considérer l'effet produit dans la glace de sa coiffeuse puis se retourna vers Andréi en esquissant une révérence.

— Je te plais ?

Sans attendre sa réponse, elle lui envoya un baiser de la main et sortit de l'appartement.

Elle paraît toujours aussi joyeuse et insouciante, songea Andréi, comme si aucun danger ne nous guettait...

Est-ce qu'elle a peur pour moi autant que j'ai peur pour elle ? Est-ce qu'elle m'aime comme je l'aime ?

Je lui plais, je l'amuse... elle a envie de moi... mais je ne suis peut-être qu'un moment de sa vie...

Certains après-midi, je n'en peux plus de l'attendre, et j'en viens à imaginer des choses folles, des rendez-vous galants qu'elle aurait en ville... Je guette son retour, je tremble de joie quand j'entends vibrer sous ses bottines le petit escalier en colimaçon... puis ce sont les pas pressés sur le palier... la clé dans la serrure... et la voilà qui entre, un peu essoufflée, toute fraîche de l'extérieur, rieuse, prête à me raconter tout ce qu'elle a vu ou entendu en ville, ou à me décrire le comportement ridicule ou amusant de l'un de ses élèves... Souvent, elle revient avec des gâteaux. Elle est d'une gourmandise étonnante, elle m'a avoué que dans les salons de thé elle ne résistait jamais au plaisir de goûter tout ce qui la tentait. A se demander comment elle fait pour rester si mince...

Andréi se leva, fit quelques pas dans la chambre, passa dans l'autre pièce. Machinalement, ses doigts caressèrent les touches du piano. Parfois, elle jouait pour lui et lui chantait des *lieder*. Elle avait une belle voix fragile — « pas assez de coffre, trop de vodka », expliquait-elle. C'est vrai qu'elle buvait beaucoup. Plusieurs fois, il avait tenté d'aborder le sujet. Bien sûr, elle s'était moquée de lui, puis s'était mise en colère quand il avait insisté. Elle voulait vivre à sa façon, personne n'avait de droit sur elle, pas plus lui que n'importe qui d'autre...

Il s'approcha de la haute lucarne ovale et regarda les toits de la ville.

En se penchant sur le côté, il pouvait apercevoir la masse grise de la forteresse. Parfois, il lui semblait entendre l'écho lointain d'un clairon. Il ne ressentait aucune nostalgie, se demandait au contraire comment il avait pu passer tant de temps dans cette école, se soumettre à cette discipline, parmi tous ces jeunes gens destinés à être de futurs bourreaux au service du Tsar...

Stanislas avait dû être interrogé par la police, mais comme il ne savait rien, il s'était sûrement disculpé facilement. Risquait-il d'être chassé de l'école pour avoir aidé Andréi à y pénétrer ? Selon Zina, qui s'était informée, aucun cadet n'avait fait l'objet d'une telle sanction.

Mais c'était pour le rabbin qu'Andréi était le plus inquiet. La police était sans doute remontée jusqu'à Visneck et l'avait peut-être durement interrogé... Le jeune homme essayait de se rassurer en songeant que la force de caractère de son grand-père et sa foi lui permettraient de surmonter cette épreuve.

« — Je serai toujours avec toi, je prierai pour toi. Quoi qu'il se passe, mon fils, nous serons toujours ensemble. Puisse l'Éternel te guider sur le chemin de la Vérité... »

— Réveille-toi, paresseux !

Zina secouait Andréi, qui s'était endormi en l'attendant.

— Un envoyé de Vladimir m'a remis un petit cadeau.

Elle lui tendit une enveloppe.

Il en sortit des papiers d'identité russes.

Ils étaient établis au nom d'Andréi Alexandrovitch Varouski et portaient tous les cachets et estampilles officiels.

Zina en agita d'autres.

— Et moi, sais-tu comment ils m'ont baptisée ? Je suis Zina Alexandrovna Varouska — autrement dit, ta grande sœur !

Elle ôta son chapeau et le lança adroitement sur une commode.

— Avoue que c'est astucieux : un frère et une sœur qui voyagent ensemble, quoi de plus normal...

— Et quelle est notre destination ? interrogea Andréi en se levant.

Il s'approcha d'elle et l'embrassa. Il aimait sentir sa fraîcheur, son parfum quand elle rentrait.

— Eh bien, dit Zina, le grand chef a décidé que nous irions... devine où ? A Odessa ! J'ai l'adresse d'un contact là-bas. Ça nous fait une sacrée distance à parcourir, Odessa... pourquoi par Nijni Novgorod, pendant qu'il y était ! Nicolas viendra nous chercher demain matin. Il nous conduira jusqu'à la gare voisine où nous prendrons le train, pour toi c'est plus prudent.

Elle se blottit contre lui.

— D'après ce que m'a fait comprendre l'envoyé de ce cher Vladimir, celui-ci veut non seulement qu'on aille le plus loin possible, mais aussi qu'on quitte cette ville dans les plus brefs délais. Nous sommes des pestiférés pour l'organisation à Minsk...

Elle rit.

— Je parie que le grand chef a dû amèrement reprocher à Markov d'avoir introduit dans le groupe ce « foutu romantique » de Parocki — pardon, de Varouski.

— Enfin, nous allons partir ! J'étouffe ici quand tu n'es pas là.

Soudain, elle se recula, l'examina.

— Oui, ça pourra aller, tu es à peu près de sa taille.

— De la taille de qui ?

La jeune femme sortit de la chambre, revint en portant dans les bras des vêtements masculins, qu'elle jeta sur le lit.

— De mon père. Enlève ta robe de chambre et essaie ça.

Pendant qu'il s'exécutait, elle l'observait, un curieux sourire aux lèvres.

— Ces vêtements te vont parfaitement. Un peu désuets, mais très chics. Tu vas posséder une garde-robe parfaite.

Elle le prit vivement par la taille et l'entraîna à travers l'appartement dans une valse effrénée.

La tête renversée en arrière, elle fredonnait :

— Odessa... Odessa... A nous deux, Odessa !

CHAPITRE VIII

Du haut de son siège, le cocher se pencha.

Où allez-vous ?

— Au 25 de la rue Stourmansky, répéta Zina.

L'homme hésita.

— C'est dans la Moldavanka, dit-il, le quartier juif... à cette heure-ci de la nuit...

— Très bien, nous nous passerons de vos services.

Zina se dirigea vers le fiacre suivant, dans la file qui attendait devant la gare.

— Bon, dit le cocher, de mauvaise grâce, on va essayer de la trouver, votre rue.

Andréi hissa les bagages sur le siège à côté de l'homme puis monta à côté de Zina, tandis que le fiacre se mettait en route.

Ils étaient engourdis de fatigue, mais il leur fallait encore lutter contre le sommeil... on touchait au but.

Pinsk... Kiev... Vinnitsa... Kichinev... et enfin Odessa.

Quatre jours et quatre nuits dans les trains bondés, à croire que toute la Russie était prise d'une frénésie de voyages...

En route, leurs papiers avaient été contrôlés plusieurs fois, sans jamais susciter la moindre méfiance. Pourtant, par un surcroît de prudence, ils n'avaient jamais passé la nuit dans un hôtel, préférant les trains ou les salles d'attente.

A Kiev, cependant, où ils disposaient de plusieurs heures avant de reprendre leur voyage, Zina avait entraîné Andréi hors du périmètre de la gare.

— Pour mon père, c'était la plus belle des villes, avait-elle expliqué, et je ne veux pas rater cette occasion de vérifier que j'ai les mêmes goûts que lui.

Du fiacre qu'ils avaient loué, Kiev s'était offerte à eux, avec ses jardins incomparables, ses églises baroques. Ils avaient longé le Dniepr et étaient allés dîner au fameux café « Maxime » où se rencontrait l'élite des artistes. Ils avaient bu du champagne de France, d'une marque que Zina avait exigée, ce qui leur avait valu la considération du sommelier...

C'est elle aussi qui avait composé le menu — des plats français exclusivement. Zina était rayonnante, la joie qu'elle éprouvait semblait lui avoir fait oublier la situation dangereuse dans laquelle ils se trouvaient. Andréi l'enviait. Lui, malgré tous ces plaisirs nouveaux qui s'offraient, ne parvenait pas à chasser ses préoccupations. Qu'allaient-ils trouver à Odessa ? Comment allaient-ils continuer la lutte ?

« — Do-Dna, mon amour, avait lancé Zina en remarquant sa mine soucieuse. Bois, nous sommes heureux ensemble, profitons de la vie... »

Le fiacre s'arrêta.

— Je ne peux pas aller plus loin, dit le cocher.

Le quartier où ils étaient arrivés semblait miséreux, les rues étroites aux pavés inégaux n'étaient éclairées que par de rares becs de gaz. Aucun passant n'était visible.

De son fouet, l'homme désigna une rue minuscule, sur la gauche.

— C'est celle-là, la rue Stourmansky.

Après avoir pris leurs bagages et payé un prix

exorbitant qu'Andréi n'eut même pas la force de discuter, ils s'avancèrent dans le boyau obscur.

Le seul signe de vie était un soupirail au ras des pavés, d'où s'échappait de la lumière, de la vapeur et des bruits de voix, mêlés à des bouffées d'accordéon.

— Ça ne peut être qu'ici, dit Andréi.

Zina appuya sa tête contre l'épaule de son compagnon.

— Hélas, je crois que tu as raison.

Ils descendirent les marches menant à une porte en sous-sol, surmontée d'un cœur en bois où l'on avait gravé le chiffre 25.

Andréi tourna la poignée.

La salle dans laquelle ils pénétrèrent était longue et étroite, chaude et enfumée. L'assistance était presque exclusivement composée de marins, regroupés par nationalités autour des tables de bois. On buvait de la bière ou de la vodka, en s'interpellant dans les langues les plus diverses. Malgré le bruit, certains hommes semblaient dormir — à moins qu'ils ne fussent ivres morts — affalés sur les tables, la tête entre les bras. Quelques femmes outrageusement fardées criaient très fort. Dans le fond, un accordéoniste jouait pour lui tout seul.

Une femme courtaude s'avança vers les nouveaux arrivants et leur désigna deux places à une table où se trouvaient déjà trois marins à col noir.

— Mettez-vous là, dit-elle sur un ton péremptoire.

— Nous sommes venus voir Mischka, dit Andréi.

Aucun signe d'intérêt ne se lut sur le visage de l'hôtesse.

— Des Mischka, j'en connais beaucoup, se borna-t-elle à laisser tomber.

— Mischka Gratch.

Cette précision ne sembla pas lui faire plus d'effet. Son regard était resté impassible. Pourtant, elle fit demi-tour et se dirigea vers le fond du cabaret en lançant : « Attendez un peu. »

Andréi et Zina s'assirent à côté des marins.

— C'est vraiment ce que j'appellerais une arrivée triomphale, murmura Zina en bâillant.

Elle avait posé sa tête sur le sac de voyage placé devant elle sur la table et fermé les yeux.

Andréi sentait qu'il commençait à somnoler quand la femme revint.

— Venez, dit-elle.

Ils la suivirent.

Elle poussa une porte, découvrant une salle carrée plus petite que la première, elle aussi envahie de fumée et de chaleur, mais où régnait une atmosphère plus intense. Des matelots jouaient aux cartes et aux dés, criaient, se disputaient, tandis que s'échangeaient des billets de tous les pays.

Un homme, les bras croisés, fit face à Andréi et à Zina.

C'était un colosse d'une trentaine d'années aux yeux bleus, aux cheveux blonds presque blancs coupés court. Il souriait. Il y avait dans son regard quelque chose d'un peu rêveur, qui donnait l'impression qu'il n'appartenait pas vraiment au cadre dans lequel il évoluait.

— Je suis Mischka Gratch, dit-il.

— Enfin, soupira Zina. Je pensais qu'on ne vous trouverait jamais...

Le colosse se tourna vers les occupants d'une table voisine et fit un signe énergique. Aussitôt, les joueurs ramassèrent cartes et argent et s'empressèrent d'abandonner les lieux. Déjà, la femme qui avait accueilli Andréi et Zina déposait trois verres et une carafe de vodka sur la table.

Mischka s'assit en face des deux jeunes gens.

— Je vous écoute, dit-il en emplissant les verres. Que me vaut le plaisir de votre visite ?

— Nous venons de la part de Vladimir.

Andréi eut l'impression que le regard de Mischka s'était durci.

— Quand vous a-t-il donné mon adresse ?

— Il y a cinq jours. Il nous a dit qu'on pouvait compter sur vous.

L'homme but une gorgée d'alcool, puis se pencha vers eux.

— Le train, à Minsk, c'était lui... et vous ?

— Oui, dit Zina.

Mischka fixa Andréi.

— Alors, le cadet dont ont parlé les journaux, c'était toi ?

— Oui. Mais ne craignez rien, j'ai changé d'identité.

Le colosse blond haussa ses larges épaules.

— Je m'en doute. Montrez-moi un peu vos papiers.

Zina et Andréi s'exécutèrent.

Le patron du cabaret examina longuement les documents.

— Très bien, dit-il enfin.

Il releva la tête et considéra Zina avec une lueur amusée dans le regard.

— C'est la première fois que je rencontre une femme révolutionnaire. J'en suis ravi et honoré.

Andréi eut l'impression que le regard de l'homme s'attardait avec complaisance sur sa compagne.

— Naturellement, nous ne sommes pas vraiment frère et sœur, s'entendit-il préciser.

Mischka lui adressa un sourire un peu narquois.

— Ça aussi, je m'en doutais.

Il leur rendit leurs papiers.

— Il faut que vous sachiez une chose : je ne suis pas des vôtres. Simplement, j'ai eu la faiblesse de rendre une fois service à Vladimir et depuis il a pris l'habitude de m'envoyer ses amis en difficulté. On compte toujours sur le brave Mischka pour tirer les gens d'affaire.

— Nous vous en remercions, dit Andréi. Dès que

nous le pourrons, nous nous débrouillerons par nos propres moyens, nous ne vous ennuierons plus. Ce que nous voulons, c'est reprendre la lutte le plus tôt possible.

— Reprendre la lutte... c'est plus facile à dire qu'à faire. Depuis la révolte du *Potemkine* et les insurrections qui ont secoué la ville, la police est très vigilante. L'*okhrana* a démantelé presque tous les réseaux socialistes révolutionnaires d'Odessa. Je ne vois pas comment vous pourrez renouer des contacts.

Il emplit de nouveau son verre — Andréi et Zina avaient à peine touché les leurs.

— Nous sommes entre juifs, n'est-ce pas ? dit Mischka. J'ai un sixième sens qui me permet de repérer mes coreligionnaires.

Il but, reposa son verre.

— Bon, il se peut que je vous propose autre chose.

Andréi le fixa, sans comprendre.

— Autre chose ?

— Oui. Mais nous en reparlerons plus tard. Maintenant, vous m'avez l'air de penser surtout à dormir. Suivez-moi.

Il les conduisit au premier étage.

— Je vous loge pour la nuit, ensuite nous verrons, expliqua-t-il. Je vous préviens, ici, ce n'est pas une place...

En effet, la soupente meublée d'un lit et d'une chaise où il les fit entrer était loin de mériter ce nom.

— De toute façon, je n'ai que ça à vous offrir, ajouta-t-il. A deux, vous vous tiendrez chaud. Je viendrai vous chercher demain vers midi, je ne suis pas un lève-tôt.

A peine avait-il quitté la pièce que Zina se laissait tomber sur le lit, les bras en croix.

Quelques secondes après, elle dormait déjà.

Andréi regardait avec attendrissement les vieux

juifs en caftan et chapeau de fourrure, avec leurs *payess* traditionnelles ; c'était un peu de Visneck qui ressurgissait, mais ce quartier d'Odessa où Mischka les pilotait, lui et Zina, était beaucoup plus ouvert au monde. Des matelots en goguette y croisaient des pèlerins tartares qui partaient ou revenaient de La Mecque, de pieuses femmes en perruques y côtoyaient des prostituées. Dans de petites boutiques obscures se vendaient des produits du monde entier en provenance du port. Pourtant, toute cette effervescence se déroulait sur un arrière-fond campagnard : derrière les petites maisons basses, on pouvait apercevoir des chevaux, et aussi des poules et des pigeons, dans des cours.

— J'aime la Moldavanka, dit Mischka, c'est le plus beau quartier d'Odessa, celui où tout peut arriver.

Il désigna une minuscule pâtisserie.

— Voilà, c'est là que nous allons.

Devant la porte, une vieille femme assise sur une chaise de paille suivait les passants des yeux, avec une curiosité qui paraissait inlassable.

Quand elle aperçut Mischka, elle se leva avec une étonnante vivacité et se jeta dans ses bras.

— Mischka, espèce de brigand ! dit-elle en yiddish... voyou... c'est seulement maintenant que tu te décides à venir nous voir...

Elle l'accablait d'injures, et lui, il riait, la soulevait comme un fétu de paille dans ses bras, l'appelait « sa gentille petite fleur sucrée »... et peu à peu, la fausse colère de la vieille femme se transformait en rires.

Le colosse l'entraîna dans l'échoppe, en faisant signe à Andréi et à Zina de les suivre.

A l'intérieur, un vieil homme s'affairait parmi des piles de gâteaux et de confiseries accumulés dans le plus parfait désordre.

Mischka lui appliqua deux baisers sonores sur chaque joue, puis il prit les deux vieux chacun par un bras et les présenta à Andréi et à Zina.

— Voici Galina et Mendel Coppel, dit-il. Ils m'ont recueilli dans le ruisseau de la Moldavanka et m'ont élevé.

— Dis plutôt que tu as poussé comme une mauvaise graine, vaurien, s'exclama Galina, malgré tous nos efforts pour t'éduquer.

— Allons derrière, proposa Mischka, nous avons à parler.

Ils pénétrèrent dans la cuisine, où régnait le même désordre que dans la boutique. Une délicieuse odeur de *kougel de ferfels* [1] fit surgir chez Andréi l'image de Lianka s'affairant dans sa cuisine à Visneck...

— Bon, dit Mischka, il faudrait loger mes deux amis pour quelque temps. Vous pourriez leur donner mon ancienne chambre. Vous direz que ce sont des cousins d'Okhrava...

— On sait, on sait, ce ne sont pas les premiers amis que tu nous amènes, on se débrouillera, dit Galina.

Elle se tourna vers ses futurs pensionnaires.

— Dites-moi, comment est-ce que ça se passe pour les juifs, d'où vous venez ?

— Comme partout, dit Zina, plutôt mal.

— Vous êtes passés par Kiev ? interrogea Mendel.

— Oui.

— Alors, vous avez sûrement entendu parler du procès Beylis ?

Voyant que les jeunes gens faisaient un signe d'ignorance, le vieillard prit un journal dans sa poche et leur tendit.

— Lisez ça ! Beylis est un juif qu'on a accusé du meurtre rituel d'un jeune garçon chrétien, un enfant de douze ans. Un meurtre rituel, vous vous rendez compte ! Après une longue enquête de deux ans, le procès a enfin eu lieu et on a reconnu son innocence.

1. *Kougel de ferfels :* gâteau confectionné à partir de pâtes.

Mais la presse continue de suspecter les juifs de mille actes de barbarie. Un député de la Douma a même fait imprimer des tracts qui affirment que nous, les juifs, assassinons les enfants ! Nul n'a osé critiquer, bien évidemment. Le Tsar trouve sans doute tout cela très bien.

La véhémence du vieil homme étonnait Andréi et Zina. Tous les cinq, ils se trouvaient plantés là, lancés dans une grande conversation, au milieu de l'étroite cuisine encombrée d'ustensiles et de gâteaux...

— Les malheurs de notre peuple vous préoccupent ? interrogea Mendel.

— Certainement, dit Andréi. Et c'est l'une des raisons pour lesquelles je me suis engagé dans la lutte contre le régime.

Il y eut un silence.

Mischka s'empara d'une boîte en fer posée sur une étagère et commença à y piocher des gâteaux de sa large main.

— Vous croyez que ceux qui luttent contre le Tsar seront meilleurs avec les juifs, s'ils gagnent ? interrogea Galina.

— Évidemment, dit Zina. Quand nous aurons remporté la victoire, un homme nouveau surgira, qui ignorera le racisme.

La vieille femme hocha la tête, un sourire dubitatif aux lèvres.

— Un homme nouveau qui ignorera surtout Dieu, puisque les révolutionnaires disent que la religion, c'est l'opium du peuple.

— Allez donc expliquer, renchérit Mendel, à un juif qui n'a survécu pendant deux mille ans que grâce à sa foi que la religion est l'opium du peuple !

— En réalité, ce qu'ils veulent, les révolutionnaires, dit Mischka, la bouche pleine : c'est que le peuple juif se fonde dans la masse du peuple russe.

Autrement dit, il nous faudrait perdre notre identité, notre culture et notre religion bien sûr ! Ça, pour fondre, nous fondrions, comme du beurre dans la poêle.

— Vous vous trompez, dit Andréi ; les révolutionnaires veulent au contraire respecter les droits fondamentaux de tout homme.

— Je sais, je sais, coupa Mendel. Mais s'ils arrivent un jour au pouvoir, ils feront comme les autres. A la moindre occasion, pour raison d'État, ils n'hésiteront pas à nous transformer en bouc émissaire. C'est pourquoi, pour nous, le sionisme est la seule voie !

— Nos cousins d'Okhrava ne savent peut-être pas ce qu'est le sionisme, dit Mischka en tendant la boîte de gâteaux à Zina.

— Si, dit Andréi, un peu. Mon grand-père m'a parlé de Herzl...

— A la fin du siècle dernier, dit Galina, à l'époque de ces terribles pogroms, certains juifs de Russie sont partis en Palestine. C'est ce qu'on a appelé la « *première Alyah*[1] ». Nous aurions dû les suivre, car nous étions jeunes alors, mais nous avons hésité, hésité... et puis les choses se sont arrangées peu à peu...

— Et nous avons cru que c'était pour toujours, renchérit Mendel, incorrigibles optimistes que nous étions !

— Maintenant que les progroms ont repris de plus belle, intervint Mischka, s'est organisée la « *deuxième Alyah* »...

— ... et nous, on est trop vieux pour partir, cette fois, poursuivit Mendel.

Il fixa Andréi et Zina.

— Mais les jeunes, il faut qu'ils y aillent, en *Eretz Israël*[2].

1. *Alyah :* mot hébreu signifiant la montée, le retour.
2. *Eretz Israël :* la terre d'Israël, en hébreu.

— Les mouvements sionistes ont acheté des terres là-bas, dit Mischka, et envoyé des gens pour les mettre en valeur. Justement, parmi eux, il y a beaucoup de militants socialistes, qui ont cessé de croire que l'antisémitisme allait disparaître avec la fin du tsarisme ! Ces intellectuels se sont transformés en *haloutzim* — en pionniers. Ils cassent des cailloux, assèchent les marais, plantent des arbres. La vie est dure, là-bas, il y a le paludisme, le climat... mais ils sont portés par leur idéal : construire un foyer juif en Palestine. Ils sont déjà quatre-vingt mille pionniers et s'organisent en fermes collectives, les *kevoutsah*...

Son regard se fit rêveur.

— Près de Jaffa, ils viennent de construire parmi les dunes de sable une petite ville toute blanche. Ils l'ont appelée Tel-Aviv, « la colline du printemps ».

— Et quand pars-tu toi-même pour faire de la culture ? demanda Zina sur un ton moqueur.

— Mischka aimerait bien, dit Galina, mais en ce moment il est plus utile ici. Il organise des départs clandestins. Il y a ceux qui partent directement pour la Palestine et ceux qui préfèrent la *goldene medineh* [1] où ils s'installent et militent dans les mouvements sionistes qui sont très importants et pas interdits comme ici. Mais souvent ils repartent pour la Palestine en obtenant des visas du gouvernement turc.

— Mischka a une tâche très lourde et périlleuse, intervint Mendel. Il est irremplaçable ici, et puis...

Le vieillard eut un sourire malin.

— ... Il gagne de l'argent avec son sale tripot, de l'argent pour acheter des terres là-bas.

Andréi se sentit attendri par les deux petits vieillards encadrant ce colosse dont ils vantaient les mérites avec enthousiasme.

1. *Goldene medineh :* la terre d'or, terme yiddish pour désigner les États-Unis.

— Mais on est là, on parle, on parle, dit Galina, il faut qu'on s'occupe de la boutique. Viens, Mendel. Toi, Mischka, montre la chambre aux cousins.

Les Coppel quittèrent la cuisine.

— Allons-y, dit Mischka.

Dans l'escalier qui menait au premier étage, il interrogea sur un ton détaché :

— Alors, cousins, vous ne vous sentez pas tentés par le voyage ?

— Pour l'instant, dit Andréi, ce n'est pas...

Il ne termina pas sa phrase.

Comment faire comprendre à leurs nouveaux amis que leur combat, à Zina et à lui, était autre ? Ils voulaient la liberté pour tous les hommes qui souffraient sous le joug du Tsar, et non pas pour les juifs seuls.

— Enfin, réfléchissez, dit Mischka. Vous avez tout le temps de vous décider... à moins que les événements ne le fassent à votre place.

Le jour commençait seulement à éclairer le port d'Odessa. Pourtant, les hommes travaillaient déjà depuis deux longues heures. En files régulières, d'un mouvement ininterrompu, ils montaient et descendaient les larges passerelles qui menaient sur le pont des navires. Les marchandises les plus diverses s'entassaient sur les quais, du charbon aux ballots de thé, en passant par les peausseries et les bois précieux.

Andréi fléchit les genoux, empoigna le sac de blé et le hissa sur son épaule. Puis il prit sa place dans la file qui montait à bord du gros cargo ventru.

Arrivé sur le pont, il se débarrassa de son fardeau avec soulagement, le laissant aller sur la glissière qui plongeait dans la soute où d'autres hommes s'activaient.

Il se redressa et tout en essuyant son front en sueur vérifia que le contremaître ne pouvait pas le voir. Quelques secondes de répit seraient les bienvenues.

Son regard erra sur le port où se pressaient des centaines de bateaux de tous tonnages, arborant les pavillons les plus divers. Plus loin, c'étaient les entrepôts et les chantiers navals ; derrière, les usines dont les hautes cheminées ne cessaient jamais de cracher leurs fumées. Plus loin encore à l'est, Andréi savait que cette ligne claire, c'étaient des plages de sable fin : la « perle de la mer Noire », avec ses stations balnéaires pour privilégiés.

Il fit jouer les muscles de ses épaules, qui étaient encore douloureux — mais rien de comparable à ce qu'il avait enduré les premiers jours, où il avait été près d'abandonner, tant son corps était meurtri. Pourtant il avait tenu bon et ressentait maintenant une certaine fierté à pouvoir soutenir sans trop de difficultés le rythme de travail de ses camarades. La nécessité de gagner sa vie l'avait amené ici. Il ne le regrettait pas. Il y avait beaucoup appris, et à présent il était sûr d'avoir choisi la bonne voie, le bon combat, celui qui apporterait la justice à tous les hommes. Les pauvres de la classe ouvrière, il ne les avait connus jusqu'ici que de l'extérieur, il les avait observés dans les faubourgs de Minsk et dans les manifestations, mais à présent il vivait parmi eux. Lui, le petit juif de Visneck, se sentait l'un des leurs.

« — Tu es vraiment un “foutu romantique”, disait Zina quand il lui confiait ces réflexions. Tu es peut-être un des leurs, mais seulement de passage, et ça fait une sacrée différence... »

Quand il s'inséra dans la file descendante, il vit sur le quai Kircha, l'un des plus vieux dockers, chanceler sous le poids de son sac et le laisser tomber à terre. L'homme était exténué.

Aussitôt, le contremaître le rejoignit en courant.

— Qu'est-ce qui te prend, feignant ? cria-t-il. Dépêche-toi de reprendre ce sac !

Le vieux ne répondit pas, car il récupérait son souffle avec peine. Le buste penché, il tremblait. Ses omoplates saillaient sous sa chemise déchirée.

— Dix roubles d'amende, hurla le contremaître, et dix autres si tu ne repars pas tout de suite !

Andréi s'approcha.

— Allons, dit-il au contremaître, vous ne pouvez pas faire ça : dix roubles, c'est presque son salaire de la journée... Laissez-le se reposer un peu...

L'autre lui jeta un regard furieux.

— De quoi tu te mêles, toi ? Tu veux une amende aussi ?

Les autres dockers passaient sans s'arrêter, mais les regards qu'ils jetaient au contremaître n'étaient pas tendres — c'était un homme dur, impitoyable.

Seul Oleg, un Ukrainien aux cheveux noirs très raides, aux épaisses moustaches en croc, se détacha de la file.

Il s'avança, portant avec aisance le lourd sac de blé sur son épaule, s'arrêta face au contremaître et, sans le quitter des yeux, déposa son fardeau à ses pieds.

— Cesse de nous traiter comme des bêtes, dit-il. Nous sommes des hommes.

Le contremaître hésita.

Oleg avait une forte tête, qui exerçait un certain ascendant sur les autres. Mieux valait ne pas l'avoir contre soi.

— Bon, dit-il. Je passe pour cette fois. Allez, au travail, tous les trois, on ne vous paie pas à discuter !

Oleg aida le vieux docker à remettre son sac sur son épaule et les deux hommes reprirent leur place dans la file.

Un peu plus tard, Andréi vit Oleg se faufiler et venir se placer derrière lui.

— Tu as bien fait d'intervenir, dit l'Ukrainien. Ce contremaître, il faut lui montrer qu'on n'a pas peur de lui. Tu as eu du courage, félicitations !

— C'était normal.

Oleg rit.

— Pour toi, camarade, pour toi.

— Le secret pour réussir le *chalett*, dit Galina, c'est d'utiliser des raisins secs qui ont trempé toute une nuit dans un mélange de vodka et d'eau.

Andréi y était habitué, maintenant : la plupart du temps, quand il rentrait de sa dure journée de travail, il trouvait Zina dans l'arrière-boutique, aidant Mme Coppel à confectionner les gâteaux.

Il se laissa tomber sur une chaise à côté des deux femmes. Elles lui jetèrent un regard amical sans cesser leur pétrissage régulier.

— Salut à toi, travailleur de force, dit Zina.

Elle avait emprisonné ses cheveux dans un foulard ; une trace de farine marquait sa joue.

« — Pour une femme, c'est toujours utile de savoir faire de la pâtisserie » disait-elle avec un sérieux qui étonnait Andréi.

La jeune révolutionnaire élégante et fantasque semblait avoir disparu, pour laisser place à cette femme apparemment occupée uniquement de cuisine et de ménage...

— Ton eau est chaude, dit-elle en désignant une bassine sur la cuisinière. Dépêche-toi d'aller te laver, le dîner va être bientôt prêt.

— C'est Zina qui a préparé les *klouski*[1] précisa Galina. Elle est douée, et l'homme qui l'épousera, il ne sera pas malheureux.

Andréi alla prendre la bassine d'eau et sortit de la pièce.

En montant l'escalier qui menait à sa chambre, il se sentait bien. Après ses heures harassantes de travail, il aimait retrouver la douce quiétude du foyer Coppel. Et cette nouvelle Zina ne lui déplaisait pas — encore qu'il la soupçonnât de jouer son rôle avec quelque malice...

Mischka vint partager leur repas, comme presque tous les soirs d'ailleurs. Depuis l'arrivée de ses « cou-

1. *Klouski :* sorte de boulettes faites d'un mélange de farine, d'œufs et de yoghourt.

sins », au dire des Coppel, il était devenu très assidu...

Il complimentait Zina pour ses *klouski* et raconta des histoires sur le petit monde de la Moldavanka. Le colosse blond avait le don de faire revivre de manière saisissante, d'une phrase, d'une mimique, les personnages dont il évoquait les aventures cocasses ou tragiques. Tout le monde riait beaucoup...

Nul ne parlait plus du sionisme. Andréi et Zina y voyaient là un effet de la délicatesse de leurs nouveaux amis.

Le soir, dans la chambre, Zina, qui brossait ses cheveux devant la glace de l'armoire, suspendit son geste.

— Je me demande si les Coppel ne font pas des projets pour moi, dit-elle.

Andréi était déjà étendu sur le lit.

— Quel genre de projet ? demanda-t-il.

— Des projets de mariage.

— Tu crois que ça les gêne qu'on ne soit pas mariés ?

Elle rit.

— Tu n'y es pas du tout, mon chéri ! C'est à Mischka qu'ils me destinent. Galina et Mendel n'ont pas été sans remarquer que leur fils venait souvent à la maison depuis que j'y étais. Ils espèrent sans doute que je le détournerai des femmes de mauvaise vie qui sont ses compagnes habituelles.

Andréi s'assit.

— Et moi alors, qu'est-ce que je deviens dans tout ça ?

— Pour eux, notre liaison n'est que le fruit des circonstances et ne durera pas. Et puis, je suis plus vieille que toi.

— Ils prennent vraiment leurs désirs pour des réalités, ces braves gens !

Zina souffla la lampe puis se glissa dans le lit. Elle se pelotonna contre son compagnon.

— Oh, tu sais, Mischka est très prévenant pour moi, très attentionné. Cet après-midi, il m'a emmenée en ville pour me présenter à des gens qui veulent donner des leçons de piano à leur fils. Ensuite, il a tenu à me faire un peu visiter Odessa. Lui qui est toujours en train de plaisanter, il était devenu très sérieux, et paraissait même un peu intimidé... J'espère que tu es jaloux ?

Andréi l'attira contre lui.

— Très jaloux.

Le soleil... et cette mer si chaude...

— Tu ne peux pas imaginer comme l'eau était glacée à Visneck, dit Andréi, quand on se baignait avec Stanislas dans l'étang derrière le château.

Il se tourna vers Zina. Son maillot de bain noir mouillé collait au corps de la jeune femme. La courte jupe à volants dévoilait ses jambes jusqu'aux genoux, ce qui en faisait la tenue la plus audacieuse de la plage...

Dire qu'elle avait pensé à mettre ce vêtement dans sa valise, en partant de Minsk ! Zina voulait profiter de tous les plaisirs que pouvait lui offrir l'existence. La vie dangereuse d'une militante révolutionnaire qui était la sienne et l'incertitude de l'avenir expliquaient sans doute cette recherche du plaisir...

— La mer, c'est autre chose, poursuivit-il. Ces vagues presque chaudes, quelle sensation merveilleuse ! Et ce sable...

Il en prit une poignée et le fit couler lentement sur le maillot de bain rayé que lui avait prêté Mischka.

— Tu découvres les joies de la vie des privilégiés, mon cher, dit Zina. Attention à ne pas te laisser corrompre !

Elle puisa dans le panier de pique-nique que leur

avaient préparé les Coppel et en sortit deux pommes. Elle en lança une à Andréi et mordit dans la sienne. Ils étaient les seuls à ne pas avoir de tente et Andréi sentait peser sur eux les regards réprobateurs des familles qui buvaient le thé en discutant, à l'ombre de leurs parasols. Tous deux étaient des intrus : les habitués de ces lieux logeaient dans les hôtels ou les villas cossues qui bordaient la plage. Ils passaient leur journée installés dans des fauteuils de rotin à profiter de l'air marin, et des domestiques en livrée allaient et venaient sans cesse pour satisfaire leurs désirs.

— Qu'est-ce que tu en penses, dit Zina, on pourrait devenir de vrais bourgeois, toi et moi. Tu trouverais un emploi de bureau et je donnerais des leçons de piano... On se marierait, on aurait des enfants et on oublierait tout ce qui s'est passé avant...

— Et tu ferais de la pâtisserie.

La jeune femme fit la grimace.

— Ah non, par exemple ! La cuisine et les gâteaux, je commence à en être saturée...

Ils rirent.

— Pourtant, je te trouve parfaite avec de la farine sur le nez, dit Andréi.

Sa compagne fit mine de le battre, puis redevint brusquement sérieuse.

— En tout cas, ce n'est pas facile, dans cette ville, d'entrer en contact avec les milieux révolutionnaires, dit-elle.

— J'ai fait des travaux d'approche auprès d'Oleg, ce docker dont je t'ai parlé. Je lui ai fait comprendre que j'étais prêt à m'engager auprès de ceux qui défendent les ouvriers. Il n'a pas répondu. Toi, tu devrais insister auprès de Mischka.

Zina soupira.

— Je ne fais que ça... Il prétend que c'est très difficile en ce moment, à cause de la répression — je crois plutôt qu'il préfère me voir rester dans le giron des Coppel.

Andréi se laissa aller en arrière sur le sable et ferma les yeux sous l'éclat du soleil.

— Je les aime bien, les Coppel, dit-il.

— Parce qu'ils veulent me marier avec Mischka ! Tu serais débarrassé de moi !...

Il sourit.

— C'est ça, tu as deviné... Non, je pense à l'ardeur avec laquelle ils défendaient leurs idées, tu te souviens, le jour de notre arrivée, quand ils nous parlaient du sionisme ? Ils semblaient si convaincus... Je me demande s'ils n'ont pas un peu raison quand ils disent que l'antisémitisme demeurera, même après la Révolution.

— Ils se trompent, tu le sais bien. Je les adore, mais ils se trompent.

— Oui, bien sûr.

Il se souleva sur les coudes et regarda la mer scintillante.

— Tout de même il faudra être vigilant.

Deux jours plus tard, à la pause de midi, Andréi était allé s'installer un peu à l'écart pour manger le bœuf aux haricots que contenait ce jour-là sa gamelle, quand il vit Oleg s'approcher,

— Tu permets que je te tienne compagnie ? demanda l'Ukrainien en s'asseyant à ses côtés.

— Tu es le bienvenu, dit Andréi.

L'autre se pencha, huma le contenu de la gamelle.

— Hum, ça sent bon, dit-il. Mme Coppel cuisine vraiment bien.

Devant le regard stupéfait d'Andréi, Oleg eut un grand rire.

— Ne fais pas cette tête-là...

— Alors explique-moi.

— C'est simple : depuis deux jours, deux copains à moi, qui travaillent sur un autre quai, t'ont suivi le soir quand tu revenais du travail.

— Vous m'avez espionné !

Oleg eut un geste fataliste.

— Il a bien fallu. Tu m'avais fait des offres de services... c'est bien ça, je ne me suis pas trompé ?

— Non, tu avais vu juste.

— Alors, nous voulions en savoir un peu plus sur toi. Précaution élémentaire ! Figure-toi qu'un jour on a suivi comme ça un gars qui manifestait les mêmes intentions que toi et on a découvert qu'il allait faire son rapport à un agent de l'*okhrana*, tu te rends compte ! C'était un indicateur de police. Il a fini dans l'eau du port, le pauvre, un accident...

Il tapa sur l'épaule d'Andréi.

— Ce qu'on a découvert sur toi est nettement plus sympathique. Les Coppel sont de braves gens et Mischka Gratch est un gars régulier. Il paraît que tu es arrivé chez tes cousins avec ta sœur, cette si jolie brune. Vous veniez d'Okhrava, je crois.

Oleg jeta un regard pénétrant à Andréi, qui sentit que le docker n'était pas convaincu de tous ces liens de parenté...

— C'est cela, dit Andréi. Tu es vraiment bien renseigné. Alors, qu'est-ce que tu as à me proposer ?

— Il y a une réunion, ce soir, si ça t'intéresse. Tu verras bien. Tu peux emmener ta sœur, si tu veux.

La réunion se tenait dans un petit appartement du quartier ouvrier du port.

Quand Andréi et Zina y pénétrèrent en compagnie d'Oleg, une douzaine d'hommes s'y trouvaient déjà, discutant avec animation dans la fumée des cigarettes. Quatre d'entre eux étaient autour d'une table encombrée de papiers et de verres, les autres se tenaient debout, adossés aux murs ou appuyés contre les meubles. Un jeune garçon, accroupi dans un coin de la pièce, ficelait des paquets de tracts.

Oleg présenta Andréi et Zina à l'assistance. Ils furent accueillis par des signes de tête amicaux, puis la réunion reprit son cours. A tour de rôle, les militants faisaient un rapport sur leurs activités récentes dans leur lieu de travail et sur l'état d'esprit qui y régnait. A la table, l'un des hommes, petit, maigre, avec des lunettes cerclées d'acier, les interrompait fréquemment pour leur demander des précisions, tandis que ses trois voisins prenaient des notes.

De temps en temps, une vieille femme, un fichu de laine jeté sur sa chemise de nuit, entrait dans la pièce en traînant les pieds et versait du thé chaud dans les verres.

La voix de l'homme aux lunettes d'acier, qu'on appelait Gregory, était aiguë, un peu nasillarde. Andréi remarqua que son élocution et son vocabulaire étaient nettement plus recherchés que ceux de ses compagnons.

Il était dix heures passées quand la réunion se termina. L'appartement se vida peu à peu.

Gregory invita Andréi et Zina à s'asseoir à la table en compagnie d'Oleg. Le docker expliqua les circonstances qui l'avaient conduit à introduire ses deux nouveaux amis dans le groupe. Puis Zina prit la parole. Elle en avait discuté avec Andréi auparavant : mieux valait tout dire à ceux avec qui ils voulaient maintenant agir.

— Nous étions auparavant affiliés à un groupe de socialistes révolutionnaires, dit-elle.

Elle ne cacha rien du hold-up de Minsk et des raisons de leur fuite.

— Nous autres bolcheviks, dit Gregory, avons eu aussi beaucoup de problèmes à Odessa.

Il ne paraissait pas impressionné par le danger que pouvait représenter l'accueil parmi eux d'un homme recherché par l'*okhrana*.

Ses préoccupations étaient tout autres...

— Le problème, dit-il, c'est que nous avons de grandes divergences idéologiques avec les socialistes-révolutionnaires.

— Vous savez, dit Andréi, nous ne sommes pas des doctrinaires...

Gregory l'interrompit.

— Il n'est pas question que vous entriez dans notre parti sans que vous sachiez certaines choses.

Il entreprit alors de faire un long historique de son

mouvement, depuis la fondation en 1898 du parti social-démocrate, en passant par sa division en deux tendances en 1903 — mencheviks-bolcheviks — pour aboutir en 1912 à la création d'un parti bolchevik indépendant...

Andréi et Zina écoutèrent patiemment, mais tout cela leur était assez indifférent. Ce qui comptait pour eux, c'était d'agir. Et puis ils espéraient bien que la plupart des mouvements révolutionnaires s'uniraient un jour pour être plus forts...

Après cette réunion, une nouvelle vie commença pour eux.

Andréi se levait à cinq heures du matin, travaillait toute la journée aux docks et le soir collait des affiches ou distribuait des tracts à la sortie des usines, des ateliers ou des chantiers navals.

Zina partageait son temps entre les leçons de piano et la petite imprimerie clandestine où elle participait à la rédaction et à la mise en page des tracts et du petit bulletin de la section locale du parti.

Il y avait aussi les réunions de groupe présidées par Gregory, où l'on décidait des actions à mener. Gregory, d'un petit ton sec, fixait la tâche de chacun. Zina avait rapidement remarqué les tendances autoritaires de leur responsable et, toujours prête à s'amuser, imitait son intonation et ses gestes avec une vérité qui faisait beaucoup rire Andréi.

Ils avaient quitté les Coppel pour ne pas leur causer d'ennuis et emménagé dans un petit appartement près du port.

Mischka venait parfois leur rendre visite. Il leur affirmait qu'ils étaient fous, que ce combat n'était pas le leur...

— C'est vrai que nous sommes fous, disait Zina, mais heureux, tellement heureux...

La grève éclata dans une usine de conserves à la suite de l'effondrement d'un bâtiment dont les étages avaient été surchargés de machines afin d'accroître la production. Ce fut un mouvement spontané, violent. La direction fit appel à l'armée, qui chassa les grévistes puis embaucha de nouveaux ouvriers.

Chaque jour, des bagarres éclataient aux portes. Les grévistes attaquaient les nouveaux à leur entrée ou à leur sortie de l'usine et ceux-ci devaient passer en force, protégés par la police et la milice patronale.

Dès leur travail terminé, Andréi et Oleg venaient aider les ouvriers licenciés, faisaient le coup de poing avec eux.

Cette situation durait depuis huit jours, quand un soir, une nuée de policiers, les uns en uniforme, d'autres en civil, surgirent des rues avoisinantes.

— Foutons le camp ! cria Oleg.

Les grévistes se mirent à fuir dans toutes les directions.

Andréi courut droit devant lui, vit un barrage de policiers, fit demi-tour, enfila une autre rue... Le soir résonnait d'appels, de coups de sifflets... Le jeune homme, les poumons en feu, avait l'impression d'être enfermé dans une immense nasse dont les mailles l'emprisonnaient inexorablement. Il courait cependant de toutes ses forces, peut-être y avait-il une issue quelque part...

Dans son dos, il entendit des pas précipités — ami ou ennemi ?

Un camion surgit et barra la ruelle qu'il venait d'emprunter. Des policiers en descendirent.

Il se sentit soudain saisi par-derrière, envoya son poing au hasard, reçut sur la nuque un coup violent qui ébranla tout son corps, lui fit perdre l'équilibre.

Le choc des pavés... la douleur... Un homme buta contre lui et tomba à son tour. Andréi eut soudain la vision de la première manifestation qu'il avait vue, à Minsk...

— Debout ! Debout !

Un policier lui envoyait des coups de botte dans les jambes.

Il se releva, encore étourdi, se trouva entraîné dans un groupe d'hommes qu'on poussait à coups de matraque vers le camion. Avec les autres, il courut, protégeant son visage de son bras replié... grimpa à bord, se cogna aux banquettes de bois, tomba sur le plancher, sentit le poids des corps qui s'entassaient sur lui... Puis la masse enchevêtrée vibra : le camion démarrait.

Andréi parvint à se dégager un peu, appuya sa tête contre la paroi. Pourvu qu'Oleg ait réussi à s'échapper... Il préviendrait Zina et les autres.

— Vite ! Vite ! Dehors !

Le camion s'était immobilisé, l'arrière s'ouvrait. Andréi, entraîné par le mouvement, sauta sur le sol, découvrit une immense cour cernée de hauts murs. « La prison Saint-Vladimir », dit quelqu'un. Des projecteurs éblouissants trouaient la nuit. Un autre camion déversait sa cargaison.

De nouveau, il fallut courir, sous les coups et les vociférations, s'engouffrer dans un boyau au plafond en voûte dont les parois de pierre étaient couvertes de moisissures.

Brusquement, le mouvement se ralentit. Les hommes butèrent les uns dans les autres, recommencèrent à avancer très lentement. L'étroit passage était glacé et la chaleur de leurs haleines dégageait un halo de vapeur. Le boyau semblait sans fin.

Puis Andréi distingua une grande salle carrée. Il fallait passer devant de longues tables de bois derrière lesquelles étaient assis des hommes en uniforme.

Ce fut bientôt son tour.

— Argent, papiers, objets personnels, lui lança un fonctionnaire en levant le nez de son registre.

Andréi déposa devant lui quelques roubles et ses papiers.

Ses papiers...

Il aurait peut-être dû s'en débarrasser. On risquait de découvrir qu'ils étaient faux. Mais non, il y avait des chances pour que cela ne se produise pas : il se perdait dans le nombre de tous ceux qu'on venait d'arrêter, du menu fretin pour la police, on ne vérifierait pas. Et puis, ne pas avoir de papiers aurait attiré spécialement l'attention sur lui...

— Déshabille-toi complètement !

Il s'exécuta. Un gardien pris ses vêtements, les palpa, retourna les poches puis fourra le tout dans un casier, tandis qu'un autre lui remettait une veste courte et un pantalon en tissu gris râpeux. La veste portait un numéro.

A peine avait-il enfilé cette tenue qu'on le poussait hors de la pièce.

Il se retrouva dans un couloir bordé de portes massives qui se faisaient face. Un gardien ouvrit l'une d'elles, fit signe à Andréi d'entrer, puis la referma derrière lui.

La cellule était plongée dans la pénombre. Seule une petite fenêtre munie de barreaux, placée très haut, diffusait la clarté grisâtre de la lune. Andréi distingua un bat-flanc recouvert d'une paillasse, s'y dirigea et trébucha sur un seau qui tomba avec fracas, tandis que montait une odeur nauséabonde. Il se baissa en tâtonnant, le releva puis s'allongea sur la paillasse.

Dans le couloir, on entendait des bruits de pas, des portes qui s'ouvraient et se refermaient. Les clés tournaient dans les serrures.

La meilleure chose que j'aie à faire, c'est de dormir, se persuada Andréi. Réfléchir à ce qui m'arrive, imaginer ce qui va se passer demain, tout cela ne sert à rien. Il faut avant tout que je sois en bon état physique, pour affronter les événements à venir.

Il ferma les yeux. Le silence était maintenant revenu dans la prison.

Une goutte d'eau lui tomba sur le visage, suivie d'une seconde. D'autres mouillaient ses vêtements...

Le plafond suintait d'humidité. Un froid insidieux commençait à engourdir ses membres.

Il se releva, exécuta des mouvements pour se réchauffer. Sous le bat-flanc, il découvrit deux couvertures usées jusqu'à la trame et trouées de vermine. Elles lui parurent pourtant un trésor inestimable : elles étaient sèches. Rapidement, il se débarrassa de ses vêtements et se glissa à même le sol sous le bat-flanc.

Le sommeil vint enfin...

CHAPITRE IX

— Debout ! Debout !

Andréi ouvrit les yeux.

Pendant quelques secondes, il ne sut pas où il se trouvait, puis tout revint brusquement...

On cognait à la porte de sa cellule.

Il se dégagea de ses couvertures, sortit de l'abri du bat-flanc et enfila sa tenue de prisonnier.

La porte s'ouvrit.

— Dépêche-toi, lui cria le gardien, tu viens avec moi.

— Qu'est-ce qui se passe ?

— Tu verras bien. Ici, on ne pose pas de questions.

Dans le couloir, un détenu était en train de laver le sol à grande eau. Andréi et son gardien montèrent un escalier et aboutirent sur un palier petit et sombre où deux portes se faisaient face.

Le gardien frappa à l'une d'elles, puis ouvrit.

Dès qu'il franchit le seuil, Andréi éprouva une sensation de bien-être. Dans un angle de la petite pièce trônait un poêle de fonte qui diffusait une douce chaleur. Un des murs était tapissé de fichiers métalliques, un autre de planches de bois supportant des centaines de dossiers poussiéreux. Au centre, un gros appareil photo trônait sur son trépied. Deux fonctionnaires en blouse blanche cessèrent leur discussion à l'entrée du gardien et de son prisonnier.

— Viens ici, dit l'un d'eux.

Il prit Andréi par l'épaule et l'adossa à une tenture blanchâtre qui pendait sur l'un des murs.

Puis il alluma une grosse lampe électrique qui éblouit le prisonnier et alla se placer ensuite derrière l'appareil photo.

— Regarde-moi... ne bouge plus... Voilà, c'est fait. Maintenant, de profil... de ce côté-là, oui... à présent, de l'autre...

Est-ce que tous les nouveaux détenus passent par cette pièce, s'interrogea Andréi, ou bien suis-je l'objet d'une attention particulière ?

Le second fonctionnaire en blouse blanche le fit passer à la toise, puis alla noter sur un registre :

— Yeux gris... cheveux noirs... pas de signe particulier.

Il revint vers Andréi, et d'un geste brusque, il lui abaissa son pantalon, puis le releva.

— Juif, conclut-il.

Le gardien posa la main sur l'épaule du jeune homme.

— Viens, on continue.

Ils ressortirent sur le palier.

Le gardien frappa à l'autre porte, l'ouvrit, fit signe à Andréi d'entrer, mais resta à l'extérieur.

Le jeune homme se retrouva dans une petite pièce plus grande que la précédente aux murs peints de couleurs claires, au parquet ciré. Elle était meublée avec ce qui, ici, paraissait un luxe : il y avait une bibliothèque, un guéridon...

Derrière un bureau, un homme blond d'une quarantaine d'années, en costume de ville sombre, fixait Andréi. Son col dur était d'une blancheur éblouissante et une épingle en or ornait sa cravate.

Adossé au mur, un colosse au nez cassé, lui aussi en civil, regardait également Andréi de ses petits yeux enfoncés dans leurs orbites.

— Asseyez-vous, je vous en prie, dit l'homme blond en désignant une chaise devant son bureau.

Un peu surpris par ce ton courtois, Andréi s'exécuta.

— Vous nous intéressez, poursuivit le blond — nous, c'est-à-dire l'*okhrana*. Je m'appelle Vlassov.

— Et moi Varouski.

L'autre eut un petit sourire amusé, sortit d'un dossier les papiers d'Andréi, les examina en les tournant et les retournant de ses mains fines. Une bague brillait à l'un de ses doigts.

— Vos papiers sont faux, dit-il. De très bons faux, d'ailleurs. Quel est votre vrai nom ?

— Varouski.

Le colosse se détacha soudain du mur, empoigna Andréi, le souleva de son siège et le gifla plusieurs fois à toute volée, puis le lâcha.

Le jeune homme tomba sur le plancher. Sa tête était en feu.

— Je ne vous comprends pas, dit Vlassov sur un ton ennuyé. Nous finirons par tout savoir sur vous, alors à quoi bon cette attitude ? Votre nom !

— Varous...

Andréi n'eut pas le temps d'achever. Le pied du colosse le frappa dans les côtes avec une telle violence qu'il eut l'impression que sa poitrine éclatait. Il serra les dents pour ne pas hurler et se recroquevilla sur le plancher.

— Bon, dit Vlassov, cette petite conversation vous permettra de réfléchir. Nous en avons terminé pour aujourd'hui.

— Chienne de vie, dit le gardien qui soutenait Andréi, il faut toujours que ça tombe sur moi, les fortes têtes... Tu n'as pas voulu répondre à leurs questions, hein ? Tu vois à quoi ça t'a avancé...

Ils arrivèrent dans le couloir des cellules. Un autre

gardien ouvrit celle d'Andréi puis aida son collègue à placer le prisonnier sur son bat-flanc.

La porte se referma en claquant.

C'était toujours le même rite.

Le matin, les portes s'ouvraient une à une. Quand arrivait son tour, le prisonnier devait glisser son seau et sa gamelle par l'entrebâillement, puis la porte se refermait. Un quart d'heure plus tard, elle se rouvrait. Il fallait récupérer sa gamelle, contenant une soupe infecte dans laquelle trempait du pain noir, et son seau vide. A midi et le soir, on plaçait et on reprenait de nouveau sa gamelle. Une fois par semaine, chaque détenu avait droit à un broc d'eau, un bout de savon et une serviette élimée.

Peu à peu, Andréi sut interpréter la plupart des bruits qui parvenaient à ses oreilles, sentit vivre tout ce monde de l'autre côté de la porte. Une certaine rumeur correspondait à l'arrivée de nouveaux détenus, une autre au départ pour la promenade de certains prisonniers, ceux qui bénéficiaient d'un régime plus souple. Il y avait également les allées et venues pour les interrogatoires. Il pouvait deviner, rien qu'au son de ses pas, quel gardien allait ouvrir sa porte...

Les journées lui semblaient interminables. Il marchait de long en large dans sa cellule, comptait le nombre de ses pas, faisait des mouvements de gymnastique. A tout moment, il s'attendait à être conduit chez Vlassov pour un nouvel interrogatoire.

Mais rien ne se produisait.

L'*okhrana* avait-elle percé sa véritable identité ?

Il se persuada que oui.

C'était le meilleur moyen de se préparer à des interrogatoires très durs, à la torture — car Vlassov, s'il savait qui il était, voudrait obtenir le plus de renseignements possible sur ses compagnons de Minsk et d'Odessa.

Se préparer... fortifier son esprit...

Pour cela, il fallait sans cesse se répéter qu'on allait souffrir terriblement, bien faire entrer cette idée dans sa tête, au point que cela devienne une évidence, une chose normale, attendue. Et puis, songer à Zina, à tous ceux dont il tenait le destin entre ses mains et qu'il ne devait pas trahir : Oleg... Vladimir, Gregory... d'autres encore qui risquaient de payer s'il parlait.

Se préparer... Il avait trouvé aussi un autre moyen : il revoyait les moments de sa vie à l'école des cadets où on l'avait humilié en tant que juif, méprisé. Il montrerait à l'*okhrana* qu'un juif pouvait résister, qu'un sale petit youpin pouvait tenir bon...

— Nous avons appris sur vous des choses intéressantes, dit Vlassov après l'avoir prié de s'asseoir.

Il sortit une photo d'un dossier et la présenta à Andréi.

Celui-ci se vit, posant devant l'objectif dans la cour de l'école, avec les autres cadets de sa compagnie. Ils étaient en grande tenue, souriants, Stanislas... Ivan...

— Vous vous appelez Andréi Parocki, poursuivit Vlassov en rangeant la photo. Alors que vous étiez cadet à l'école militaire de Minsk — où vous aviez réussi à vous faire admettre en dissimulant vos origines juives — des hommes déguisés en soldats ont attaqué et pillé un wagon contenant de grosses sommes d'argent, dans la gare de cette ville. C'est vous qui avez fourni les uniformes et, sans doute, participé à l'attaque avec vos amis dont on peut penser qu'il s'agissait de socialistes révolutionnaires, assez actifs là-bas à cette époque. Et vous voilà à Odessa, sous le nom de Varouski, faisant le coup de poing, cette fois apparemment avec des bolcheviks.

Il eut un mince sourire.

— Le moins qu'on puisse dire, c'est que vous

n'êtes pas sectaire. Enfin, c'est votre problème — mais avouez que nous sommes bien renseignés. L'*okhrana* est sans doute la police politique la plus efficace du monde. Vous savez pourquoi ?

Il se leva, marcha de long en large devant le colosse qui, comme lors de la première entrevue, se tenait adossé au mur, les bras croisés, fixant Andréi.

— Prenons votre cas, dit Vlassov. Si vous vous obstinez à ne pas parler, nous emploierons la manière forte, dont mon collègue vous a donné un faible aperçu. Ensuite, ce sera la Sibérie. Non pas, comme certains hauts responsables révolutionnaires qu'on veut ménager, dans une *datcha*, mais comme un petit militant — autrement dit, dans une mine de sel qui vous rongera rapidement les poumons. Je vous donne trois ans pour survivre... cinq avec de la chance. Ce serait dommage, vous êtes si jeune.

Il revint à Andréi, se pencha sur lui.

— Si vous parlez, nous vous relâcherons au bout de quelques semaines, en vous rendant vos faux papiers. Vous expliquerez à vos camarades que les policiers n'y ont vu que du feu et notre collaboration commencera. De temps en temps, vous nous fournirez un petit renseignement, et voilà tout. Vous recevrez de l'argent. Au besoin, nous aiderons votre ascension politique en éliminant ceux qui peuvent vous gêner.

Il se redressa et reprit sa marche dans la pièce, faisant glisser son index sur le dos des livres de la bibliothèque.

— Ça se fait beaucoup, vous savez, dit-il. Nous avons ainsi des hommes à nous dans tous les partis, tous les syndicats, même à un niveau très élevé. Plus de vingt-cinq mille agents pour toute la Russie ! Ça marche parfaitement. Au besoin, nous organisons nous-mêmes les manifestations pour mieux les réprimer...

— Non, dit Andréi, je ne vous crois pas.

Vlassov eut un rire bref.

— Je peux même vous fournir un exemple précis : ce fameux Dimanche rouge de janvier 1905 à Saint-Pétersbourg, où les soldats ont tiré sur la foule. L'homme qui conduisait la manifestation, le pope Gapone, est devenu en peu de temps une figure légendaire pour les gens comme vous. Pourtant, il travaillait pour nos services.

Il soupira.

— Malheureusement, par la suite, les sommes importantes que nous lui versions l'ont rendu fou et il a commis des imprudences. Il en est mort. Mais rien ne vous oblige, bien sûr, à vous comporter comme lui. Faites simplement votre travail, comme les milliers d'agents que nous employons, et tout se passera très bien...

Andréi affronta son regard.

— Ce n'est pas avec ces méthodes que vous arrêterez le mouvement des masses, dit-il.

Vlassov revint s'asseoir à son bureau.

— Si, justement. La preuve en est que les manifestants et les attentats ont diminué, depuis quelques années, et que nous avons pu contraindre les chefs des mouvements révolutionnaires à l'exil, ou les envoyer en Sibérie. Et puis, il va y avoir sans doute la guerre, qui soudera l'unité du pays derrière le Tsar. Celui-ci en ressortira plus fort. Mais revenons à vous. Que décidez-vous ? Vous êtes prêt à parler de vos amis ?

— Non.

Vlassov haussa les épaules.

— Très bien, en ce cas...

Le colosse se détacha du mur et s'approcha d'Andréi.

Celui-ci s'obligea à ne pas le regarder, fixa le bureau devant lui.

Se préparer...

Il ne vit pas arriver le premier coup.

La douleur...

Andréi ouvrit les yeux, sentit les gouttes d'humidité sur son visage. Il était couché sur son bat-flanc.

Son dernier souvenir était la cigarette dont la brute lui avait collé l'extrémité contre l'épaule. Il avait hurlé, puis tout s'était brouillé. C'était le cinquième interrogatoire.

Au début, il y avait eu les coups dans le bureau. Puis la suite s'était déroulée dans une cellule, où on lui avait plongé la tête dans un seau d'eau. Sans doute Vlassov ne voulait-il pas abîmer son parquet ciré.

La douleur...

Il se déplaça un peu. Chaque mouvement provoquait une souffrance, des coups sourds battaient dans son crâne, se répercutaient à travers tout son corps.

Sa chance, c'est qu'il s'évanouissait vite et leur échappait alors...

Pourquoi est-ce que je tiens ?

Plusieurs fois, il avait senti qu'il était sur le point de parler, que des mots lui venaient aux lèvres... mais dans un sursaut de volonté, il n'avait pas parlé.

Penser à Zina. Être digne de son amour. Serrer les dents. Tenir... jusqu'à quand ?

Un sanglot souleva sa poitrine, ses yeux se mouillèrent. Il était au fond de l'abîme...

Il obligea ses membres à bouger, tomba sur le sol de la cellule, parvint en rampant à se glisser dans les couvertures, sous le bat-flanc.

CHAPITRE X

Une bouffée d'air frais...

A travers l'ouverture grillagée, Andréi emplit longuement ses poumons, les yeux fixés sur la campagne qui défilait. Le ciel était d'un bleu intense, avec de longs nuages qui s'effilochaient, comme à Visneck au printemps...

On le tira par la manche.

Il descendit de la botte de paille pour laisser la place à l'un de ses compagnons et alla s'asseoir contre la paroi du wagon. L'odeur infecte du seau d'aisance qui tressautait dans un coin lui donna la nausée.

D'un regard absent, il suivit un cancrelat qui courait sur le plancher.

« Je vous donne trois ans pour survivre, cinq avec de la chance », avait dit Vlassov.

Andréi fit jouer ses muscles. Ses côtes étaient encore douloureuses des coups reçus, mais son corps avait retrouvé une bonne partie de sa vigueur. Il fallait tenter quelque chose avant d'arriver en Sibérie.

Mais avec qui ?...

Depuis huit jours que le train était parti d'Odessa, il n'avait pratiquement établi aucun contact avec ses compagnons. Ils étaient une vingtaine, d'âges les plus divers. Tous étaient taciturnes, abattus, sauf Zorine, un petit homme chauve qui racontait sans cesse ses exploits de distillateur clandestin : comment il avait fabriqué de la vodka à base d'alcool de bois, l'avait vendue pendant des années en déjouant tous les contrôles des gendarmes, jusqu'au jour où un concurrent jaloux l'avait dénoncé. Il avait écopé de deux ans de Sibérie.

Andréi s'allongea pour essayer de dormir, sentit l'odeur aigre de son propre corps. Depuis le départ, on ne leur avait donné aucune possibilité de se laver.

Une bousculade se produisit du côté de l'ouverture grillagée, mais Andréi ne se donna même pas la peine de regarder. De temps en temps, l'un des hommes tentait de rester plus longtemps à respirer l'air frais... le suivant devait parfois user de la force pour le déloger.

Le calme revint.

— Pourquoi t'es là, toi ?

Andréi ouvrit les yeux.

Zorine s'était assis à côté de lui.

— T'es un « politique » ou un « droit commun » ? insista le petit homme chauve.

— Un imbécile, dit Andréi.

— Vous êtes un imbécile, lui avait lancé Vlassov en préambule à leur dernier entretien — qui pour la circonstance, s'était déroulé dans son bureau. Un imbécile en acier trempé, mais un imbécile tout de même. Je vous avais offert la liberté et vous avez préféré jouer les héros. Tant pis pour vous. Comme nous commençons à être bien renseignés sur vos amis de Minsk, vous avez cessé d'être quelqu'un de très intéressant pour nos services. Je ne vais pas perdre plus de temps en votre compagnie : je vous laisse entre les mains de la justice.

Le lendemain, Andréi avait été conduit, à travers

un dédale de couloirs, jusqu'à une petite salle ronde surchauffée avec un plafond en coupole, des colonnes doriques blanches et or et des murs peints en faux marbre. Trois juges en uniforme noir, le col orné de broderies dorées, siégeaient derrière une longue table recouverte d'un drap vert. A l'une des extrémités étaient posées les saintes icônes. Sur le mur, derrière les juges, étaient accrochés un portrait du Tsar et une croix de bois. Les bancs réservés au public étaient vides.

Le Président, un vieillard au visage congestionné encadré de favoris blancs, avait lu d'une voix monocorde, dans un dossier sans doute préparé par Vlassov, la liste des crimes imputés à Andréi : pillage à main armée d'un fourgon transportant de l'argent de l'État... vol d'uniformes... participation à des manifestations empêchant le libre travail des ouvriers... appartenance à des réseaux terroristes... usage de faux papiers... résistance aux forces de l'ordre lors de son arrestation...

L'homme avait ensuite relevé la tête et, fixant Andréi avec sévérité, l'avait interpellé :

« — Vous, un cadet, un futur officier du Tsar, comment avez-vous pu commettre de tels forfaits ? »

C'était apparemment ce qui le choquait le plus.

Andréi était resté muet. A quoi bon tenter de se faire entendre par ce représentant du pouvoir absolu ?...

Après un bref conciliabule avec ses assesseurs, le Président avait annoncé la sentence : quinze ans de déportation en Sibérie.

Andréi avait senti la main du garde se poser sur son épaule. L'image de Zina lui avait soudain envahi l'esprit. C'était terminé...

Quand ils avaient quitté la salle, le vieillard compulsait déjà un nouveau dossier.

Quelques jours plus tard, dans la soirée, deux gardiens étaient venus chercher Andréi dans sa cellule et il avait emprunté en sens inverse le chemin de son arrivée. Dans la grande salle carrée, il avait troqué sa tenue de prisonnier contre ses vêtements civils, ensuite, par le long boyau glacé, il avait rejoint la vaste cour cernée de ses hauts murs. D'autres prisonniers attendaient. Il faisait nuit.

Comme ses compagnons, Andréi avait reçu une miche de pain noir et deux harengs séchés, puis on l'avait poussé vers une file de camions.

Le convoi avait traversé Odessa et s'était arrêté près de la gare. On avait dirigé les prisonniers vers un quai éloigné où stationnait un train de marchandises. Le wagon de tête et celui de queue étaient occupés par des soldats.

Après quelques bousculades et des coups de crosse donnés par les policiers impatients, Andréi s'était retrouvé dans un wagon au plancher couvert de paille, en compagnie d'une dizaine de détenus. Sur le quai, un commandant long et maigre criait des ordres d'une voix aiguë.

Les portes s'étaient refermées en grinçant, plongeant les prisonniers dans la pénombre, puis le train s'était ébranlé.

Les hommes s'étaient installés à tâtons puis avaient commencé à manger le pain et les harengs. Andréi les avait imités. « Les salauds, ils ne nous ont même pas donné à boire », avait maugréé une voix.

Ensuite, Andréi s'était endormi rapidement, dans la douce chaleur de la paille sèche, qui lui semblait un luxe après l'humidité suintante de sa cellule...

Quand il s'était réveillé, une lueur passait par l'ouverture grillagée du wagon. Le train était arrêté en rase campagne, sans raison apparente. C'était l'aube. Le convoi était resté là plusieurs heures, puis était reparti lentement.

Dans l'après-midi, il s'était de nouveau immobilisé. Cette fois, les portes avaient été ouvertes, on avait lancé du pain et des harengs, un soldat avait apporté un seau d'eau avec une louche. Andréi avait vu, devant les bâtiments d'une petite gare de campagne, un groupe de cheminots qui les regardaient, certains avec de la peur dans le regard. Puis le train s'était de nouveau ébranlé.

Les jours suivants, le voyage avait continué à ce rythme. Parfois, dans une petite gare, on faisait monter de nouveaux passagers ; il fallait leur faire une place. A certains arrêts, quand les soldats ouvraient les portes, ils toléraient qu'un homme par wagon descende vider le seau d'aisance le long du ballast.

Toutes les villes importantes étaient traversées de nuit, comme si l'on voulait cacher cette cargaison d'hommes en route pour l'enfer...

— Qu'est-ce que tu penses qu'on va avoir au menu ? questionna Zorine.

— Du caviar, dit Andréi.

Le fabricant de fausse vodka éclata de rire, tapa sur l'épaule de son compagnon.

— Tu es peut-être un imbécile, comme tu dis, mais tu me plais. Au moins, avec toi, on peut parler, se distraire un peu...

Il désigna leurs compagnons de voyage.

— Eux, ils sont tristes, tristes... il n'y a rien à en tirer !

C'est peut-être avec lui que je pourrais m'évader, songea Andréi. Il doit être plein de ressources dans l'adversité, et sa gaieté, même si elle n'est que fanfaronnade, nous aiderait à supporter les épreuves... Mais non, il serait fou de risquer d'être abattu par les soldats, alors qu'il n'a que deux ans de Sibérie à faire. Ce qu'il me faudrait, ce sont des hommes qui n'ont plus rien à perdre, et des « politiques » de préférence.

Il n'avait pas encore la moindre idée de la façon dont il tenterait l'évasion, mais il enregistrait soigneusement les habitudes des soldats lors des arrêts du train, observait, écoutait ses compagnons de voyage, afin de déceler celui ou ceux qui seraient susceptibles de tenter l'aventure avec lui.

Maintenant, ils étaient plus de quarante dans le wagon. Ils dormaient les uns contre les autres ; tout déplacement créait des problèmes. Les corps dégageaient une odeur repoussante. Certains étaient apathiques et somnolaient tout le temps, d'autres au contraire étaient devenus agressifs et injuriaient à tout propos leurs compagnons.

Andréi, pour sa part, avait toujours l'esprit en alerte, soutenu par le désir impérieux de s'échapper. En revanche, il avait un peu perdu la notion du temps : il ne savait plus combien de jours s'étaient écoulés depuis leur départ. L'un des hommes prétendait, d'après la longueur de sa barbe, qu'ils étaient en route depuis plus de deux semaines...

Une nuit, alors qu'Andréi était allé se poster près de l'ouverture grillagée, le train passa dans une grande gare. Il eut le temps de lire le nom de KIEV.

Kiev...

Il se revit au café « Maxime », buvant du champagne avec Zina.

« —*Do-Dna*, mon amour... Bois, nous sommes heureux ensemble, profitons de la vie... »

Les quelques heures passées à Kiev lui paraissaient maintenant irréelles. La gaieté de Zina, le luxe du restaurant, et cette promenade dans cette ville si belle... Il tenta de se remémorer chaque détail pour mieux le revivre encore. Quel était déjà le nom de ce plat français, avec cette sauce onctueuse ?... Zina le lui avait appris, en riant de sa mauvaise prononciation...

Une angoisse le submergea.

Vlassov lui avait dit qu'il commençait à avoir des renseignements sur le groupe de Minsk. Savait-il que la jeune femme était à Odessa ? C'était peu probable, à moins que Vladimir ou Markov aient parlé...

Non, plus sûrement, elle devait être en ce moment à l'imprimerie, discutant de la rédaction d'un tract. Sans doute était-elle au courant de son départ pour la Sibérie, car, selon Oleg, les bolcheviks étaient en contact avec certains gardiens de la prison et se procuraient ainsi des nouvelles des détenus.

Souffrait-elle beaucoup de le savoir en route pour la déportation ? Il se surprit à le souhaiter, comme une preuve de son amour pour lui, mais se le reprocha aussitôt. C'était une vue égoïste des choses. Il fallait au contraire espérer que Zina avait surmonté cette épreuve pour mieux se consacrer à la lutte...

— Tu permets, camarade ?

Il tourna la tête

C'était Dolgoukine, qui voulait prendre sa ration d'air pur.

A un arrêt, un peu avant Kiev, ce grand blond dégingandé était monté dans le wagon en compagnie d'un autre prisonnier un peu plus âgé. Les deux hommes semblaient déjà se connaître. Leur attitude calme, presque détachée, avait attiré l'attention d'Andréi. Il s'était arrangé pour se placer à côté d'eux afin de lier connaissance.

Dolgoukine et Baleski en avaient pris pour dix ans. C'étaient des anarchistes. L'arme à la main, ils avaient participé à l'attaque d'un entrepôt de vivres et distribué des marchandises à la population.

Ils étaient prêts à tenter une évasion, à en accepter tous les risques...

Andréi laissa la place à Dolgoukine sur la botte de paille et resta derrière lui.

— Alors questionna-t-il à voix basse, vous n'avez toujours pas trouvé d'idée ?

— On a pensé à une chose, chuchota l'anarchiste sans se retourner : on pourrait provoquer une bagarre pendant un arrêt de nuit. Les soldats viendraient voir ce qui se passe et on les prendrait par surprise.

Andréi eut un petit rire.

— Figure-toi qu'il y a quelque temps, justement pendant un arrêt de nuit, une bagarre s'est produite, une vraie. Les types hurlaient, s'injuriaient... eh bien les soldats ne se sont même pas dérangés. On peut bien s'entretuer, ils s'en foutent !

— Les salauds... On les aura quand même, on trouvera bien quelque chose.

Peu après Smolensk, le train s'arrêta.

Les portes coulissèrent, un soleil brutal fit cligner les yeux des hommes. Andréi distingua quelques bâtiments délabrés isolés dans une vaste plaine rase, parsemée de quelques rares taillis.

Les soldats crièrent aux prisonniers de descendre et de se mettre en colonne le long du convoi. Des coups de crosse aidèrent les retardataires et les plus faibles à se ranger. Malgré le soleil, il faisait très froid.

Le commandant qu'Andréi avait remarqué lors de l'embarquement à Odessa remonta à grands pas la file des prisonniers, son stick coincé sous le bras.

— Vous puez, vous êtes sales comme des cochons ! hurla-t-il de sa voix haut perchée. Vous allez d'abord nettoyer vos wagons, ensuite vous vous laverez.

Les soldats désignèrent les hommes de corvée, trois par wagon, qui, après avoir balayé la paille putride, lavèrent le plancher à grands seaux d'eau.

Tandis qu'ils déposaient de la paille fraîche, Andréi vit deux hommes se détacher de la colonne des prisonniers, se glisser rapidement entre deux wagons et disparaître.

Des coups de feu claquèrent.

Au bout de quelques minutes, des soldats apparurent, traînant les corps ensanglantés des deux fuyards.

Le commandant fit placer les cadavres à ses pieds.

— Regardez-les bien, cria-t-il en les désignant de son stick, c'est le sort qui vous attend si vous tentez de les imiter. N'oubliez jamais que j'ai droit de vie et de mort sur vous !

Certains prisonniers fixaient les corps avec horreur, d'autres avaient détourné les yeux.

Le nettoyage des wagons terminé, le commandant lança un ordre et la colonne se mit lentement en marche en direction d'un hangar.

Par groupe de vingt-cinq, on les fit pénétrer à l'intérieur.

Quand ce fut au tour d'Andréi, il se précipita vers le long lavabo de pierre où coulaient de minces filets d'eau. Avec délectation, il mit sa tête sous le jet glacé puis, après s'être dévêtu, entreprit de se frotter vigoureusement le corps.

En sortant, il prit sa place dans la file qui passait devant une cuisine roulante. Le prisonnier qui le précédait lui passa une louche, qu'il trempa dans une énorme marmite contenant de la soupe, où surnageaient quelques morceaux de lard et des navets. Cette mixture tiède qu'il avala goulûment lui parut délicieuse.

En revenant vers le wagon, il fit quelques mouvements de gymnastique pour activer sa circulation.

Il fallait profiter au maximum de cette amélioration momentanée de son sort, si légère soit-elle, et songer sans cesse à se maintenir en meilleure forme possible.

Les deux hommes tués sous ses yeux n'avaient entamé en rien sa détermination de s'évader.

Nijni-Novgorod... Iaroslavl... Viatka...

Le convoi roulait depuis plus de deux mois avec ses interminables arrêts en rase campagne, ses traversées rapides des villes, les distributions de nourriture de plus en plus infecte, les injures des soldats...

On approchait des mont Oural. Le relief devenait plus accidenté, avec des collines couvertes d'épaisses forêts de bouleaux. Le climat changeait sans cesse brutalement : aux séries de jours glacés succédaient des périodes de chaleur accablante.

A l'intérieur du wagon, la vie était devenue infernale. Les hommes, dans un état de saleté repoussante — depuis Smolensk, il n'y avait pas eu d'autres séances de nettoyage —, étaient épuisés, affaiblis par le manque de nourriture. Certains grelottaient de fièvre, d'autres toussaient interminablement.

Andréi et ses deux camarades commençaient à sentir le découragement les gagner. Aucune possibilité de fuite ne s'était offerte à eux...

Un matin, Zorine trouva son voisin mort, nul ne savait de quoi. Comme on était dans une période de chaleur, le corps dégagea bientôt une odeur pestilentielle et la crainte d'une épidémie étreignit les prisonniers, contraints de subir la présence du cadavre jusqu'au prochain arrêt.

Quand celui-ci eut lieu, au bout d'un temps qui parut interminable, les soldats ordonnèrent qu'on jetât le corps le long du ballast. A voir le peu de surprise qu'ils manifestaient, Andréi en conclut que ce n'était pas le premier mort que le convoi abandonnait ainsi.

Après Viatka, trois nouveaux montèrent dans le wagon.

Et Andréi se crut le jouet d'une hallucination.

Ce borgne aux larges épaules...

... C'était Piotr, le charmeur de rats !

Le paysan l'avait également reconnu. Tous deux s'étreignirent dans le même élan spontané.

— Par Dieu, le destin nous joue un étrange tour, dit Piotr.

— Mon grand-père, as-tu des nouvelles de lui ? interrogea Andréi.

Le borgne hocha la tête.

— Tu sais, je ne suis resté que quelques jours caché dans sa maison, après ton départ. Puis je l'ai quitté. Peu de temps après, un paysan m'a dit que sa femme de charge, Lianka, était morte. C'était une bonne créature, paix à son âme.

Il se signa.

... Lianka... Andréi ne pouvait l'imaginer que vivante, avec ses yeux aimants tournés vers le petit garçon qu'il avait été...

La réalité de sa disparition ne parvenait pas à s'imposer à son esprit.

Plus tard viendrait le chagrin...

— Et toi ? questionna-t-il, comment es-tu arrivé ici ?

L'homme aux rats fit un geste fataliste.

— J'ai erré un peu partout. Il n'était pas question que je revienne chez moi, alors, avec des compagnons de rencontre, j'ai volé pour manger. Pas d'autres possibilités ! On s'est fait prendre, bien entendu, emmener en Russie pour construire un barrage près de Kazan. Je me suis évadé, mais on m'a repris... et en route pour la Sibérie ! Ils m'ont condamné à dix ans.

Il eut un rire bref.

— Tu t'imagines, dix ans ! S'ils croient que je vais laisser mes os là-bas, ils se trompent.

Il était toujours le même, avec ce regard dur comme du granit qui avait tant impressionné Andréi la première fois qu'il l'avait vu, enchaîné sur la place du village.

— Et toi, dit Piotr, qu'est-ce que tu as fais pour te retrouver en compagnie d'un brigand comme moi ?

— Je me suis battu contre ce régime, qui force les gens comme toi à devenir des brigands.

Le paysan posa la main sur l'épaule d'Andréi.

— C'est vrai, le rabbin m'avait dit que tu ne supportais pas l'injustice, que tu allais t'engager dans la lutte politique. Tu sais, ça lui faisait peur, mais il était fier de toi.

Andréi revit cette dernière conversation, dans la petite pièce éclairée par la lampe à pétrole. Quand il avait fait part à son grand-père de sa détermination de quitter l'école et de combattre, le rabbin lui avait posé la main sur le front, Son regard était triste. Tous deux savaient qu'ils ne se reverraient peut-être pas...

Andréi sentit des larmes lui monter aux yeux.

C'était la nuit. Les prisonniers dormaient, rudement bercés par les cahots du train.

— Regarde Andréi, chuchota Piotr étendu à côté de lui. Regarde ce que j'ai réussi à emporter avec moi.

Il sortit de la doublure de sa veste une petite lame de scie.

— Voilà la clé de notre liberté, poursuivit-il. Nous allons nous mettre tout de suite au travail, car il faut s'évader avant la montagne. Par ici, c'est bien : il y a des forêts où l'on peut se cacher, des fermes...

Il désigna l'endroit où se trouvait le seau d'aisance.

— Nous allons attaquer ici. L'urine a un peu rongé les planches, ce sera plus facile... tu es d'accord pour partir avec moi, je suppose ?

— Bien sûr. Avec deux camarades, nous y pensons depuis longtemps. Il faut que je les mette au courant.

Le borgne lui saisit le bras.

— Tu es fou ! Partir à quatre, c'est trop dangereux, on s'en tirera mieux tous les deux.

— Alors tu iras seul. Je ne les abandonnerai pas.

Piotr fit la grimace.

— D'accord, d'accord, ils seront du voyage, si tu y tiens... Moi non plus, je ne peux pas te laisser là, après ce que vous avez fait pour moi, toi et ton grand-père.

Il se leva.

— En attendant, commençons le travail. Pendant que je scierai, tu te placeras devant moi pour me protéger des regards trop curieux. Pas la peine que tout le wagon soit au courant, tout de même...

Il s'approcha du seau, le déplaça, se mit à genoux et glissa la lame entre deux planches.

Andréi s'assit en lui tournant le dos de façon à surveiller les dormeurs.

Lentement, l'acier mordit le bois.

Après un quart d'heure, Piotr n'avait réussi qu'à entamer légèrement une latte.

— C'est du bois très dur, murmura-t-il en passant la main sur son visage en sueur.

— Je vais te relayer, proposa Andréi.

— D'accord. Mais fais bien attention de scier en biais, comme moi : la planche restera en place, on l'ôtera au moment voulu.

Andréi se mit au travail.

Faire aller et venir la fine lame d'acier dans le sens du sillon amorcé par Piotr était extrêmement pénible. Ses reins lui faisaient mal et le métal de l'outil lui meurtrissait les paumes. Il sentit bientôt se former des ampoules.

La fente dans le bois avait peu progressé.

— A nous deux, ce sera beaucoup trop long, dit-il. Il faut que les deux autres nous relayent.

Il alla réveiller Dolgoukine et Baleski, qui sans autre explication que la vue du travail commencé, se mirent successivement à l'ouvrage, tandis que les autres faisaient écran.

Ce fut de nouveau au tour de Piotr, puis d'Andréi.

Pendant plusieurs heures, les quatre hommes se relayèrent, travaillant avec la même ténacité.

Enfin, la première latte fut presque découpée.

Quand Andréi reprit la lame à son tour, il ne restait plus que trois centimètres à scier. Il s'acharna... ses mains lui faisaient un mal atroce, ses ampoules avaient crevé et saignaient, pourtant il continuait à faire aller et venir la scie d'un mouvement régulier...

Enfin, ce fut terminé.

Il souleva le morceau de planche et sentit un souffle d'air frais sur son visage. Les traverses défilaient à toute allure, dans le grincement continu des roues...

Il se releva en se massant les reins, passa la lame à Dolgoukine. Il fallait continuer, s'attaquer à la deuxième latte.

Andréi venait de s'asseoir à côté de Piotr quand il vit une silhouette s'avancer vers eux en enjambant les corps endormis.

Le clair de lune qui passait par l'ouverture grillagée éclaira le visage de Zorine.

Le petit homme chauve se pencha en souriant.

— Il y a un petit moment que je vous observe, vous tous, dit-il. A quoi jouez-vous donc ?

Piotr se leva et lui entoura le cou de sa large main.

— Ne te mêle pas de ça, petit père, dit-il. Retourne dormir.

Zorine se débattit.

— Vous êtes en train de préparer un coup, chuchota-t-il, je veux en être aussi...

— Écoute, dit doucement Andréi, deux ans de Sibérie, ça ne vaut pas la peine de risquer ta vie avec nous.

Mais l'autre s'obstina.

— Si... si... vous verrez, je suis très malin, je me débrouille partout et j'ai de la chance... vous ne le regretterez pas.

— Je le liquide ? proposa Piotr, sa main entourant

toujours la gorge du petit homme. On le replace dans son coin et tout le monde croira qu'il dort...

— Non, dit Andréi, il n'en est pas question. C'est un brave type : qu'il nous aide, on aura fini plus vite.

Piotr laissa retomber son bras.

— Tu as trop de cœur, pour un homme qui veut faire la Révolution.

Zorine prit son tour dans le travail de sciage, mais il se fatiguait vite et il fallait rapidement le remplacer.

Au petit matin, deux planches avaient été sciées. Pourtant l'ouverture n'était pas suffisante pour qu'un homme puisse passer.

— Nous reprendrons le travail la nuit prochaine, décida Piotr.

Ils firent soigneusement tomber la sciure par le trou, avant de replacer les lattes, puis s'installèrent pour dormir un peu. La journée allait être longue...

En fin de matinée, le train ralentit puis s'immobilisa.

Des appels de soldats retentirent.

Brusquement, la porte du wagon coulissa.

On faisait monter des nouveaux.

Six hommes grimpèrent successivement... les soldats donnaient des coups de crosse pour tasser tout le monde... on se bousculait...

Andréi sentit l'inquiétude le gagner.

Les prisonniers étaient refoulés vers l'endroit où les planches avaient été sciées...

Et soudain, on entendit un bruit sec, suivi d'un cri de surprise.

Une planche avait cédé et la jambe d'un prisonnier était coincée dans l'ouverture.

Autour de lui, on s'agitait, on s'employait à tirer l'homme de sa fâcheuse position.

— Malédiction, murmura Piotr. Dire que nous étions si près du but...

Les soldats furent alertés.

L'un d'eux monta dans le wagon.

Quand il découvrit le travail de sciage, il ressortit précipitamment, héla ses camarades.

On alla prévenir le commandant.

Celui-ci arriva rapidement et ordonna qu'on fasse descendre tous les occupants du wagon.

Quand ils furent rassemblés le long du ballast, il leur cria, le visage convulsé de rage :

— Si les immondes crapules qui ont fait ça ne se dénoncent pas immédiatement, personne de ce wagon n'arrivera vivant en Sibérie : je fais fusiller tout le monde !

Andréi s'apprêtait à sortir des rangs quand Zorine le devança.

— Je sais qui c'est, monsieur l'officier, bredouilla-t-il... ce sont ces quatre-là.

Il désigna Andréi, Piotr, Dolgoukine et Baleski.

Aussitôt, les soldats les firent sortir du groupe et les poussèrent devant le commandant.

— Nous n'étions pas quatre, mais cinq, dit tranquillement Piotr. Il y avait lui aussi, qui vient de nous dénoncer pour sauver sa peau.

— Tu mens ! hurla Zorine.

— Regardez ses mains, poursuivit le borgne. Cette nuit elles ont manié la scie comme les miennes et portent les mêmes traces.

Il tendit ses paumes écorchées.

La terreur se peignit sur les traits du petit homme chauve.

Il se précipita aux pieds du commandant.

— Je vous jure, monsieur l'officier, que je n'ai pas participé à tout ça... que je n'y suis pour rien...

— Montre tes mains, dit le commandant.

Zorine s'exécuta lentement.

Ses paumes portaient les mêmes meurtrissures...

L'officier fit un signe et Zorine fut conduit aux côtés des quatre autres.

— Toi qui voulais tant te joindre à nous, ton vœu est exaucé, dit Piotr.

Zorine ne répondit pas. Il sanglotait doucement.

Le commandant se mit à aller et venir devant les cinq hommes, en donnant de légers coups de stick à ses bottes. Il semblait réfléchir profondément.

Puis il s'arrêta brusquement et un sourire illumina son visage.

— Messieurs, dit-il, vous connaissez la règle du jeu : c'est la mort qui vous attend. Je pourrais ordonner une simple exécution, mais ce serait trop banal. Et puis, il y a longtemps que mes soldats ne se sont pas exercés au tir. Alors, voilà ce que j'ai décidé.

Il désigna en bordure de la voie ferrée un petit pré parsemé de quelques arbustes. Au fond, commençait une forêt de bouleaux assez dense.

— On va vous placer ici, dit-il, à une trentaine de mètres d'un peloton de cinq hommes — un pour chacun d'entre vous. A mon signal, vous commencerez à courir... plus vite que les balles, je l'espère pour vous.

Les cinq prisonniers furent placés dans le pré, le dos tourné au train.

Ils entendirent le cliquetis caractéristique des fusils qu'on arme.

— Adieu, camarades, dit Dolgoukine... Au moins, nous aurons eu une belle mort.

La voix du commandant leur parvint.

— Messieurs, préparez-vous, leur cria-t-il. Je vais donner le signal d'un coup de pistolet.

Zorine cessa brusquement de sangloter.

— Cours droit devant toi, dit Piotr à Andréi sur un ton péremptoire.

— Mais...

— Fais ce que je te dis !

Andréi banda tous ses muscles.

Courir... courir le plus vite possible, en oubliant

tout, sans songer à la mort... se persuader qu'il avait une chance... ne voir que le bois de bouleaux, là-bas... Courir en chantant la prière des morts jusqu'à perdre souffle.

Il réprima les battements désordonnés de son cœur, chassa les images qui affluaient à son esprit : son grand-père... Zina.

Il ne lui fallait être qu'un corps en mouvement.

Les soldats qui les surveillaient s'écartèrent.

Un coup de pistolet claqua.

Andréi s'élança.

Ses jambes bondissaient sur l'herbe... le ciel dansait au-dessus des arbres de la forêt... Il entendit le miaulement des balles, jeta un regard sur le côté. Dolgoukine et Zorine couraient encore...

— Droit devant toi ! cria une voix dans son dos.

Piotr...

Le charmeur de rats était juste derrière lui, le protégeait de son corps...

Zorine tomba face contre terre.

— Plus vite, plus vite, petit père, haleta la voix de Piotr, tu...

Le paysan poussa un grognement de douleur, mais Andréi continua d'entendre son souffle derrière lui.

Dolgoukine tomba à genoux, puis s'effondra dans l'herbe.

Le bois se rapprochait...

Les poumons en feu, Andréi se lança de toutes ses forces.

— Adieu, dit la voix de Piotr.

Andréi se força à ne pas se retourner.

Les arbres, les taillis... là, tout proches.

Il s'engouffra dans la forêt et continua de courir, le souffle rauque, sautant les buissons... les branches d'arbres griffaient son visage au passage...

Les coups de feu avaient cessé. On entendait des appels. Les soldats se lançaient à sa poursuite.

Se cacher ?

Ils allaient ratisser le terrain et le débusquer à coup sûr.

Non, mieux valait continuer de fuir. Andréi s'obligea à ralentir pour reprendre son souffle, accéléra de nouveau.

Il courut ainsi pendant une bonne heure, alternant les courses rapides et les moments de répit. Les appels des soldats lui semblaient de plus en plus éloignés.

Puis les troncs d'arbres furent moins serrés. Il fit encore une cinquantaine de mètres et découvrit une large rivière aux eaux brunes tumultueuses. Au-delà, la forêt recommençait.

Sans hésiter, Andréi entra dans l'eau, se mit à nager. De temps en temps, pour se reposer, il se laissait porter par le courant, mais l'eau glacée l'ankylosait et il devait reprendre ses mouvements.

Bientôt la rivière s'élargit et le courant devint plus calme.

Andréi aperçut une plage et y aborda.

Il ôta tous ses vêtements et les étendit sur des broussailles pour les faire sécher.

Puis, tout nu, il se mit à courir... à sauter... Il était hors de danger. Il respirait à pleins poumons, se soûlant de verdure, d'odeurs...

Puis il pensa à Piotr, sentit des larmes lui monter aux yeux. Le borgne s'était sacrifié pour lui. C'est grâce à Piotr qu'il était libre.

Libre... Libre !

Il se mit à rire aux éclats, en continuant ses bonds désordonnés... Une force toute neuve parcourait son corps, un amour intense pour la vie...

Il avait faim.

Il était libre, mais en fuite, perdu dans la forêt, seul, avec pour unique richesse ses vêtements qui séchaient.

Il fallait trouver un village ou une ferme isolée. Là, il tenterait de se débrouiller. Mais dans quelle direction aller ? Suivre la rivière ? Rien ne prouvait qu'elle menait à des zones habitées.

Andréi s'étendit au soleil. Peut-être trouverait-il dans la forêt des baies comestibles qui lui permettraient de calmer un peu sa faim. Il se souvint de ce livre d'un auteur anglais que le précepteur de Stanislas leur avait fait lire, à Visneck : *Robinson Crusoé*... il était dans la même situation que Robinson Crusoé...

Un grondement sourd.

Andréi se redressa brusquement.

C'était un train. La voie ferrée ne devait pas se trouver très loin.

Il récupéra rapidement ses vêtements encore humides et se mit en route dans la direction d'où lui semblait venir le bruit.

Longer la ligne de chemin de fer le mènerait immanquablement à une agglomération.

Après une marche d'une demi-heure environ, il sortit de la forêt.

La voie ferrée coupait le paysage en deux, à plusieurs centaines de mètres de là.

D'après la position du soleil, il détermina la direction qu'avait prise le convoi de prisonniers et partit en sens inverse.

— Debout, paresseux !

Andréi ouvrit les yeux.

Olga était penchée sur lui et lui chatouillait les narines avec un brin de paille. Elle riait. Par l'échancrure largement ouverte de son corsage, il pouvait voir la naissance de ses seins. Ce n'était pas un hasard si elle lui offrait un tel spectacle, il la connaissait bien, maintenant...

Il se leva, les yeux encore embués de sommeil.

Olga continuait de rire, les mains sur les hanches. C'était une grande fille blonde de vingt ans, robuste, au visage rond et au teint doré.

— Allons, dit-elle, le jour est levé depuis longtemps, il faut te mettre au travail !

Andréi sortit de la grange. Le soleil naissant projetait de grandes ombres dans la cour de la ferme. Il ôta sa veste et commença à se laver à l'eau de l'abreuvoir.

Olga l'avait suivi. Elle tournait autour de lui, s'amusait à l'asperger d'eau.

— Tu es moins maigre qu'à ton arrivée, dit-elle, et plus joli garçon sans ta barbe. Tu profites bien, ici...

Andréi avait marché deux longues journées le long de la ligne de chemin de fer, dans un paysage monotone et très plat, seulement agrémenté de quelques bois de bouleaux. Nulle habitation en vue, aucun signe de vie... La soif et la faim le tenaillaient. Pourrait-il tenir longtemps, avec cet estomac douloureux et cette gorge sèche ? Il fallait qu'il continue d'avancer, un village se présenterait bien... mais alors, comment les gens accueilleraient-ils ce vagabond à la mine inquiétante qu'il était devenu ? Il devait s'inventer un passé, une raison logique à sa présence dans le pays...

Enfin, au soir du second jour, il avait aperçu quelques lueurs tremblotantes sur sa droite.

Un hameau...

Il avait aussitôt pris cette direction à travers champs.

Quelques maisons de bois aux toits de chaume étaient groupées autour d'une église dont les murs de pierre peints en blanc se découpaient nettement dans la pénombre.

Andréi s'était approché d'une ferme un peu isolée. La faim le rendait faible et tremblant. Il était à bout de forces.

Par une fenêtre éclairée, il avait aperçu deux femmes et un homme attablés, qui mangeaient une soupe fumante.

Sans plus réfléchir, il avait frappé à la porte.

Une voix lui avait dit d'entrer et l'odeur du *borsch* [1] lui était montée aux narines.

Il avait alors raconté l'histoire qu'il avait préparée.

Il venait de Dmonsk — c'était le nom d'une petite gare où le train s'était arrêté la veille de son évasion. Là, il travaillait dans une ferme, mais s'était querellé avec le propriétaire et était parti, se louant ici et là...

Stirpov, le fermier, avait hésité, devant cet homme hirsute, aux vêtements sales et déchirés. Sa femme

1. *Borsch :* soupe à la betterave, accompagnée de crème fraîche.

jetait à Andréi des regards méfiants. Mais Olga, leur fille, était intervenue :

« — Mais Père, puisque n'importe comment tu dois embaucher un commis pour nous aider à faire la moisson, pourquoi ne pas prendre celui-là ? Il a l'air honnête. Essayons-le. »

La fermière avait posé sur la table une assiette et une cuillère. L'affaire était conclue.

Andréi s'était assis et, s'efforçant de maîtriser son avidité, avait avalé la soupe chaude avec délice. Ses paupières s'alourdissaient et une douce torpeur le gagnait... mais il avait encore faim. On lui avait servi une seconde assiettée de *borsch*. Il y avait trempé une énorme quantité de pain noir, tout en luttant contre le sommeil. Quand il eut terminé, Olga l'avait conduit dans la grange, où un coin était aménagé pour accueillir les journaliers.

Le lendemain, il s'était mis à l'ouvrage.

Les journées étaient rudes et longues. Il fallait travailler aux champs et panser les bêtes. Mais la nourriture était bonne et on le payait correctement.

Dès le début de la moisson, Olga s'était moquée de lui : pour un paysan, il avait une curieuse manière de faucher et de lier les bottes... à voir ses mains blanches et fines, il n'avait pas dû trop travailler dans ses places précédentes...

Andréi avait craint un moment qu'elle ne se doute de quelque chose et le dénonce aux gendarmes. Mais bientôt, les manières de la jeune femme s'étaient faites plus directes ; elle cherchait des occasions pour se retrouver seule avec lui, lui faisait des avances... Pour autant, cela ne simplifiait pas la situation. Olga était très attirante et il aurait volontiers cédé, mais il ne voulait pas trahir la confiance de ses parents. Non, il fallait qu'il garde ses distances avec Olga... Dès la moisson terminée, il partirait.

Quand il avait fait part de sa décision à Stirpov, la

déception s'était lue sur le visage du fermier, qui avait pris sa femme et sa fille à témoin.

« — Regardez-le, il vient à peine d'arriver qu'il veut déjà repartir... Tu n'es pas bien traité, ici ? Tu ne te plais pas, dans cette maison ? Tout le monde t'aime bien, tu sais... et puis, j'aurai encore besoin de toi après la moisson... »

Andréi s'était laissé convaincre, d'autant que son pécule pourrait alors s'arrondir encore...

Olga s'était enhardie de jour en jour, s'offrant à lui presque ouvertement. Et Andréi s'était rendu compte que ses patrons étaient parfaitement au courant de ce manège et l'observaient avec sympathie.

« — Je ne suis pas éternel, lui avait un soir confié le fermier. Celui qui épousera Olga ne fera pas une mauvaise affaire : il aura une bonne épouse, et puis mes terres et mon bétail. J'en connais plus d'un que cela tenterait... »

L'allusion était fort claire.

Mais Andréi avait feint de ne pas comprendre.

Si braves que fussent ce gens, il n'avait pas envie de devenir fermier...

— Tu es bien songeur, ce soir.

Olga le regardait.

Ils terminaient leur repas, tous les deux seuls à la table familiale, les Stirpov étant partis jusqu'au lendemain pour visiter un parent malade.

— Habituellement, poursuivit Olga, les hommes, quand ils me tiennent compagnie, sont beaucoup plus joyeux !

Andréi se leva.

— Excuse-moi. Je suis simplement très fatigué...

Olga se leva à son tour, le rejoignit.

— Ne mens pas, Andréi. Tu trouves toujours un prétexte pour ne pas rester longtemps seul avec moi. Qu'est-ce qu'il y a ? Je ne te plais pas !

— Mais si, tu es belle et...

Olga lui passa les bras autour du cou.

— Tu vois comme tu es, tu m'obliges à jouer les garçons.

Elle se pressait contre lui. Il sentait ses seins contre sa poitrine, ses cuisses...

— Tu sais bien que depuis le premier jour tu m'as plu, dit-elle, mais toi, tu as toujours joué les indifférents...

Elle l'embrassait dans le cou avec avidité.

Andréi sentit sa résistance faiblir, ses bonnes résolutions s'envoler...

Quand les lèvres d'Olga se pressèrent sur les siennes, il l'enlaça avec une sorte de fureur. Puis ses mains écartèrent le corsage, caressèrent la poitrine de la jeune femme... Olga se laissait faire, poussant de petits gémissements de plaisir.

— Viens, dit-elle.

Elle entraîna Andréi jusqu'à son lit, près de la cheminée.

Sans cesser de s'embrasser, de se caresser, ils ôtèrent leurs vêtements. La lueur des flammes éclairait leurs corps nus.

Soudain, Olga repoussa Andréi.

La méfiance se lisait dans ses yeux.

— Tu es... tu es juif ? interrogea-t-elle.

Il ne répondit pas.

Le regard d'Olga était devenu dur. Elle s'empara de son corsage, le mit devant elle comme pour se protéger.

— Juif ! Tu es juif ! répéta-t-elle.

Elle avait comme craché ces mots.

— Oui, dit Andréi.

Elle eut un rire amer.

— Dire que j'allais coucher avec un juif... que mon père faisait des projets d'avenir pour la ferme ! Un juif chez nous, dans notre famille... rien que ça !...

Andréi se rhabilla lentement.

— Vous êtes tous des voleurs, des menteurs ! lança Olga. Sale race maudite ! Tu nous a trompés !...

Sans un mot, Andréi sortit de la pièce.

Il alla dans la grange, où il fit un baluchon avec les vieux vêtements que lui avait donnés le fermier. Sous son matelas, il prit son pécule et le glissa dans sa poche.

Puis il sortit dans la nuit et se mit en marche en direction de l'ouest.

Après tout, cette fille haineuse et stupide lui rendait service : il était temps de repartir. A Odessa l'attendaient Zina, ses camarades révolutionnaires, le combat pour la liberté.

Il faisait beau, la lune était claire.

Minuit était passé, un autre jour commençait.

On était le 1er août 1914. Dans quelques heures, l'Allemagne allait déclarer la guerre à la Russie.

CHAPITRE XI

La gare de Simbirsk n'avait sans doute jamais connu une telle affluence.

Vêtus de leurs habits du dimanche, des centaines de jeunes gens de tous les villages environnants attendaient sur le quai, entourés de leur famille. On n'en finissait pas de leur donner des conseils de prudence, de les embrasser, de vérifier s'ils avaient bien toutes leurs provisions pour le voyage.

Andréi s'était glissé parmi la foule.

La veille, dans la ferme où il venait de se faire embaucher, il avait appris qu'un train de conscrits allait partir de Simbirsk pour Saratov. Saratov, sur la Volga, était l'une des étapes qu'il s'était fixées pour rejoindre Odessa. C'était une bonne occasion pour lui de voyager gratuitement et surtout rapidement. Depuis qu'il avait quitté les Stirpov, six mois auparavant, il s'était toujours déplacé à pied, en descendant vers le sud-ouest, se louant de ferme en ferme, jamais plus de quelques jours de peur de se faire repérer.

Le train fit son apparition.

Ce furent alors des adieux déchirants. Des soldats descendus d'un wagon couraient d'un groupe à l'autre pour accélérer l'embarquement, arrachant les conscrits des bras de leurs familles et les poussant vers les compartiments.

Andréi, qui était monté parmi les premiers, s'installa près d'une fenêtre. Ses compagnons de voyage s'agitaient en tous sens pour caser leurs nombreux baluchons, se penchant de temps en temps par la portière pour adresser un dernier signe d'adieu à leur famille.

Enfin, le train démarra.

Andréi observa ces jeunes gens qui partaient pour la guerre. Certains riaient, plaisantaient, comme son voisin qui avait sorti une bouteille de vodka — depuis le début des hostilités la vente en était interdite, mais on se débrouillait... D'autres au contraire restaient silencieux, la tristesse et l'anxiété sur le visage.

Il se mêla à leurs conversations, cherchant à s'informer sur l'état de la guerre. Mais les jeunes paysans n'en savaient guère plus que lui. Le Tsar leur demandait de défendre la Sainte Russie contre les Allemands et les Autrichiens, pour le reste ils s'en remettaient à Dieu. Aucun ne semblait douter de la victoire, ils espéraient seulement que la guerre serait courte et qu'ils reviendraient bientôt chez eux.

A Saratov, Andréi faussa compagnie aux appelés et poursuivit son long périple toujours vers le sud.

A nouveau, il se loua dans les fermes et dans les petites villes, chez les commerçants. Du fait de la conscription, on commençait à manquer de main-d'œuvre et on n'était pas trop regardant sur son absence de papiers. Andréi racontait qu'il les avait perdus et qu'il rejoignait sa ville natale — jamais la même — pour se faire enrôler dans l'armée.

A partir de Poltava, il obtint plus facilement des nouvelles du front et de la situation dans le pays. Après de rapides succès en Prusse Orientale et en Galicie, les armées russes avaient commencé à reculer et abandonnaient le territoire polonais.

Visneck était-il à présent occupé par les Austro-

Allemands ? Andréi espérait que le village avait été épargné par les combats. Quelquefois, il pensait aussi à ses anciens camarades de l'école des cadets. Sans nul doute, ils avaient été dans les premiers à être jetés dans la guerre, et Stanislas parmi eux...

Cela faisait à présent plus de quatorze mois que la guerre avait commencé et le moral des jeunes recrues n'était plus le même que celui des appelés de Simbirsk. L'insouciance avait disparu. On murmurait que les fusils manquaient de cartouches et les canons d'obus, que des hommes bâtissaient d'énormes fortunes en trafiquant sur les vivres et les fournitures aux armées. Si l'on aimait toujours le Tsar, on parlait beaucoup de l'influence néfaste qu'exerçait un certain Raspoutine sur la cour et la tsarine — une Allemande. Ce moine débauché, le *starets* (le saint homme) comme on l'appelait par dérision, prétendait guérir le tsarévitch Alexis atteint d'hémophilie. Grâce à cela, il avait acquis un pouvoir exorbitant, faisant nommer et révoquer les ministres à sa guise et se mêlant même de donner des conseils sur la conduite de la guerre...

A la gare d'Elisabethgrad, où Andréi était arrivé en empruntant à nouveau un convoi d'appelés, il aperçut des wagons de marchandises qui stationnaient sur une voie écartée. Par les portes entrouvertes, on pouvait voir des hommes, des femmes, des enfants, entassés les uns contre les autres. Les femmes portaient des fichus, les hommes avaient des *payess*.

Des juifs...

Andréi s'approcha du train.

— Où vas-tu, toi ? l'interpella un soldat qui faisait les cent pas sur le quai. Qu'est-ce que tu veux ?

— Rien, dit Andréi, je me suis trompé de chemin. Mais qui sont ces gens ?

Le soldat haussa les épaules.

— Tu ne les as pas reconnus ? Ce sont des juifs.

Par ordre de l'état-major, tous ceux qui se trouvent dans la zone des combats doivent être refoulés vers l'arrière.

— Mais pourquoi ? Qu'ont-ils fait ?

L'homme eut l'air surpris.

— Mais... ce sont des juifs, pas de vrais Russes. On les soupçonne d'être du côté des Austro-Allemands. D'ailleurs leur langue est presque la même, ils se comprennent entre eux. Les juifs peuvent leur fournir des renseignements sur les déplacements de nos troupes.

Andréi faillit protester, mais à quoi bon ?

Le soldat ne comprendrait pas. Comme ceux qui lui avaient donné des ordres, il avait l'antisémitisme solidement ancré en lui. Quand donc parviendrait-on à extirper ce mal de l'âme russe ? Ce serait dur et long, très long...

Andréi revint sur ses pas en longeant le train. Il sentait sur lui les yeux des hommes et de ces femmes parqués dans les wagons.

Je suis des vôtres, songea-t-il. En luttant contre le Tsar, je me bats pour vous, pour vos enfants.

Il rencontra le regard d'un vieillard et s'immobilisa.

— Je suis juif comme toi, dit-il.

L'homme pointa vers lui sa main décharnée.

— Alors, fuis ! quitte à jamais ce pays...

La Moldavanka était toujours aussi animée. Seul changement notable, les soldats et les marins russes étaient plus nombreux qu'auparavant dans ce quartier juif d'Odessa.

Andréi arriva devant la petite pâtisserie des Coppel avec un pincement au cœur.

Quand il poussa la porte, il retrouva cette bonne chaleur d'autrefois...

Galina lui tournait le dos, occupée à empiler des gâteaux...

— *Chalom*, dit Andréi.

La vieille femme se retourna, le regarda fixement... puis poussa un petit cri et recula comme si elle avait vu un fantôme.

— Andréi... c'est toi ? balbutia-t-elle. Ce n'est pas possible...

Il rit, posa deux gros baisers sur ses joues.

— Mais si, c'est possible. Tout est possible quand on aime la liberté ! Je me suis évadé, j'ai mis dix-huit mois à venir jusqu'ici... et me voilà.

— Viens, viens.

Elle l'entraîna dans la cuisine, emplit deux verres de thé avec des gestes un peu fébriles.

— Tu vois, je suis toute seule maintenant. Mon cher Mendel est mort.

Andréi serra de nouveau la vieille femme entre ses bras.

— Ma pauvre Galina, dit-il.

— C'est la volonté de Dieu, et il va me rappeler bientôt aussi... Mais tu veux sans doute avoir des nouvelles de Zina ? Dès qu'elle a connu ton arrestation, elle a changé d'adresse...

Galina parut gênée et but une gorgée de thé.

— Mischka a continué à la voir. Elle était très peinée par ton départ pour la Sibérie, très éprouvée. En tout cas, je n'ai pas son adresse, malheureusement. Et puis, Mischka est parti pour l'armée.

Elle poussa un long soupir.

— Quel fou, celui-là... Il était persuadé qu'avec ses combines, ses relations, il échapperait à la conscription. Alors, il ne voulait pas partir en Palestine, comme on le lui conseillait, Mendel et moi. Résultat, mon pauvre mari est mort de chagrin après le départ de Mischka. Je n'ai reçu de lui aucune nouvelle, mais il paraît que c'est normal, plus rien ne marche, en Russie...

— Mischka s'en tirera, j'en suis sûr, je lui fais confiance.

Galina hocha la tête.

— Moi aussi, mais c'est à mon vieux cœur que je ne fais plus confiance. Je ne sais pas si je serai encore là pour l'accueillir, quand il reviendra. Mais toi, raconte, il a dû t'en arriver des choses...

Marcher de long en large... relire les journaux, qui tous étaient censurés... attendre...

La porte du petit appartement s'ouvrit.

Zina ?...

Oleg ramenait Zina avec lui...

Mais non, le docker entra seul.

En rôdant sur les quais, Andréi avait fini par le retrouver. Oleg avait eu la chance d'échapper à la rafle au cours de laquelle Andréi avait été arrêté. A présent, il était réquisitionné comme ouvrier militaire au port, ce qui lui permettait d'échapper aux combats. Immédiatement, il avait offert l'hospitalité à son compagnon. Pas question de sortir sans papiers, la police était particulièrement vigilante en ce moment, car de nouvelles grèves avaient éclaté, aussi bien sur le port que dans les manufactures, pour protester contre la vie chère et la pénurie de vivres.

— Alors, questionna Andréi, tu as vu Zina ?

Oleg acquiesça.

— Oui. Je l'ai retrouvée à l'imprimerie. Je lui ai annoncé que tu étais revenu.

— Alors ?

— Alors elle était folle de joie, tu penses bien.

— Elle va venir ?

— Non.

Andréi le regarda, sans comprendre.

— Comment cela, non ?

— Elle va t'écrire.

— M'écrire ? Mais qu'est-ce que cela signifie ?

L'Ukrainien eut un geste d'ignorance.

— Ça, je n'en sais rien, mon ami, c'est votre

affaire. J'ai aussi contacté Gregory. Il va te procurer de faux papiers et te confier une tâche, puisque tu veux toujours militer avec nous.

Il bâilla, alla s'étendre sur le lit.

— Ouf, je suis crevé... Ne t'en fais donc pas pour Zina, tu devrais savoir que les femmes sont imprévisibles...

Andréi s'approcha de la petite fenêtre qui donnait sur le port et fixa les lumières des bateaux, dans le soir tombant.

Une lettre...

Pourquoi, une lettre ?

Il sentait une sourde inquiétude le tenailler.

— Cette guerre sera fatale au tsarisme, dit Gregory. L'armée est mal organisée, mal équipée et mal commandée. Quant aux soldats, ils ne comprennent rien à ce subtil jeu d'alliances qui, à partir de l'attentat de Sarajevo, les a conduits sur les champs de bataille.

Il est toujours le même, songea Andréi assis en face du responsable bolchevik dans le petit appartement d'Oleg. Il théorise, il parle comme dans une réunion publique...

— Économiquement parlant, poursuivit Gregory, la Russie est incapable de soutenir cette longue épreuve : malgré de bonnes récoltes de blé et bien qu'on ait cessé les exportations, bien des villes connaissent la pénurie et dans certains districts, c'est la famine. Bien sûr le marché noir fleurit et enrichit les affameurs du peuple, dont certains sont proches du pouvoir. Celui-ci est de plus en plus isolé de la nation et sali par les scandales — aussi bien par la toute-puissance de Raspoutine que par le choix de Protopopov comme ministre de l'Intérieur ; c'est un affairiste dont on sait qu'il a eu des contacts secrets avec l'Allemagne.

Gregory ôta ses lunettes à monture d'acier et les essuya soigneusement.

— Une phrase circule dans le pays, dit Oleg, assis à ses côtés : « moins ça va, mieux ça va ». On a l'impression que les gens pressentent le désastre et ont de plus en plus conscience qu'il faut un nouveau pouvoir à la Russie, pour plus de justice et d'égalité.

— Et nous sommes pour beaucoup dans cette prise de conscience du peuple, poursuivit Gregory. Nous sommes à l'origine de bien des manifestations et des conflits où les travailleurs réclament de meilleures conditions de vie et la fin d'une guerre qui ne les concerne pas. Mais nous avons également commencé à agir au sein de l'armée.

Il remit ses lunettes et fixa Andréi.

— C'est là que tu peux intervenir, camarade.

— Que dois-je faire ?

— T'engager comme soldat.

Gregory sortit des papiers de sa poche, qu'il tendit à Andréi.

— Désormais, tu t'appelles Zdanovski et tu es né près de Cracovie. Te revoilà donc Polonais — j'espère que tu es content de retrouver ta nationalité...

— Je ne me sens pas plus polonais que russe. Mais pourquoi polonais ?

— Au début de la guerre, le grand-duc Nicolas a promis, après la victoire, la réunification des divers territoires polonais et une certaine autonomie. Beaucoup de patriotes du Royaume y ont vu la promesse de l'indépendance de leur pays et se sont engagés dans l'armée russe. Tel sera ton cas.

— Et quelle sera ma mission ?

— Expliquer à ces hommes qu'on les a leurrés, que le pouvoir tsariste n'a jamais eu l'intention de leur accorder la moindre liberté, car il les considère comme un peuple d'esclaves à maintenir dans la servitude. Il faudra leur faire comprendre qu'en revanche, les forces révolutionnaires russes luttent pour la libération de tous les peuples opprimés, dont le leur, et les inciter à se rallier à nous, quand nous organiserons des insurrections militaires afin d'abattre le régime du Tsar.

Gregory se leva.

— Je t'indiquerai, le jour de ton départ, les contacts qu'il te faudra prendre et l'endroit où tu seras incorporé. A présent, camarade, bon courage et que l'avenir voie notre cause triompher rapidement.

Après un bref salut aux deux hommes, il sortit de l'appartement.

Me voilà de nouveau lancé dans la lutte, songea Andréi. C'est ce que je voulais, et pourtant je n'éprouve pas cet enthousiasme qui m'animait dans les premiers temps. Mais Gregory a eu raison de me confier cette mission, pour laquelle je conviens parfaitement — et je sais que je l'accomplirai du mieux que je pourrai.

Oleg s'approcha de lui en souriant.

— Tiens, j'ai quelque chose pour toi, de la part de Zina.

Il lui tendit une lettre.

Andréi l'ouvrit aussitôt.

Mon chéri,

J'imagine ta surprise, ta déception, ou ta colère peut-être : tu as échappé à la mort, tu reviens à Odessa, tu m'aimes, tu veux me retrouver, et voilà que je joue les mystérieuses et que je n'accours pas pour te voir.

Je t'aime, et c'est parce que je t'aime qu'il faut que je t'apprenne certaines choses — des choses que je ne peux te dire qu'en te les écrivant, sans doute parce que j'aurais honte de les exprimer devant toi ou bien parce que je me chercherais des excuses ou que je travestirais les faits.

Est-ce que tu devines de quoi — de qui — je vais te parler ?

De mon infidélité. De Mischka.

Après ton arrestation, j'étais très malheureuse, désemparée même. Je t'attendais. Et puis nous avons appris ta condamnation à dix ans de Sibérie et j'ai pensé que tu ne reviendrais jamais.

Mischka, l'ami de tous les jours, était là. Il était la vie qui continuait et j'étais désespérée, il était la force et j'étais perdue.

Alors j'ai vécu avec lui quelque temps, peu de temps. Je me suis rapidement rendue compte que nous avions très peu de points communs. Il n'aimait pas que je m'occupe de politique, me voulait pour lui tout seul, comme une bonne *mama* juive derrière ses fourneaux. Nous nous sommes quittés. Il est ensuite parti pour l'armée et moi, j'ai continué ma vie, mes leçons de piano et le travail à l'imprimerie, avec les camarades.

Si tu dois le revoir un jour, je ne voudrais pas que tu lui gardes rancune. Il a été bon pour moi. C'est un garçon honnête et son sionisme militant n'est peut-être pas aussi ridicule que nous le pensions. Je me demande parfois même s'il n'est pas dans le vrai. Peut-être le combat pour la liberté et la dignité des juifs passe-t-il par l'établissement de ce foyer en Palestine, où enfin ils ne se sentiraient plus les parias du monde...

Quand j'ai su par Oleg que tu étais revenu, j'avais à la fois envie de courir me jeter dans tes bras et en même temps j'étais paralysée par tout ce que j'avais à t'avouer. Alors, j'ai choisi ce lâche procédé de la lettre.

Tout maintenant dépend de toi.

Si tu le veux, tu ne me reverras plus. Jamais.

Zina

Je vais la revoir... peu importe son aventure avec Mischka. Je ne peux pas lui en vouloir, après tout elle pensait que j'étais condamné à mourir en Sibérie...

Les deux hommes débouchèrent sur une petite place bordée de maisons basses aux façades sales et tristes.

Le docker posa la main sur l'épaule de son compagnon.

— Attends !

Il désigna une petite porte de fer.

— La nouvelle imprimerie est là, au sous-sol — mais quelqu'un devrait être de garde. C'est anormal.

Soudain, la porte s'ouvrit avec violence.

Des hommes, des femmes surgirent, entourés de policiers qui les poussaient, les tiraient.

Zina !

Andréi la vit parmi le groupe, se débattant de toutes ses forces.

Il eut le réflexe de s'élancer, mais Oleg le tira en arrière, le plaqua contre le mur d'une maison.

— Ne bouge pas ! Ne fais pas l'idiot...

Un camion surgit... on dirigea vers lui les prisonniers.

Soudain, Zina s'échappa.

Andréi la vit courir, comme la première fois, lors de la manifestation de Minsk, tenant sa longue jupe noire relevée, la tête en arrière, souple, légère...

Elle venait dans leur direction.

Andréi tenta de se dégager de la poigne d'Oleg pour aller à sa rencontre.

Des coups de feu...

— Non ! hurla-t-il.

Zina tournoya puis s'abattit sur les pavés.

Elle était là, à quelques mètres d'eux, immobile, les yeux tournés vers le ciel.

— Non, murmura Andréi.

CHAPITRE XII

L'attente...

Les jours passés dans les campements, sous la neige ou dans la boue... les heures de garde interminables dans le froid, les corvées, les inimitiés entre les hommes et parfois les brusques confidences de ceux qui avaient du vague à l'âme...

La guerre semble s'être pétrifiée.

Le front s'était stabilisé à une centaine de kilomètres à l'intérieur du territoire russe, sur une ligne nord-sud de Riga à Czernowitz. De part et d'autre, on s'observait, on consolidait ses positions, quelques combats sporadiques faisaient gagner, puis perdre, puis regagner une colline ou un village. Cette guerre, dont tous les états-majors avaient prévu qu'elle serait courte, s'éternisait. Après les brillantes offensives des deux premières années, qui avaient fauché des hommes par centaines de milliers, elle ne faisait plus que des morts à l'usure.

Dans le régiment de cavalerie formé exclusivement de volontaires polonais où servait Andréi, alors même que tous luttaient pour la même cause, les clivages sociaux et l'esprit de caste avaient ressurgi naturellement. Les officiers, désœuvrés et impatients, se vengeaient sur les hommes de leur inaction forcée. Tatillons jusqu'à l'absurde, ils passaient la plus grande partie de leur temps à inspecter les chevaux, qui n'étaient jamais assez propres, les selles, jamais assez bien cirées. les armes, jamais assez nettoyées.

Certains allaient même jusqu'aux brimades et aux humiliations, comme ce lieutenant qu'Andréi vit surgir une nuit, alors qu'il était de garde devant l'enclos des chevaux avec deux de ses camarades. Estimant que deux hommes suffisaient amplement à la tâche, ils avaient décidé qu'à tour de rôle l'un d'eux se reposerait.

L'officier découvrit l'homme endormi sur un tas de foin, entre deux chevaux qui lui apportaient un peu de chaleur.

Il le réveilla à coups de botte.

— Tu n'as pas honte ! Non seulement tu abandonnes ton poste, mais encore tu souilles la nourriture des chevaux, qui est aussi précieuse pour nous que les munitions !

Le fautif, un gros garçon au visage blanc, se leva. Figé au garde-à-vous, il entendit encore mal réveillé le flot d'insultes que déversait sur lui l'officier.

— Eh bien, puisque tu aimes tant le foin, tu vas le manger ! décida le lieutenant.

Le soldat, dans un premier temps, ne bougea pas, abasourdi. Puis, quand les coups de cravache commencèrent à pleuvoir sur lui, il s'agenouilla et porta une poignée de foin à sa bouche.

— Allez, mâche bien, tu digéreras mieux, commenta l'officier.

L'autre compagnon d'Andréi regardait la scène avec effroi, mais affichait par prudence un sourire niais.

— Mange, mange encore, ordonna le lieutenant en continuant de cravacher sa victime, dont le visage était écarlate et baigné de sueur.

Andréi s'approcha et rencontra le regard excité de l'officier.

— Mon lieutenant, dit-il en souriant, faites attention, c'est qu'il a très bon appétit ! Si ça continue, il ne laissera rien aux chevaux...

L'officier le regarda quelques secondes sans réagir, puis éclata de rire. Quelque chose dans le ton calme d'Andréi l'avait fait revenir à la réalité.

Il tourna les talons et s'éloigna en continuant de rire.

Dès le lendemain, les deux soldats racontèrent cet incident dans tout l'escadron et Andréi y gagna la réputation d'un homme astucieux et courageux et se trouva tout à coup l'objet d'attentions admiratives et chaleureuses.

Waldeck en particulier, le soldat brimé, ne le quittait plus et lui confiait ses peines et ses espoirs. C'était un jeune paysan un peu naïf — le type même du sujet à qui il fallait ouvrir les yeux sur les réalités politiques, selon Gregory. Mais Andréi ne sentait pas encore en lui la force nécessaire pour accomplir ce travail.

Le visage de Zina... Il le revoyait sans cesse, les yeux tournés vers le ciel, ses cheveux noirs sur les pavés.

Son corps inerte était couché si près de lui... mais il ne pouvait pas bouger, s'approcher d'elle...

« — Ne fais pas l'idiot », disait Oleg, qui le tenait toujours fermement plaqué contre le mur de la maison. « Ça ne sert à rien, ça ne servira plus à rien... »

Le docker l'avait ramené jusqu'à son appartement et l'avait laissé seul avec une bouteille de vodka. Andréi avait bu, il avait crié, pleuré, bu encore, puis s'était endormi sur le plancher après avoir vomi.

Plus tard, l'Ukrainien l'avait réveillé en lui expédiant de l'eau sur le visage, l'avait fait manger puis de nouveau était parti. Andréi avait alors quitté l'appartement, avait marché, marché, était parvenu jusqu'à la petite place où Zina avait été tuée.

Mais ce n'était plus à présent qu'un endroit comme un autre, où les gens allaient et venaient, marchaient sur les pavés là même où Zina...

Quand il était revenu à l'appartement, Oleg l'attendait.

« — Camarade, est-ce que tu continues la lutte ? » lui avait-il demandé.

Andréi lui avait crié qu'il était pire que Gregory, qu'il n'était qu'un robot pour qui la mort des autres n'était rien, pour qui les hommes n'étaient que des instruments, des pions dans un vaste jeu où plus rien d'humain n'intervenait.

Le docker l'avait patiemment écouté, puis lui avait fait observer qu'il n'avait toujours pas répondu à sa question. Il lui donnait la nuit pour réfléchir.

« — Inutile, avait répondu Andréi. J'ai été chargé d'une mission et je l'accomplirai. Excuse ma sensiblerie, camarade, sans doute ne suis-je qu'un "foutu romantique". »

L'autre avait feint de ne pas remarquer le ton sarcastique d'Andréi. Imperturbablement, il lui avait transmis les instructions de Gregory.

Le lendemain, Andréi avait pris le train pour Rovno.

Dans la caserne de cette ville, il avait demandé à voir un certain capitaine Tourjevski.

Ce sympathique personnage l'avait aussitôt reçu et, sans regarder de trop près ses papiers d'identité ni montrer la moindre curiosité devant son retard pour répondre à l'appel du grand-duc Nicolas, l'avait sur-le-champ incorporé. Les amis de Gregory étaient décidément des gens sûrs...

Après deux mois d'instruction, où Andréi s'était fait remarquer par ses qualités de cavalier et son adresse au sabre, on l'avait envoyé sur le front.

— C'est absurde, dit Andréi.

L'adjudant lui jeta un regard furieux.

— Qu'est-ce qui te prend, toi, à discuter les ordres ? Le lieutenant sait ce qu'il fait.

Il s'adressa à la trentaine d'hommes qui attendaient au pied de la colline, dont on apercevait, dans le soir tombant, la masse sombre couronnée d'un petit bois. Les cavaliers avaient abandonné leurs chevaux à cinq cents mètres de là.

— Il nous faut neutraliser ce nid de mitrailleuses, au sommet, là-haut, qui nous empoisonne la vie depuis deux jours, dit l'adjudant. Dès que la nuit sera totalement tombée, nous partirons à l'assaut en trois groupes, l'un de face avec moi, les deux autres par les flancs. Nous allons montrer à ces Allemands que les Polonais n'ont pas froid aux yeux ! Maintenant, les gars, reposez-vous en attendant.

Une demi-heure plus tard, il donna l'ordre du départ.

Le groupe dont faisait partie Andréi contourna la colline sur la gauche et commença l'ascension en rampant. Dans la pénombre, les hommes se dissimulaient derrière les rares rochers et la végétation clairsemée.

— Pourquoi as-tu dit que c'était absurde ? interrogea Waldeck en se glissant auprès d'Andréi.

Le gros garçon, que son embonpoint gênait beaucoup, soufflait bruyamment.

— Parce que les Allemands ont sûrement disposé des barbelés autour de leur position, répondit Andréi, et que nous ne sommes ni équipés ni entraînés pour franchir ce barrage. Pour mettre ce nid de mitrailleuses hors de combat, il aurait fallu faire pilonner la position par l'artillerie, puis envoyer l'infanterie, qui a plus l'habitude que nous de ce genre de progression.

— Pour un simple soldat, tu as l'air de bien t'y connaître...

Andréi haussa les épaules.

— C'est de la simple logique... seulement, nos officiers sont trop avides de gloriole et de médailles et préfèrent nous sacrifier, nous comptons si peu à leurs yeux...

Ils reprirent leur progression avec le reste du groupe. De temps en temps, les hommes s'immobilisaient, après avoir fait rouler une pierre ou craquer un branchage, puis repartaient. La nuit était silencieuse. Il faisait froid.

— Tout de même, tu es un drôle de type, dit Waldeck. Il paraît que tu racontes que le grand-duc Nicolas ne tiendra pas parole en cas de victoire, qu'il n'accordera pas l'indépendance à la Pologne. Si tu penses vraiment ça, pourquoi t'es-tu engagé avec nous ?

— Au début, j'y croyais, j'étais comme toi... et puis j'ai réfléchi. Le pouvoir tsariste nous a toujours considérés comme un peuple d'esclaves, à maintenir dans la servitude. Je ne vois pas pourquoi ça changerait s'il est victorieux. Simplement, il nous a promis l'indépendance parce qu'il avait besoin de troupes...

— Alors, pourquoi restes-tu ? Tu pourrais déserter.

— Je préfère attendre. Il se passe des choses, à l'arrière, dans tout le pays. Bientôt le peuple se révoltera contre le Tsar et il y aura un nouveau pouvoir qui, lui, reconnaîtra l'indépendance totale de la Pologne.

Waldeck soupira.

— Tout cela est bien compliqué. J'ai des cousins en Galicie à qui les Austro-Hongrois ont aussi promis l'indépendance, et qui se sont engagés à leurs côtés, dans les légions de Pilsudski. Tu te rends compte, si je me trouvais en face d'eux ? Heureusement, ils sont plus au sud et...

Le crépitement d'une mitrailleuse éclata dans la nuit, puis d'une seconde.

Au même moment, des fusées éclairantes jaillissaient dans le ciel, illuminant les flancs de la colline.

Les hommes s'étaient plaqués au sol et ne bougeaient plus, tandis que les balles sifflaient au-dessus de leurs têtes.

— Ça y est, nous avons été repérés, dit Andréi.

Il distingua, à une dizaine de mètres en avant, les premiers arbres du bois. Des fils de fer barbelés étaient tendus entre les troncs. Des boîtes de conserves y étaient suspendues.

Au bout de quelques minutes, le feu cessa et l'obscurité revint.

Le chef du groupe donna l'ordre de repli.

Lentement, les soldats refirent le chemin en sens inverse.

Au pied de la colline, ils rejoignirent leurs camarades.

Il y avait trois blessés. L'adjudant et quatre hommes étaient morts, on les avait abandonnés sur place...

— Tu avais raison, constata amèrement Waldeck, c'était une opération absurde.

Le lendemain, à l'aube, deux pièces d'artillerie furent mises en batterie et arrosèrent copieusement le sommet de la colline. Puis un détachement d'infanterie partit à l'assaut.

Les fantassins revinrent avec une douzaine de prisonniers. Les Allemands étaient sales, hébétés, certains blessés. La peur se lisait sur leurs visages. Ils n'avaient opposé que peu de résistance car dès le début de l'attaque la mort du lieutenant qui les commandait, déchiqueté par un obus, les avait démoralisés.

Un brigadier et trois hommes, dont Andréi, furent désignés pour les conduire dans un camp de transit, derrière les lignes.

Dès le début de l'expédition, la pluie s'était mise à tomber, formant des fondrières de boue qui rendait la route difficilement praticable. Les prisonniers se serraient les uns contre les autres pour se protéger, tandis que les cavaliers piquaient à tour de rôle un galop pour se réchauffer un peu.

De temps à autre, un Allemand glissait et tombait dans la boue. Il se relevait péniblement, aidé par ses camarades.

La progression se fit de plus en plus lente. Les cavaliers, exaspérés et transis de froid, devenaient nerveux, impatients, lançant des injures aux prisonniers pour qu'ils avancent plus vite.

Andréi se demanda comment il réagirait si l'un des Allemands trouvait les forces nécessaires pour tenter une évasion. Obéirait-il, si on lui donnait l'ordre de le frapper à coups de sabre ou de lui tirer dessus ?

Au bout de plusieurs heures de marche, l'un des prisonniers blessés, que deux de ses compagnons soutenaient, s'effondra la tête la première dans la boue et ne bougea plus.

Andréi éperonna son cheval pour se rapprocher des trois hommes, mais déjà le brigadier était près d'eux.

— Relève-toi, chien ! cria-t-il au blessé.

Prisonniers et cavaliers s'étaient arrêtés et entouraient l'homme effondré.

Ses deux camarades tentèrent de le relever, mais eux-mêmes étaient exténués et laissèrent retomber le corps.

Le brigadier regardait la scène, perplexe, ne sachant quelle attitude adopter. Aucun cheval supplémentaire n'avait été prévu pour transporter un blessé ou un malade.

Soudain, il sortit son pistolet et le braqua sur l'homme écroulé dans la boue.

Aussitôt l'un des prisonniers, un grand gaillard

bâti en force, empoigna la jambe du brigadier et le désarçonna.

Le sous-officier tomba lourdement.

Rapidement, il se releva, et avant de remonter en selle ouvrit le feu sur son agresseur.

L'homme s'effondra.

Alors, dans un ultime sursaut de révolte, les Allemands tentèrent de jeter leurs gardiens à terre.

Ceux-ci dégainèrent leurs sabres et commencèrent à frapper pour se dégager.

Attaqué par deux hommes, Andréi fit cabrer sa monture, renversant ses deux assaillants.

Ce combat inégal fut de courte durée. Bientôt, exténués, le visage et les épaules couverts de sang, les prisonniers abandonnèrent la lutte et s'agenouillèrent dans la boue, les bras écartés en signe de soumission.

Andréi descendit de cheval et alla examiner l'homme sur qui le brigadier avait tiré, puis celui qui s'était effondré au début de l'incident.

Tous deux étaient morts.

— Ne perdons pas notre temps ici, dit le brigadier. En route ! Nous avons encore du chemin à faire.

Andréi remonta en selle, tandis que les prisonniers se relevaient.

La petite troupe se remit en marche, abandonnant sur la route les deux cadavres dans leur tombe de boue.

Les cavaliers et leurs prisonniers arrivèrent au milieu de la journée au camp de transit — une trentaine de tentes sales et déchirées entourées d'une enceinte de barbelés.

Avec soulagement, le brigadier remit ses prisonniers aux autorités du camp, puis décida, avant de repartir, que lui et ses hommes méritaient bien de reprendre quelques forces.

On se rendit dans un bourg à proximité, complètement déserté par ses habitants. L'armée l'avait investi pour installer ses services d'intendance et un hôpital provisoire. Dans la rue principale se croisaient sans cesse des colonnes de soldats, cavaliers ou fantassins, qui allaient vers le front ou en revenaient. Parfois passaient dans un vacarme infernal des pièces d'artillerie tirées par des attelages de chevaux.

Le brigadier et ses hommes se rendirent dans une grange où était installée une cantine. Là, ils purent déguster une soupe chaude accompagnée d'une tranche de pain noir, le tout arrosé d'un bon verre de vodka pour ceux qui avaient de quoi se l'offrir. Les compagnons d'Andréi discutaient, riaient, ils semblaient avoir déjà oublié la mort des deux prisonniers. Mais il y avait dans cette gaieté quelque chose de nerveux, d'un peu forcé.

Andréi sortit sur le seuil de la grange.

Les mains serrées autour de sa gamelle de ferblanc brûlante, il observa le va-et-vient des soldats sur la petite place de l'église.

Rapidement, il sut distinguer ceux qui n'avaient pas encore connu le feu : leur regard exprimait la détermination, l'anxiété ou la peur, tandis que celui des hommes qui avaient été au front était vide, comme mort.

Et dans mon regard, que peut-on lire ? s'interrogea-t-il.

Sans doute ce même vide...

Pourtant, la foi révolutionnaire devrait m'aider à tenir dans cet enfer.

Il but une gorgée de soupe.

La foi révolutionnaire...

Il se rendait compte que depuis son arrivée sur le front il n'avait pas mis toute la conviction nécessaire dans son travail d'agitateur politique.

Pourtant, sa soif de justice et d'égalité n'avait pas changé. Alors, que se passait-il ?

Il jeta un regard distrait sur un jeune officier à l'uniforme impeccable, qui avançait fièrement à cheval à la tête d'une colonne de fantassins.

Peut-être se laissait-il gagner par cet engourdissement qui guettait les hommes en guerre et les faisait vivre presque uniquement dans l'instant présent, pour éviter de penser à la mort...

Oui, c'était sans doute cela. Il fallait qu'il se secoue, qu'il soit vigilant avec lui-même.

Il releva la tête.

Un silence soudain régnait sur la petite place.

Le jeune officier avait fait aligner ses hommes le long de l'église et leur faisait présenter les armes à un convoi de blessés qui passait lentement devant les soldats figés. Les charrettes tapissées de foin se succédaient en grinçant, surchargées d'hommes aux pansements rougis et sales.

Soudain, l'un d'eux, dont une jambe n'était plus qu'un moignon entouré de charpie, se redressa et, de toutes ses forces, injuria les soldats.

L'officier, aussitôt, donna un ordre et le roulement d'un tambour couvrit la voix du blessé.

Quand le convoi fut passé, la colonne se remit en marche au pas cadencé, et la place retrouva son animation et son brouhaha.

Andréi sentit qu'on lui tapait sur l'épaule.

— Alors, Zdanovski, tu rêves ? l'interpella l'un de ses compagnons. Il faut repartir !

Dans la grisaille de l'aube, les cavaliers attendaient l'ordre d'attaquer.

On apercevait entre les arbres le lac gelé recouvert d'une mince couche de neige. Les chevaux étaient nerveux, les soldats les flattaient, leur donnaient un peu d'avoine. En calmant leur monture, ils se calmaient eux-mêmes. Les officiers passaient parmi eux, lançant des plaisanteries, des remarques sans importance. Une sorte de camaraderie passagère s'était instaurée entre les gradés et leurs hommes.

Mais les conversations ne se maintenaient qu'à la faveur d'une animation qui sonnait faux. Peu à peu, elles s'enlisèrent dans l'anxiété de l'attente. Les plaisanteries cessèrent. Tous réalisaient que chaque seconde les rapprochait de l'instant décisif. Peu à peu, les hommes se refermaient sur eux-mêmes. Le signal de l'attaque n'arrivait toujours pas. L'attente ne convient guère aux cavaliers, qui sont des hommes d'action. Certains s'étaient allongés à même le sol pour trouver un peu de sommeil.

Andréi se sentait pris dans l'angoisse générale.

Peu après son retour du camp de transit, l'escadron dont il faisait partie avait été intégré à un régiment de cavalerie russe. Celui-ci remontait vers le lac Narotch, où l'état-major avait enregistré une certaine tension, des accrochages de plus en plus fréquents s'y produisaient et il fallait consolider les positions. Dix jours plus tard, le régiment s'installait sur une rive du lac. De l'autre côté se trouvaient les forces ennemies. Les Allemands lançaient de temps à autre une attaque-surprise, l'infanterie russe, soutenue par l'artillerie, contre-attaquait, les assaillants se repliaient...

Le colonel du régiment de cavalerie avait reçu l'ordre de s'emparer d'un petit village situé au bord du lac, dans la zone contrôlée par les Allemands. Le plan de l'état-major était simple : après un pilonnage d'artillerie, les cavaliers chargeraient sur le lac gelé, tandis que l'infanterie prendrait en tenaille les forces ennemies défendant le village.

— Je voudrais bien qu'on y soit déjà, soupira Waldeck.

Andréi désigna le ciel, qui devenait de plus en plus clair.

— Ça ne va plus tarder, maintenant.

Quelques minutes plus tard, on entendit les canons russes tonner, puis les cavaliers distinguèrent entre les arbres l'infanterie qui amorçait son mouvement. Une partie des fantassins suivait la rive, une autre s'avançait sur le lac. Bientôt, Andréi vit des centaines d'hommes courir en rangs serrés, leurs baïonnettes luisant dans la clarté du matin.

Puis les batteries ennemies se mirent en action.

Les obus trouaient la glace, soulevant des geysers d'eau et de neige, engloutissant des soldats. Mais les rangs se reformaient aussitôt et l'infanterie russe continuait de progresser.

— En selle !

L'ordre tant attendu fit pourtant sursauter les soldats.

Avec une hâte un peu fébrile, ils se hissèrent sur leurs montures et commencèrent à progresser jusqu'à l'orée de la forêt, où ils se formèrent en vagues d'assaut.

Le colonel prit place devant ses hommes et leva haut son sabre.

— Pour Dieu, pour le Tsar, en avant !

Au trot, puis au galop, les cavaliers s'engagèrent sur la glace.

— Sabre au clair ! hurlèrent les officiers.

Les lames jaillirent et se pointèrent vers l'ennemi.

Le clairon sonna la charge, l'allure s'accéléra. Les sabots martelaient la neige dans un grondement sourd, faisant se lever un brouillard blanc. À présent, les hommes poussaient des cris stridents, gagnés par l'excitation de la charge.

Andréi, qui faisait partie de la première vague d'assaut, sentait qu'il faisait corps avec cette masse redoutable et invincible, que rien ne pouvait arrêter. Lui aussi criait comme les autres, avec la même rage presque animale. Il entendait le canon tonner, il voyait la glace s'ouvrir sous les pas des chevaux qui plongeaient avec leurs cavaliers en se débattant frénétiquement, mais la peur ne l'effleurait pas, il se sentait invulnérable...

Plus vite, toujours plus vite... les chevaux avaient pris le mors aux dents, semblant gagnés par la même folie que les hommes.

Plusieurs lignes sombres, sur la blancheur de la neige.

Les soldats ennemis, en position de tireur couché, pointaient leurs fusils, protégés par des barbelés.

Une salve crépita, suivie d'une seconde, d'une troisième...

Les balles sifflaient, des cavaliers tombaient de leur monture, qui continuait de galoper... des chevaux s'écroulaient en poussant des hennissements aigus, écrasant de leur masse celui qui les montait... Le clairon continuait de sonner la charge.

Andréi enfonça ses éperons dans les flancs de son cheval, donna un coup de plat de sabre sur sa croupe et rendit la main.

Le cheval sauta les barbelés.

Un homme en uniforme vert sombre se dressa devant Andréi, qui eut le temps d'apercevoir l'expression affolée de son visage... l'homme criait quelque chose, puis la masse du cheval le renversa.

D'autres barbelés, beaucoup plus haut, protégeaient la seconde ligne ennemie. Les balles continuaient de miauler. Andréi tira de toutes ses forces sur les rennes, cisaillant la bouche de sa monture pour obliger la bête à s'immobiliser, regarda autour de lui... d'autres cavaliers longeaient la ligne de défense, à la recherche d'un passage... Des fantassins russes commencèrent à couper les barbelés. Certains s'écroulaient, le corps accroché dans les fils de fer.

Enfin, une brèche fut ouverte, dans laquelle s'engouffrèrent les attaquants.

Andréi s'y lança à son tour.

Des crépitements saccadés...

Sur la rive, des nids de mitrailleuses protégés par des sacs de sable crachaient leurs rafales sur les cavaliers. Plus loin, derrière, on apercevait les maisons du village, que l'infanterie russe commençait à attaquer par les flancs.

— En avant, droit dessus ! hurla un officier — Andréi reconnut le lieutenant Watsa, celui qui avait fait manger du foin à Waldeck.

Les cavaliers chargèrent.

Andréi se pencha sur l'encolure de son cheval pour se protéger. Il entendit un cri d'agonie à ses côtés et vit Waldeck, le visage barbouillé de sang, tanguer sur sa selle puis glisser sur le côté. Une botte du jeune Polonais resta coincée dans son étrier et sa monture continua de galoper, traînant le corps qui laissait une trace sanglante sur la neige.

On était sur les mitrailleuses.

Andréi fit des moulinets avec son sabre, frappant presque au hasard les silhouettes qui se présentaient devant lui... les soldats allemands tiraient, ou bien s'enfuyaient, d'autres levaient haut les mains pour se rendre... Andréi vit un soldat lâcher son arme et se dissimuler derrière un sac de sable. Il ne se sentit pas le courage de le frapper... Mais déjà un autre cavalier lui plantait son sabre dans le dos. Un soldat allemand déchargea son arme sur le sabreur. L'homme tomba dans les bras de celui qu'il venait de tuer.

Bientôt, la position ennemie fut neutralisée.

Andréi immobilisa son cheval sur la terre ferme. Il se sentait exténué. La sueur inondait son visage, coulait dans son cou. Son corps était parcouru de tremblements nerveux.

Quand il remit son sabre au fourreau, il vit que la lame était tachée de sang.

C'était la quatrième fois que le village changeait de mains. Les combats successifs l'avaient durement marqué, lézardant ou écroulant des murs, transformant les chemins en fondrières. Cependant, on pouvait encore imaginer, à la vue de ces petites maisons grises, la vie paisible et agréable qu'on devait y mener avant cette guerre. Beaucoup d'habitants s'étaient enfuis vers l'arrière ; ceux qui avaient tenu bon regardaient avec indifférence leurs libérateurs prendre leurs quartiers.

Les cavaliers eurent droit à la paille des granges — privilège dû au fait que c'était leur colonel qui avait commandé l'attaque — tandis que les fantassins montaient leurs tentes dans les prés voisins.

Dans la grange où se trouvait Andréi, les hommes dormaient déjà quand on vint faire le recensement des effectifs. Beaucoup ne se réveillèrent même pas à l'appel de leur nom et les sous-officiers durent aller les identifier eux-mêmes.

Un bon tiers du peloton avait péri lors de l'attaque et Andréi supposa qu'il en était de même pour l'ensemble de l'escadron. Il faut dire qu'on avait placé les Polonais dans les premières vagues d'assaut...

Andréi ne tarda pas à s'endormir à son tour. A un moment, il lui sembla qu'on parlait de soupe chaude, mais sa fatigue était plus forte que sa faim et il s'enfonça dans son sommeil.

Quand il se réveilla, tout son corps était douloureux. Il se leva et sortit de la grange en enjambant ses camarades endormis.

Un soleil pâle luisait entre des nuages gris. C'était la fin de l'après-midi.

Andréi fit quelques mouvements pour activer sa circulation puis se dirigea vers l'enclos des chevaux. Il voulait vérifier à nouveau si sa monture n'avait reçu aucune blessure, car avant d'aller se reposer les cavaliers n'avaient procédé qu'à un bouchonnage et une inspection hâtifs.

— Eh, toi, là-bas !

Il se retourna.

C'était le lieutenant Watsa.

L'officier s'avançait en compagnie d'un brigadier et de deux hommes portant des pioches.

— Viens avec nous, dit le lieutenant.

Andréi les suivit.

La petite troupe sortit du village et rejoignit une ferme en ruine, manifestement abandonnée depuis de longues années.

Watsa désigna un petit bâtiment en meilleur état que les autres.

— D'après le plan, c'est là. Allez-y, ouvrez la porte.

Le brigadier obéit, mais la porte résista et les deux soldats durent l'enfoncer à coups de pioches. Le bois vermoulu céda, et bientôt ils furent à l'intérieur. Le lieutenant avait allumé une lanterne, dont il promena la lumière tremblotante autour de lui.

Soudain, il poussa un juron.

L'un des murs était percé d'un trou béant de plus d'un mètre de hauteur.

Quand le lieutenant approcha sa lanterne de l'ouverture, Andréi distingua un autre mur derrière le premier, à deux mètres de distance. La cloison éventrée, plus récente, avait été construite pour aménager un cache...

— Les chiens, ils ont tout pris ! s'exclama Watsa. Le colonel va être furieux...

Il fit demi-tour et, à grandes enjambées, retourna vers le village suivi des autres.

Le colonel russe était sur la place, discutant avec quelques officiers, quand Watsa lui rendit compte de sa mission.

— Toute la farine a disparu, mon colonel. La cache a été pillée !

Le visage du Russe s'empourpra de colère.

Il ordonna qu'on rassemble sur la place tous les habitants du village.

Des soldats se précipitèrent dans chaque maison. Ils en ressortaient poussant sans ménagement hommes, femmes, enfants.

Bientôt ceux-ci, tremblant dans le froid du soir, se trouvèrent face au colonel.

L'officier s'était juché sur son cheval et promenait un regard furieux sur les paysans rassemblés devant lui.

— Écoutez-moi bien, cria-t-il. Je sais que la dernière fois que nos troupes se sont trouvées dans ce village, elles y ont caché une importante réserve de farine. Or, cette farine a disparu ! Je veux savoir qui sont les voleurs : ils ne peuvent être que parmi vous.

Il y eut un long silence.

Puis un vieil homme s'avança et s'inclina respectueusement devant le colonel.

— Mon colonel, dit-il d'une voix tremblotante, ce sont les Allemands... quand ils ont occupé notre village, ils ont pris cette farine et en ont utilisé une grande partie sur place, puis ils ont emporté ce qui restait.

L'officier ricana.

— Si tu dis vrai, vieil homme, il a bien fallu que quelqu'un leur désigne cette cache. Que le — ou les — coupables se dénoncent immédiatement !

Personne ne bougea. Les paysans fixaient le colonel. Ils ne semblaient pas comprendre.

— Très bien, dit le colonel. Puisqu'il en est ainsi, je ferai sauter toutes vos maisons, l'une après l'autre, tant que vous ne vous serez pas décidés à parler !

Comme les villageois restaient toujours silencieux, l'officier désigna l'une des maisons, celle qui semblait avoir le moins souffert des combats.

— Commencez par celle-ci, ordonna-t-il.

Quatre soldats s'approchèrent du bâtiment. Après avoir creusé plusieurs trous à la base des murs, ils y glissèrent des bâtons de dynamite.

— Attention, je vais donner le signal, prévint le colonel.

Andréi sentit au son de sa voix que l'officier était embarrassé, hésitant. Il n'avait sans doute pas envie d'aller aussi loin dans les représailles, mais s'y trouvait entraîné sous peine de perdre la face.

Un homme assez jeune sortit soudain du groupe, entraînant une femme avec lui.

Le couple s'agenouilla devant le colonel.

— Je vous en supplie... cette maison est à nous, balbutia l'homme, pourquoi l'avoir choisie ?

— Donne-moi les coupables et elle sera épargnée.

— Mais nous ne savons rien !

— Alors tant pis pour vous.

Le colonel leva sa main gantée.

— Attendez, dit la femme : ce sont les juifs !... Oui,

ils ont dit aux Allemands où se trouvait le blé... Ici, nous sommes tous de bons chrétiens, nous n'avons pas voulu quitter le village, comme notre Tsar bien-aimé l'avait ordonné.

— Vous avez des juifs ici ? Où sont-ils ?

Sans un mot, la femme désigna une maison qui se trouvait un peu à l'écart.

— Allez-y et ramenez-les-moi ! lança le colonel au lieutenant Watsa.

Celui-ci fit signe à Andréi et à trois autres de ses hommes de le suivre.

Quand il poussa la porte de la maison, le lieutenant se figea sur le seuil.

Au centre de l'unique pièce, sur une table de bois grossier, était posé un chandelier à sept branches. Les flammes des bougies éclairaient les visages parcheminés de trois vieux juifs en tenue rituelle, le châle sur les épaules. Debout autour de la table, ils se balançaient d'avant en arrière en psalmodiant.

Andréi reconnut la prière du vendredi soir, la prière du Sabbath, celle où l'on demande à Dieu d'accorder la paix sur terre aux hommes de bonne volonté.

Il se retrouva soudain à Visneck, aux côtés de son grand-père, dans la chaleur rassurante du foyer avant les douces joies du Sabbath. Les mots de la prière lui venaient aux lèvres...

L'irruption des soldats n'avait ni interrompu ni même troublé les trois hommes dans leurs dévotions.

— Suivez-nous ! lança le lieutenant.

Les trois vieillards continuèrent de prier, balançant leurs bustes avec une vigueur renouvelée.

— Attendons qu'ils aient terminé, proposa Andréi.

L'officier lui jeta un regard outré.

— Attendre le bon plaisir de cette racaille juive ? Et le colonel ! Tu es fou, toi !

Il s'avança et d'un coup de sabre balaya le chandelier qu'il expédia à l'autre bout de la pièce.

Les trois juifs continuaient de prier.

— S'ils ne veulent pas venir tout seuls, on va les y forcer ! lança Watsa.

Il saisit l'un des trois hommes par le col et l'entraîna à l'extérieur. Le vieillard ne lui opposait aucune résistance, seulement sa force d'inertie.

Comme les autres soldats s'apprêtaient à imiter leur chef, Andréi s'approcha vivement des deux hommes qui restaient dans la pièce et, les prenant doucement par le bras, leur chuchota en yiddish :

— Je suis des vôtres. Venez... j'essaierai de vous aider.

Mais les deux vieillards parurent ne pas l'avoir entendu. Ils continuaient de psalmodier, comme s'il n'existait pas.

Andréi tenta de les entraîner, mais ils lui opposèrent la même résistance passive que leur compagnon.

Voyant les difficultés d'Andréi, les soldats poussèrent sans ménagement les deux hommes hors de la maison.

Bientôt, les trois vieillards, traînés dans la boue, furent déposés aux pieds du colonel.

Andréi observa la scène, le cœur serré. Il se sentait impuissant et furieux de l'être.

— Bon, dit l'officier en jetant un regard distrait sur les trois hommes, qu'on enferme ces juifs, je déciderai demain de la punition qu'ils méritent.

Andréi ne dormait pas.

Les yeux grands ouverts dans l'obscurité, il revoyait les trois vieillards maltraités par les soldats, jetés en pâture au colonel sur la place du village.

Le matin même, pendant la charge, il avait risqué sa vie sur le lac gelé et, pour la première fois de sa vie, avait tué.

Pourtant, c'était l'humiliation subie par ces trois hommes qui le bouleversait, l'obsédait.

Il fallait qu'il fasse quelque chose, il ne pouvait pas rester passif, accepter.

Il quitta la paille où il était étendu et sortit dans l'aube naissante.

Tout était calme, le village dormait encore paisiblement.

Andréi sentit la rage le gagner. Eh bien, voilà tout le monde content, à présent, songea-t-il. Le colonel n'a pas perdu la face, il tient ses coupables, ce qui semble lui suffire amplement. Quant aux paysans, ils ont sauvé leurs maisons et leurs biens. Encore une fois, les juifs auront servi de boucs émissaires...

Il s'avança à grands pas le long des fermes silencieuses et arriva devant la baraque où étaient enfermés les trois prisonniers.

Il fallait qu'il trouve un moyen de leur parler.

Il s'approcha du garde qui était assis contre le mur et s'aperçut alors que celui-ci dormait profondément.

Aussitôt, Andréi défit le crochet de la porte et entra dans la baraque.

La clarté de l'aube qui passait par les interstices du toit éclairait les visages des trois hommes. Ils ne dormaient pas, ils attendaient, la physionomie paisible.

— Vite, dit Andréi, vous pouvez fuir, le garde est en train de dormir...

L'un des prisonniers lui jeta un regard fataliste.

— Fuir ? Pour aller où ? Que ferions-nous de cette liberté que tu nous offres ? Nous te remercions de ton intervention, mais cela ne servira à rien.

Il a raison, pensa Andréi, ils ne pourraient pas aller bien loin, avec la guerre tout autour. J'ai parlé sans réfléchir...

Il interrogea :

— Vous n'étiez sûrement pas les seuls juifs ici. Pourquoi n'avez-vous pas quitté le village avec les autres ?

L'homme soupira.

— Nous sommes vieux, nous n'en avions pas la force. Les *goïm* ont accepté que nous restions. Ils ne nous ont pas dénoncés...

— Si, c'est ce qu'ils ont fait hier soir — et savez-vous de quoi on vous accuse ?

Le vieillard haussa les épaules.

— D'être juifs et d'être encore là, je suppose.

— Non. Les paysans ont dit que vous aviez indiqué aux Allemands où se trouvait une cache de farine.

Les trois prisonniers échangèrent un regard entendu, où se lisait une certaine ironie.

— Vous êtes innocents, j'en suis sûr, dit Andréi. D'ailleurs, quel intérêt auriez-vous eu à faire cela ? Mais vous savez la vérité. Je parie que ce sont les paysans eux-mêmes qui ont volé la farine. Il faudra le dire au colonel, il fera fouiller les maisons.

Les trois hommes ne répondirent pas.

— Vous n'allez tout de même pas rester solidaires de ces gens ! insista Andréi. Ils vous ont rejetés. Avez-vous conscience seulement que le colonel peut décider de vous faire fusiller ?

Comme les vieillards ne répondaient toujours pas, Andréi se dirigea vers la porte et lança avant de sortir :

— Je vous sauverai, même malgré vous !

Dehors, le soldat dormait toujours.

Quand Andréi referma la porte, ses mains tremblaient de colère. Pourquoi ces hommes se comportaient-ils ainsi ? Était-ce donc inscrit dans le destin des juifs de jouer les victimes expiatoires ? Quand donc se décideraient-ils à résister, à rendre coup pour coup ?

Il marcha au hasard, plongé dans ses réflexions.

La Révolution... Elle résoudrait tous ces problèmes en donnant aux juifs les mêmes droits qu'aux autres citoyens. Cette idée, il l'avait toujours admise comme un dogme. Mais les autres citoyens voudraient-ils des juifs, accepteraient-ils cette égalité ? On ne fait pas seulement la Révolution avec des principes, mais avec des hommes et toutes leurs faiblesses, leurs préjugés...

Il y avait aussi cette autre solution : que les juifs vivent ensemble, quelque part. Ce point de vue, que de fois Zina et lui ne l'avaient-ils pas combattu quand ils discutaient avec Mischka ! Pourtant, c'est elle qui avait écrit : « *Peut-être le combat pour la liberté et la dignité des juifs passe-t-il par l'établissement de ce foyer en Palestine, où enfin ils ne se sentiraient plus les parias du monde...* »

Ce matin, décida-t-il, j'irai voir le colonel, je lui demanderai qu'on fouille les maisons.

Mais non ! Un colonel russe recevant, écoutant un simple soldat polonais, suivant ses suggestions... je suis en train de rêver !

Il déboucha sur la place du village. Plusieurs soldats avaient brisé la glace d'un abreuvoir et faisaient leur toilette.

Andréi se dévêtit et les imita.

On entendait tonner le canon.

— Les Allemands se rapprochent, dit l'un des soldats.

Andréi se rhabillait quand un peloton de lanciers fit son apparition sur la place.

A la vue du jeune lieutenant qui se trouvait à leur tête, Andréi ressentit une violente émotion.

Cette silhouette... ce visage...

— Stanislas ! cria-t-il.

Le fils du baron arrêta son cheval, cherchant des yeux parmi les hommes qui se trouvaient près de l'abreuvoir celui qui l'avait interpellé.

Il reconnut Andréi.

La surprise, puis la joie envahirent ses traits.

Il descendit de cheval, se précipita vers son ami.

Les deux jeunes gens s'étreignirent.

— C'est incroyable, dit Stanislas, te retrouver au milieu de cette guerre... si tu savais comme je suis content !

— Moi aussi, Stanislas. Tu n'as pas changé... je t'aurais reconnu entre mille...

Stanislas prit le bras d'Andréi.

— Viens, dit-il, accompagne-moi jusqu'à mon bivouac, on a des tas de choses à se dire !

Les deux amis marchaient côte à côte, encore sous l'émotion de ces retrouvailles inattendues.

— Tu as des nouvelles de Visneck ? interrogea Andréi.

— Oui, enfin pas très récentes. Quand nos troupes étaient en Pologne, j'ai fait une petite visite là-bas. Lianka était morte.

— Oui, je suis au courant, hélas.

— Mais j'ai vu ton grand-père.

— Comment allait-il ? Est-ce qu'il n'avait pas eu d'ennuis avec la police ?

— Tu te doutes bien que l'*okhrana* avait envoyé quelqu'un l'interroger, peu après ta disparition de l'école. Mais ça ne s'est pas trop mal passé pour lui, ils ont vite compris qu'il n'était au courant de rien...

— Et ta famille ?

— Mon père se portait bien, ainsi que ce bon vieux Diomki. Pour ce qui est d'Hélène, j'ai eu des nouvelles plus récentes. Elle a épousé ce lieutenant que nous avions rencontré, tu sais, lors de cette histoire de brigands, quand ces paysans en fuite nous avaient volé deux chevaux de la troïka. Maintenant, elle vit à Petrograd ; quant à lui, il est capitaine dans l'armée de Broussilov.

L'expression de Stanislas devint soudain plus tendue.

Il fixa son compagnon.

— Que s'est-il passé à Minsk, Andréi ? Je veux savoir. Tu as vraiment participé à l'attaque de ce wagon transportant de l'argent de l'État, comme l'ont prétendu les journaux ?

— Oui. J'espère que tu n'as pas eu d'ennuis à cause de moi ?

— Non, comme tu le sais, mon père connaissait très bien le directeur de l'école. Mais nous t'en avons voulu...

Andréi ne dit rien.

— Ainsi, poursuivit Stanislas, tu as pris les armes contre notre Tsar !

Que répondre ? songea Andréi. Comment lui expliquer cette nécessité que j'ai ressentie de passer à l'action pour défendre les opprimés ? Stanislas ne comprendrait pas, comme il ne comprenait pas autrefois mes premières révoltes. Apparemment, il n'a pas changé, ce bon Stanislas, toujours égal à lui-même, fidèle image de son milieu, rectiligne, inébranlable...

Andréi sourit, désigna son sabre.

— Tu vois, cette fois, c'est pour le Tsar, pour la Russie que j'ai pris les armes. Nous sommes dans le même camp.

Stanislas hocha la tête.

— Je m'en réjouis, Andréi. Après tout, j'aime mieux ne pas savoir ce que tu as fait pendant ces années où nous avons été séparés, ni pourquoi tu portes cet uniforme polonais. Mais je sens en toi quelque chose de dur, qui n'existait pas autrefois. C'est « mon » Andréi et, en même temps, c'est un autre que je retrouve.

Un autre ?

Sans doute, songea Andréi.

Le brave garçon que tu connaissais n'existe plus. Dans cette errance chaotique, incertaine, qu'a été mon existence depuis que je t'ai quitté, j'ai côtoyé la mort, vécu avec elle des jours et des nuits. Cela vous change un homme, cher Stanislas. Mais mes préoccupations restent les mêmes.

— Tu sais, dit-il, j'ai vieilli, il m'est arrivé pas mal d'aventures, mais j'ai gardé les mêmes convictions qu'autrefois.

Il eut un petit rire.

— D'ailleurs, je vais t'en donner la preuve.

Il désigna, un peu plus loin, la baraque qui servait de prison aux vieillards.

— Tu vois, là-bas, dit-il, sont enfermés trois juifs. On les accuse d'avoir dévoilé aux Allemands où se trouvait une réserve de farine de l'armée. Je suis sûr qu'ils sont innocents. A mon avis, ce sont les autres habitants du village qui l'ont volée. Alors, je voudrais que tu me rendes un service : que tu fasses fouiller les maisons par tes hommes. Il doit sûrement y rester quelques sacs.

Stanislas hésita.

— Mais l'officier qui commande ton régiment risque de mal prendre la chose...

— Tu lui diras que tu as retrouvé cette farine par hasard.

Une heure plus tard, le fils du baron se présenta devant la maison où le colonel avait établi son quartier-général et demanda une audience.

— Mon colonel, dit-il, j'ai fait une découverte qui va sans doute vous intéresser. Dans la maison d'un paysan, j'ai trouvé par hasard deux sacs de farine et comme j'avais entendu parler de la disparition de vos réserves, cela m'a donné l'idée de faire fouiller les autres, et si vous voulez bien m'accompagner, vous verrez par vous-même...

Les deux hommes sortirent.

Devant la maison s'entassaient une vingtaine de sacs de farine.

Le colonel ne manifesta pas la joie qu'il aurait dû exprimer à la vue de ces précieuses denrées retrouvées. Il se sentait vexé, devant ce jeune lieutenant, de devoir reconnaître qu'il s'était trompé de coupables et avait été berné par les paysans...

— Vous auriez dû me prévenir, dès votre première découverte, lieutenant, dit-il. Mais je vous remercie néanmoins.

Il fit demi-tour et revint vers la maison.

Stanislas le suivit.

— Mon colonel, je crois que vous avez fait enfermer trois juifs...

— Qu'ils quittent immédiatement ce village ! lança l'officier par-dessus son épaule. Je suis sûr que c'est eux qui ont incité les autres à voler cette farine, mais je leur fais grâce à tous. D'ailleurs, j'ai d'autres problèmes à régler, autrement plus importants que celui-là !

Peu après, Andréi assista au départ des trois vieillards.

Leur baluchon sur l'épaule, ils quittaient le village pour une destination inconnue, marchant lentement côte à côte sur le mauvais chemin, le dos voûté.

Andréi avait le cœur serré.

Des juifs errants, voilà ce qu'ils étaient devenus, après être nés dans ce village, y avoir vécu en paix parmi les autres habitants, pendant des années.

Moi aussi, songea-t-il, je suis un juif errant — mais quel juif ne l'est pas, dans cette tourmente ?

Pendant deux jours, Andréi et Stanislas passèrent de longs moments ensemble, dès que la routine militaire le leur permettait. Ils évoquaient sans cesse le passé, dans leur désir de se rattacher à quelque chose d'humain, parlant du château, de Visneck, de l'école des cadets. Ils buvaient aussi beaucoup. Le canon se faisait souvent entendre, de plus en plus proche.

Le troisième jour, le colonel réunit tous les officiers et leur annonça que le front avait été enfoncé à proximité et que si l'on ne voulait pas être encerclés il fallait entamer un mouvement de repli.

Dès que la nouvelle se fut répandue, la colère et le découragement s'emparèrent des compagnons d'Andréi. Après cette charge héroïque qui avait coûté la vie à un tiers d'entre eux, voilà qu'il fallait à présent reculer, tout abandonner ! Ils reprochaient avec violence au commandement russe de les avoir sacrifiés pour rien...

Andréi sentit que le moment était propice pour continuer d'amener ses compagnons à rallier la cause révolutionnaire.

Pourtant, il ne s'y décidait pas.

Sans qu'il en comprenne la raison, il ne ressentait soudain plus l'envie de développer ses arguments si soigneusement préparés...

Le lendemain, à l'aube, les troupes abandonnèrent le village.

Avant de se séparer, Andréi et Stanislas s'étreignirent avec émotion.

— Que Dieu te protège, dit Stanislas.

— Que ta vie soit préservée, dit Andréi.

Ils ne devaient plus se revoir.

Durant l'été 1916, l'escadron d'Andréi, qui avait perdu plus de la moitié de ses effectifs, fut intégré à un régiment de cosaques.

Une autre forme de combat commença, avec ces étranges guerriers qui semblaient sortis d'un autre temps.

Venus du Don, du Kouban, de l'Oural ou de Sibérie, ils présentaient des types humains très différents, de l'Européen aux yeux bleus à l'Asiatique à la peau cuivrée. Certains semblaient très vieux, avaient le crâne rasé et arboraient de monstrueuses moustaches. D'autres étaient presque des enfants. Tous montaient admirablement leurs petits chevaux à poils longs et tiraient au fusil avec une précision redoutable. Sur leur uniforme, beaucoup arboraient la croix de Saint-Georges, témoignage de leur bravoure au feu.

La veille du départ en campagne, Andréi et ses compagnons polonais les avaient vus se réunir dans une grande clairière. A cheval, ils s'étaient disposés en un vaste demi-cercle pour accueillir le général commandant la brigade dont ils faisaient partie.

Quand celui-ci avait fait son apparition, un tonitruant « Bonjour Votre Excellence ! » l'avait salué.

Puis un pope s'était avancé et avait dressé un autel

de campagne, auprès duquel était venu se placer un cavalier portant le drapeau du régiment.

Un ordre avait retenti : « Pied à terre ! Tête nue ! »

Les cosaques étaient descendus de leur monture, avaient ôté leurs grands bonnets de fourrure, mis un genou à terre.

La messe avait commencé. Un chœur chantait, alternant avec les paroles du prêtre.

Puis tout le régiment avait entonné : *Spassi gospodi lioudi tvoia i blasgolovi dostoranie tvoie* — Dieu, sauve tes créatures et bénis tout ce qui t'appartient.

Ensuite, le général avait lancé : « Hourra pour le Tsar ! » et ce cri avait été repris plus de dix fois par les soldats, dans une sorte d'exaltation collective.

Le lendemain, le régiment s'était scindé en une multitude de petites unités, parmi lesquelles les Polonais s'étaient trouvés dispersés.

Et ce fut une guerre à la manière cosaque, une guerre de partisans. Il s'agissait de harceler l'ennemi en se glissant dans ses lignes pour opérer des coups de main. Ces attaques se déroulaient le plus souvent la nuit. On se déplaçait en silence, on frappait vite et fort, en jouant sur l'effet de surprise.

Les cosaques ne s'embarrassaient pas de prisonniers, qui auraient gêné leurs mouvements : ils étaient exécutés sur place. A l'occasion, les cadavres étaient délestés de leurs armes et de leurs bottes, quand on ne leur faisait pas les poches...

Pour leurs propres blessés, les cosaques ne montraient pas plus de pitié : malheur à celui d'entre eux qui ne pouvait plus remonter en selle et suivre ses camarades. L'un d'eux se chargeait de l'achever, sans que le blessé se révolte ou témoigne de la moindre crainte. Cette règle tacite faisait partie de leur code moral.

D'abord choqués par ces mœurs, qu'ils jugeaient barbares, les cavaliers polonais les avaient en grande partie adoptées. Andréi comme les autres. Il n'avait guère le choix : pour survivre, il lui fallait combattre, tuer pour ne pas l'être. Vivant parmi les loups, il était devenu un des leurs.

Une nuit, la petite unité dont faisait partie Andréi s'infiltra à l'intérieur des lignes ennemies et attaqua un village.

Après avoir abandonné leurs chevaux à proximité, les hommes rampèrent jusqu'aux sentinelles allemandes. Ils les assaillirent par-derrière et, les bâillonnant d'une main, leur plantèrent un poignard dans la poitrine.

Puis ils se répandirent dans le village.

Surpris en plein sommeil, les soldats ennemis n'eurent pas le temps d'esquisser la moindre défense. Beaucoup furent égorgés sans même avoir eu le temps de se rendre compte de ce qui leur arrivait. Quelques-uns tentèrent de fuir, mais furent aussitôt abattus. Aucun ne fut épargné.

Les habitants du village accueillirent les cosaques en libérateurs. Toute la nuit, on fit bombance avec la nourriture prise à l'ennemi et celle qu'apportaient les villageois. Les cosaques burent beaucoup, chantèrent de leurs voix prenantes, émouvantes. Elles évoquaient le vent de la steppe natale, les oiseaux, la nature, ou bien leurs villages, les parents, les amis, les fiancées qui les attendaient. Beaucoup pleuraient comme des enfants. Qui imaginerait, songea Andréi en mangeant et buvant avec eux, que ces mêmes hommes viennent d'égorger leurs semblables ? C'est la folie de la guerre...

Aux premières lueurs de l'aube, les soldats sortirent dans les rues du village pour dissiper un peu les vapeurs de l'alcool et se remettre les idées en place.

Andréi vit l'adjudant qui commandait son groupe

s'approcher de deux villageois qui les observaient sur le pas de leur porte.

— Dites-moi, les amis, est-ce qu'il y a des juifs ici ? leur demanda-t-il.

— Oui, il en reste quelques-uns, répondit l'un des paysans.

— Eh bien, allez me les chercher.

Andréi sentit l'angoisse le saisir et s'approcha du cosaque. Il s'attendait au pire.

Quelques instants plus tard, les juifs — quatre hommes et deux femmes, tous très vieux — étaient conduits devant l'adjudant.

— Vous, les femmes, partez ! lança-t-il. Vous êtes trop vieilles pour m'intéresser.

Il ricana.

— C'est avec les hommes qu'on va s'amuser un peu...

Faisant signe aux quatre hommes de le suivre, il se dirigea vers une ferme à l'entrée du village.

Andréi leur emboîta le pas. En cours de route, d'autres cosaques, des cavaliers polonais et des paysans se joignirent à eux.

L'adjudant fit réveiller la fermière et lui ordonna d'amener un cochon dans sa grange.

Là, il fit suspendre l'animal à une poutre par les pattes de derrière.

— A présent, juifs, dit-il, vous allez vous prosterner devant ce porc et dire la prière des morts !

Il y eut quelques rires.

Les quatre hommes ne bougèrent pas.

— Vous avez tort de jouer les fortes têtes, lança le sous-officier. Puisqu'il en est ainsi, on va trouver quelque chose de plus drôle.

Il sortit son sabre et d'un geste rapide, trancha la gorge du malheureux cochon.

Le sang gicla... Par réflexe, l'un des paysans se précipita et mit une bassine sous la tête de l'animal, pour récupérer un peu de ce précieux liquide.

— Maintenant, vous allez vous agenouiller et boire le sang de ce porc, ordonna l'adjudant.

Les hommes ne bougèrent toujours pas.

Le cosaque empoigna son fouet de cuir tressé et commença à frapper.

La lanière sifflait... le cuir s'abattait sur les quatre vieux juifs... Ils titubaient sous les coups. Bientôt, des traces sanglantes marquèrent leur visage, imprégnèrent leurs chemises qui se lacéraient. Ils tentaient de rester debout. Ils avaient fermé les yeux et se mordaient les lèvres pour ne pas hurler. Les cosaques et les soldats polonais riaient, imités par les paysans.

Andréi n'y tint plus.

Il s'avança vers l'adjudant.

— Pourquoi fais-tu ça ? questionna-t-il. Ces hommes ne t'ont causé aucun tort.

Le sous-officier, tout en continuant de frapper, répondit en riant :

— Non, ils ne m'ont rien fait... mais il faut bien s'amuser un peu !

Soudain, il vit la haine qui brillait dans les yeux de ce Polonais.

Son bras s'immobilisa.

— Qu'est-ce qui se passe ? interrogea-t-il. Ce que je fais te déplaît ?

— Oui. En les frappant, tu me frappes.

L'homme fronça les sourcils.

— Tu veux dire... !

— Je suis juif comme eux.

Il y eut un silence. Andréi sentit sur lui le regard des cosaques, des paysans, et aussi de ses camarades, qui découvraient également qu'il était juif.

L'adjudant l'observait comme une bête curieuse.

— Juif, toi ? dit-il.

Il semblait décontenancé : avoir combattu avec cet homme courageux et découvrir soudain qu'il était de cette race tant méprisée...

Brusquement, il parut prendre une décision.

— Bon... puisque tu ne veux pas qu'on s'amuse, on ne s'amusera pas, tant pis.

Il tourna les talons.

Un murmure de déception passa dans l'assistance. La fête semblait finie...

Soudain, le sous-officier fit volte-face et se jeta sur Andréi.

Avant que celui-ci ait eu le temps de réaliser, il recevait une volée de coups. L'homme continua de cogner jusqu'à ce qu'Andréi s'effondre sur le sol de la grange, évanoui.

Deux cavaliers le réveillèrent en lui jetant un seau d'eau en pleine figure.

Il fallait partir, l'ennemi était annoncé...

Andréi eut la force de marcher jusqu'à son cheval, de se remettre péniblement en selle. Déjà, les cavaliers repartaient pour s'enfoncer dans la forêt.

L'adjudant, en voyant reparaître sa victime, eut un léger sourire, mais ne fit aucun commentaire.

Par la suite, Andréi apprit que les juifs avaient été roués de coups. Deux avaient fini par accepter de boire le sang du porc, les deux autres s'étaient obstinés dans leur refus. L'adjudant s'était acharné sur eux et les avait laissés pour morts.

A partir de ce moment, le désir de vengeance ne quitta plus Andréi.

C'était lui qu'on avait obligé à boire le sang de ce porc, c'était lui qu'on avait tué en le rouant de coups.

Il fallait qu'il fasse payer cet homme au nom de ces juifs, au noms de tous les juifs.

Il fallait qu'il le tue.

L'hiver se passa sans qu'il pût trouver les circonstances favorables pour mettre son projet à exécution.

La guerre de harcèlement continuait, avec son lot d'actes de bravoure et de barbarie.

Les cosaques et les cavaliers polonais du petit groupe d'Andréi n'avaient pas changé d'attitude à son égard en apprenant qu'il était juif : il était un bon soldat, il se battait bien et n'avait à leurs yeux aucun rapport avec l'image qu'ils se faisaient du juif. Andréi, pourtant, savait parfaitement que si l'occasion s'en présentait, aucun d'eux n'hésiterait à humilier ou à martyriser ceux qu'ils ne considéraient même pas comme des hommes...

L'adjudant, lui, semblait avoir complètement oublié cette histoire. Infliger une correction à l'un de ses hommes lui apparaissait sans doute comme normal, car ce n'était pas un fait rare chez les cosaques.

Quelques jours après l'année nouvelle, l'occasion dont rêvait Andréi se présenta enfin.

Au cours d'une opération en forêt, après une attaque victorieuse contre les grenadiers du Kronprinz qui avaient pris la fuite, les cosaques, dans l'euphorie de l'action, avaient entamé une poursuite et s'étaient dispersés.

Andréi cherchait son chemin, quand il se trouva soudain face à celui dont il avait juré la mort.

L'autre commença à lui crier un ordre, puis se tut. Andréi avait sorti son sabre et s'approchait de lui.

— Qu'est-ce qui te prend ? lança le cosaque.

— J'ai envie de m'amuser avec toi, dit Andréi.

L'adjudant haussa les épaules.

— Tu es fou...

— Tu as peur d'un juif ?

Le sous-officier sortit son sabre.

— Je n'ai peur de rien, dit-il, pas même de la mort.

Il éperonna son cheval, fonça sur Andréi, la lame haut levée.

Celui-ci esquiva, frappa à son tour.

L'acier s'abattit sur le cou de l'homme. Le sang de la veine jugulaire gicla.

Le sous-officier laissa tomber son sabre, porta les

mains à son cou. Bientôt, celles-ci furent rouges de sang. Il restait immobile sur sa selle, les yeux vitreux.

— Achève-moi, balbutia-t-il.

— Non, dit Andréi. Les cosaques le feraient, mais ce sont des gens d'honneur. Pas les juifs. Moi, je veux te regarder saigner, comme le cochon.

Pendant quelques secondes, l'homme resta assis sur sa selle, puis lentement son corps bascula et tomba dans la neige.

Andréi fixa longuement le cadavre.

Il ne se sentait aucun remords, aucun dégoût. Au contraire, une sorte d'euphorie l'avait gagné. Il respirait à pleins poumons l'air glacé, qui lui semblait enivrant comme le souffle de la liberté.

— Le Tsar a abdiqué !... Le Tsar a abdiqué !...

La rumeur parcourait les couloirs, les chambrées, les bureaux, l'hôpital de la caserne Batmaev, aux vénérables bâtiments noircis par la crasse des ans.

Andréi s'assit sur son lit et frotta ses yeux fatigués.

La veille, tard dans la nuit, il était arrivé avec les hommes de son groupe pour bénéficier de quelques jours de repos et assurer la remonte, beaucoup de chevaux étant en piteux état.

Un brouhaha insolite montait de l'extérieur.

Rapidement, Andréi enfila ses vêtements, descendit les escaliers de pierre aux marches usées et déboucha dans la cour.

Sous le soleil printanier, une foule de soldats aux uniformes les plus variés allaient et venaient, discutaient avec animation.

Andréi, le cœur battant, alla de groupe en groupe, écouta, posa des questions. Depuis qu'il faisait cette guerre de coups de main, avec les cosaques, il ne savait plus rien de ce qui se passait à l'arrière, dans le pays.

Or, bien des événements avaient déferlé sur la Russie...

Au début du mois de mars, à Smolensk, à Moscou, à Voronej, à Ekaterinbourg, des grèves et des manifestations violentes avaient éclaté. Le peuple se révoltait. Il ne pouvait supporter davantage des conditions de vie de plus en plus misérables et, dans les usines, le travail inhumain imposé par l'effort de guerre. La police avait tenté de rétablir l'ordre par une répression brutale. Les soldats, eux, qu'ils soient de nouvelles recrues ou des hommes venant du front, refusaient souvent de sortir de leurs casernes pour charger la foule, quand ils ne fraternisaient pas avec elle.

Dans la capitale, Petrograd, les choses avaient été encore plus loin. L'arsenal avait été pris d'assaut par des milliers de manifestants, aidés par les soldats de la garnison, qui les avaient rejoints après avoir massacré leurs officiers. Sur le palais d'Hiver, occupé, on avait hissé le drapeau rouge. Puis les manifestants, soldats et ouvriers mêlés, s'étaient rendus au siège de la *Douma* d'État, où ils avaient fraternisé avec les députés. Dans l'euphorie générale, un gouvernement provisoire avait été formé, ainsi qu'un soviet rassemblant les délégués de plusieurs partis révolutionnaires et des représentants des ouvriers et des soldats.

Le Tsar, depuis son quartier général de Mohilev, avait d'abord dissous la *Douma*, puis tenté de rassembler des troupes pour reprendre la capitale. Mais là encore, la révolte s'était installée. Les chefs militaires n'avaient plus aucune autorité sur leurs hommes. Devant cette situation catastrophique, ils avaient pressé le souverain d'abdiquer pour sauver la dynastie. Nicolas II avait alors transmis la couronne des Romanov à son frère Michel, mais celui-ci avait refusé de régner.

Ainsi, en quelques jours s'était effondré ce pouvoir absolu qu'on croyait inébranlable. Dans toute la Russie, des comités ou des soviets de soldats, d'ouvriers, de paysans se formaient et entraient en contact avec le soviet de Petrograd, exprimant leurs doléances, exigeant des réformes...

Andréi se sentait pris d'une sorte de vertige.

Ce pour quoi il avait lutté, souffert, ce pour quoi Zina et tant d'autres étaient morts, allait devenir une réalité. La Révolution tant attendue était là enfin...

Autour de lui, les hommes discutaient avec fièvre. On se pressait autour de certains soldats qui déchiffraient à haute voix, pour ceux qui ne savaient pas lire, des tracts à l'encre encore fraîche et les dernières éditions des journaux.

Les officiers ne participaient pas à cette agitation. A l'entrée de leur mess, ils formaient un groupe compact et silencieux, hostile.

Au milieu de la cour, un soldat en uniforme d'artilleur grimpa sur un tabouret et harangua la foule.

— Citoyens, cria-t-il, nous vivons une ère nouvelle ! La vieille Russie a secoué ses chaînes, l'absolutisme a été vaincu, des millions d'hommes et de femmes vont jouir de tous leurs droits et de toutes leurs libertés ! Déjà, le gouvernement provisoire a aboli la peine de mort, libéré les prisonniers et déportés politiques, ouvert ses frontières aux expulsés, rétabli la liberté de la presse, le droit d'association et de grève, proclamé la journée de huit heures... Une Assemblée constituante va se réunir, pour faire enfin de notre pays un État moderne et proclamer officiellement la République !...

— Le Tsar nous a trahis ! hurla un cosaque. Il a abandonné la mission dont Dieu l'avait investi !

Un grondement hostile s'éleva.

Le cosaque et ses amis qui l'entouraient toisèrent la foule avec superbe, puis reculèrent lentement, chacun d'eux la main posée sur la poignée de son sabre. Ils disparurent à l'intérieur d'un bâtiment.

Le débat reprit aussitôt. Quelqu'un interpella l'orateur :

— Et la guerre ? Tout ce que tu nous annonces, c'est bien pour les gens de l'arrière, mais nous, qu'est-ce qu'on devient dans tout ça ?

L'artilleur hésita.

— Citoyen, notre gouvernement a été officiellement reconnu par les Alliés. Il nous faut rester fidèles à nos alliances. Ceux-ci se battent toujours sur les autres fronts, consentent de gros sacrifices, nous ne pouvons pas les abandonner. Mais de profondes réformes seront entreprises dans l'organisation des armées, une nouvelle tactique sera mise au point et les responsabilités...

Des cris hostiles fusèrent :

— Non ! On en a marre de cette guerre, d'être traités comme des bêtes, de nous faire massacrer inutilement !

— Ce qu'on veut, c'est la paix !

— Qu'on nous laisse rentrer chez nous, dans nos familles !...

L'orateur jeta un regard furieux sur les perturbateurs.

— Citoyens, vous semblez oublier que le sol russe est encore occupé par l'ennemi !

Il y eut un flottement dans la masse des soldats.

— Défendons la Russie éternelle ! crièrent quelques voix.

— Il faut faire confiance au gouvernement, reprit l'artilleur. Il se préoccupe de votre sort. Le comité de guerre de la *Douma* vous mènera bientôt à la victoire. Vive la Russie, vive la République !

Le cri fut repris par quelques voix, tandis que l'homme descendait de son tabouret et se perdait dans la foule.

Andréi continua de circuler parmi les soldats et s'approcha d'un groupe de cavaliers polonais. Pour eux, la perplexité était grande : à présent que la promesse du grand-duc Nicolas de redonner son indépendance à la Pologne n'avait plus de valeur, que devaient-ils penser ? Ils avaient lu les journaux. Si le soviet de Petrograd avait adressé à la nation polonaise une proclamation où il s'affirmait sans ambiguïté pour l'indépendance totale de ce pays, le gouvernement provisoire, lui, consentait aussi à la création d'un État polonais, mais le voulait militairement lié à la Russie...

Un autre soldat — un brigadier-chef de l'infanterie —, juché sur les épaules d'un camarade, harangua la foule à son tour.

— Camarades, dit-on, on vous a vanté les mérites de ce gouvernement provisoire, mais il ne faut pas oublier qu'il est formé d'hommes politiques qui, il y a peu de temps encore, étaient au service du Tsar ! D'ailleurs, il est présidé par un aristocrate, le prince Lvov, c'est tout dire !... Tout ce que ce gouvernement a fait de bon, il l'a fait poussé par le soviet de Petrograd, qui lui est composé de vrais révolutionnaires : des mencheviks, des bolcheviks, des socialistes révolutionnaires et aussi des délégués d'ouvriers et de soldats. C'est ce Soviet qui a diffusé un *prikaz* [1] très important, et qui vous concerne. Il stipule que tous les mauvais traitements, toutes les brimades, toutes les vexations que les officiers nous faisaient subir sont désormais interdits, et même le tutoiement ! Hors du service, vous avez désormais les mêmes droits politiques que tous les autres citoyens. Mais il y a plus : dans toutes les armées, on élira des comités de soldats, les stocks d'armes se trouveront à leur disposition et l'autorité militaire sera subordonnée, dans toutes ses activités politiques, au Soviet et à ses comités. Quant aux ordres provenant de la commission militaire de la *Douma* d'État, ils ne seront pas appliqués s'ils sont en contradiction avec les décisions du Soviet. Nous devons donc...

1. *Prikaz* : résolution.

Un officier se détacha soudain du groupe rassemblé devant le mess et interrompit l'orateur sur un ton furieux.

— Ce *prikaz* est une folie ! Jamais nous ne pourront l'accepter, ce serait la fin de toute discipline, l'anarchie !... Soldats, la guerre n'est pas terminée, vous devez vous reprendre, regagner vos quartiers et obéir aux chefs qui vous mèneront...

Il ne put continuer sa phrase.

— Où veux-tu nous mener encore, toi ? l'interpella un soldat. Tu ne comprends pas que c'est fini, tout ça ? On ne veut plus se plier à la discipline imbécile, on veut être traités comme des hommes, non comme des moutons !

L'officier regarda le soldat, puis tous les hommes qui l'entouraient. Il était stupéfait, épouvanté de voir ces soldats bafouer ouvertement son autorité, alors qu'il y a peu de temps encore ils s'adressaient à lui avec toutes les formes du respect...

— Nous saurons vous reprendre en main, dit-il avant de s'éloigner dignement. Le groupe d'officiers se referma sur lui.

— Et la guerre ? lança-t-on à l'orateur, qu'est-ce qu'il a décidé, le Soviet, pour la guerre ?

— Camarades, répondit le brigadier-chef, je vais vous expliquer franchement. Les alliances passées avec les gouvernements impérialistes ne nous concernent pas. Ce que nous voulons, c'est la paix. Pour cela, il nous faut nouer des contacts avec les prolétaires des pays ennemis et les inciter à suivre notre exemple, à se libérer du joug de leurs souverains, à proclamer la République. Dès lors, ils verront bien que leurs intérêts sont les mêmes que les nôtres et ce sera la paix. Mais en attendant, nous devons continuer à nous battre pour défendre notre Révolution contre des monarques qui ne songent qu'à l'abattre !

Des applaudissements et des sifflets mêlés accueillirent ces dernières paroles.

— Camarades, intervint un jeune fantassin au visage maigre d'ascète, aux yeux brillants, ce qu'il faut maintenant, c'est passer à l'action ! Je propose qu'on mette noir sur blanc toutes nos doléances, tout ce qu'on veut changer, qu'on fasse des propositions. Puis nous formerons des comités de compagnie et de bataillon, qui entreront en contact avec les soviets de cette ville et celui de Petrograd, où nous enverrons des délégués. A présent, au travail !

Cette proposition fut accueillie par des ovations. Andréi sortit de cet état de choc où l'avait plongé la découverte de ce bouleversement qui agitait la Russie.

Il s'approcha du jeune fantassin qui venait de parler et lui proposa son aide.

Le jeune homme lui serra vigoureusement la main.

— Merci, camarade. Il me faut une quinzaine d'hommes pour rédiger les textes. Tâche de réunir une équipe.

Andréi entreprit sa recherche. Les soldats qui savaient écrire étaient rares, encore plus rares ceux qui acceptaient de se charger de ce travail ingrat. Enfin, il y eut assez de volontaires.

Plusieurs groupes de réflexion s'organisèrent, dans la cour, dans les chambrées, au mess. Les discussions étaient vives, car les priorités n'étaient pas les mêmes pour tous, et les arguments s'échangeaient parfois avec violence.

Andréi et les hommes de son équipe avaient du mal à clarifier, à mettre en ordre toutes ces revendications qui jaillissaient après des années d'obéissance aveugle...

Les soldats se plaignaient de leurs officiers, qu'ils trouvaient arrogants, trop lointains et trop durs. Les sanctions étaient lourdes et injustes, les abus d'autorité légion. Ils voulaient que le transport des blessés soit mieux organisé et les soins plus efficaces, qu'on augmente la solde, qu'on améliore l'ordinaire. Mais ils se préoccupaient aussi de leurs familles, que leur absence privait de ressources, et demandaient pour elles l'aide de l'État. Certains, plus rares, mettaient en doute la compétence des officiers dans la direction des opérations, les accusaient de sacrifier avec légèreté la vie de leurs hommes. Ils réclamaient le droit de discuter les ordres, voire de désobéir.

Kropkine, le jeune fantassin, allait de groupe en groupe. Il insistait auprès des hommes pour qu'ils élargissent le champ de leurs propositions.

— Camarades, disait-il, nous ne sommes pas seulement des soldats, mais aussi des citoyens. Nous devons à ce titre exiger la paix immédiate, le retour dans nos foyers, du travail pour tous, l'élimination des partisans de l'ancien régime, la fin des privilèges des nobles et des bourgeois...

Certains se ralliaient à ses suggestions, d'autres trouvaient qu'il allait trop loin et trop vite.

Quand la nuit tomba, l'assistance s'était considérablement réduite. La plupart des soldats étaient partis en ville. Plus aucune discipline ne régnait dans la caserne. Beaucoup de sous-officiers avaient fraternisé avec leurs hommes et ceux qui n'étaient pas d'accord étaient trop peu nombreux pour oser faire preuve d'autorité. Ils n'avaient d'ailleurs reçu aucun ordre à cet effet : les officiers étaient invisibles...

A la fin de la nuit, Andréi rejoignit Kropkine dans une chambrée, lui tendit une liasse de feuillets et s'allongea sur le lit voisin du sien. Le travail était enfin terminé...

L'autre parcourut rapidement les textes.

— Eh bien, dit-il, ça va être dur. Nos camarades ne sont pas encore parvenus au stade de la conscience de classe ! Il est vrai que nous n'en sommes qu'au début de la Révolution...

Andréi n'entendit pas la fin de ce commentaire. Il s'était endormi.

Le lendemain matin, le clairon ne sonna pas pour le réveil, il n'y eut pas d'appel et les soldats restèrent dans leur chambrée jusqu'à une heure avancée, goûtant avec délices cette extraordinaire rupture de leurs habitudes.

Puis une bonne partie de la journée fut consacrée à l'élection des comités de soldats. Andréi veilla au bon déroulement du scrutin.

Vers le soir, quand il sortit enfin dans la cour, il vit que des civils avaient fait leur apparition et se mêlaient aux soldats. Des représentants de la *Douma* locale et de diverses organisations se succédaient sur une petite estrade. Tous assuraient les soldats de leur soutien, avec plus ou moins de modération.

Kropkine était partout, discutant avec fougue, polémiquant avec certains orateurs. Puis Andréi le vit pousser vers la tribune un petit homme rondelet en uniforme d'artilleur.

Dès que celui-ci prit la parole, sa voix de tribun, puissante, modulée, attira la foule à lui.

— Camarades, dit-il, former des comités de soldats, exprimer nos critiques et nos suggestions, c'est bien, mais ce n'est encore qu'un petit pas vers la Révolution ! Si nous exigeons des réformes sans songer à modifier les structures de notre société, nous n'aboutirons à rien de positif. Qui sont les hommes qui siègent à la *Douma* et au gouvernement provisoire ? Des bourgeois, pour la plupart, dont le seul but est de prendre la place des aristocrates pour continuer à nous exploiter. Quant au Soviet, il est pour l'instant parcouru de trop de courants contradictoires pour vraiment adopter une stratégie claire et audacieuse. Ce que nous voulons, nous autres léninistes, c'est très simple : supprimer l'exploitation de l'homme par l'homme. Pour cela, il faut éliminer la bourgeoisie, donner la terre à ceux qui la cultivent, les usines aux travailleurs, le pouvoir aux prolétaires, afin d'instaurer une société sans classes où nous serions tous égaux !

Parmi les soldats, les réactions étaient diverses. Certains applaudissaient, d'autres ne comprenaient pas, cela leur paraissait abstrait, lointain.

— Pour ce qui est de la guerre, poursuivit l'orateur, c'est très simple aussi : nous voulons la paix immédiate ! Pas une goutte de sang pour les intérêts de la bourgeoisie russe ou étrangère !... Aucun appui au gouvernement provisoire des capitalistes, à bas la guerre impérialiste, vive la guerre civile !...

Cette fois, les réactions furent plus vives. Tandis que certains ovationnaient le petit homme, d'autres le huaient et le sifflaient, l'accusant d'être un traître à la patrie.

— Nous allons proposer la paix à tous les belligérants, poursuivit-il imperturbablement. Mais dès maintenant, il nous faut lutter contre cette guerre : plus question de nous faire trouer la peau pour les bourgeois de la *Douma*, les patrons de l'industrie, les propriétaires terriens ou la caste des officiers ! Organisons-nous dès à présent : il faut refuser de partir au front, il faut...

L'homme s'interrompit.

Il porta la main à sa poitrine, chancela, s'affaissa.

Dans la foule, on crut d'abord à un malaise... Puis on vit du sang apparaître sur l'uniforme.

Le petit homme ne bougea plus.

Il était mort.

— Regardez, cria une voix... Ils sont là, ce sont eux... là-haut !...

Les têtes se levèrent.

Aux fenêtres du deuxième étage d'un bâtiment se tenaient plusieurs officiers. L'un d'eux avait un pistolet à la main.

— Cet homme était un traître à la Sainte Russie ! cria-t-il. Soldats, rentrez immédiatement dans vos cantonnements !

Une clameur menaçante s'éleva de la foule, des bousculades se produisirent, on se rua vers le bâtiment d'où étaient partis les coups de feu.

Une horde furieuse monta les escaliers, enfonça les portes au deuxième étage et s'engouffra dans les locaux où s'étaient réfugiés les officiers.

Ceux-ci ouvrirent le feu sur leurs assaillants.

Ils en tuèrent trois et en blessèrent une douzaine avant d'être empoignés, roués de coups, traînés dans les escaliers puis dans la cour.

Tandis qu'on leur arrachait leurs épaulettes, qu'on les insultait et qu'on leur crachait au visage, des soldats étaient allés piller l'armurerie.

Les officiers furent alignés contre un mur et fusillés. Leurs cadavres furent laissés sur place. La nuit tombait.

Dans les heures qui suivirent, un calme étrange s'empara de la caserne. On soigna les blessés, on organisa une veillée funèbre pour les trois soldats et l'orateur qui avaient péri sous les balles des officiers. Un pope avait été requis pour dire les prières d'usage.

Les soldats allaient et venaient, désorientés.

Beaucoup se répandirent en ville.

Andréi les imita. Comme eux, il était encore sous le choc de la brusque tragédie qui venait d'éclater. Dans cette avalanche de discours, dans cette ivresse de paroles, tous avaient oublié que la Révolution n'en était qu'à ses débuts. Avant qu'elle ne triomphe, il y aurait bien d'autres violences, d'autres morts, des assassinats, des exécutions sommaires... Il fallait l'accepter comme un mal nécessaire, même si cette idée faisait souffrir...

Il marcha longtemps dans les rues, croisant des bandes de soldats et de civils qui discutaient avec animation.

En passant devant un café, il aperçut Kropkine, assis à une table, et le rejoignit.

— Tiens, voilà le scribe, dit celui-ci. Assieds-toi et bois.

Il poussa son verre vers Andréi, désigna la bouteille posée sur la table, à demi emplie d'un liquide jaunâtre.

— Ici, ils ne servent que du *kwass*[1] règlement de l'état-major oblige, mais ça soûle aussi bien que la vodka, crois-moi.

Sa voix était en effet un peu pâteuse...

— Ce pauvre Alexis, poursuivit Kropkine, c'était un bon militant, ce sera notre premier martyr...

Andréi se versa un verre d'alcool.

— Alors, comme lui, tu es léniniste ? interrogea-t-il.

L'autre hocha gravement la tête.

— Exact, camarade. Et toi, est-ce que tu es affilié à un parti, ou à un groupe ?

— Oh, moi, le destin m'a fait fréquenter les socialistes révolutionnaires, puis les bolcheviks.

Andréi but une gorgée de *kwass*.

— Eh bien, tu as fait un pas vers nous, dit Kropkine, puisque tu étais avec les bolcheviks. Nous ne représentons encore qu'une minorité parmi eux, mais nos thèses ne tarderont pas à triompher, car nous sommes les seuls vrais révolutionnaires.

Andréi eut un sourire.

— Est-ce que tous les autres membres des partis révolutionnaires ne prétendent pas la même chose ?

1. *Kwass :* alcool d'orge.

— Ils se trompent, camarade, et s'ils ne veulent pas l'admettre, nous les combattrons, aussi bien les socialistes révolutionnaires que les mencheviks, et même peut-être certains bolcheviks, s'ils s'obstinent dans l'erreur...

— Et ceux du *Bund* ?

Kropkine eut un rire bref.

— Ah, les juifs ?... Lénine a dénoncé à juste raison le séparatisme et le nationalisme de ce mouvement pseudo-révolutionnaire.

Il se pencha vers Andréi.

— Pourquoi un parti révolutionnaire juif ? C'est une aberration. Il faut être révolutionnaire tout court... Les juifs, comme tous les autres groupes religieux ou ethniques, devront se fondre dans la grande nation soviétique que nous construirons. Il faudra les imprégner des valeurs du marxisme. L'assimilation se fera peu à peu, à la seconde ou à la troisième génération, nous avons parfaitement étudié ce problème. Avec le temps, nous parviendrons à supprimer la culture juive, la religion juive, afin que ces gens deviennent de vrais citoyens soviétiques.

— Et s'ils n'ont pas envie de perdre leur identité, leur spécificité ?

Kropkine eut un hoquet.

— On les en persuadera, camarade, on les en persuadera...

Andréi repoussa son verre en direction de son compagnon. puis se leva.

Il traversa la salle enfumée et sortit.

Dans la rue, il eut soudain envie de pleurer, comme un enfant perdu dans l'obscurité.

CHAPITRE XIII

Le vieil homme s'avançait en claudiquant dans la salle d'attente déserte, poussiéreuse et glacée, où flottaient des relents d'urine. Il arborait une casquette galonnée d'or, signe irréfutable de son autorité de chef de gare.

— Alors, mon ami, lança-t-il, on a bien dormi ?

Andréi se redressa, étira ses membres endoloris. La banquette de bois où il avait passé la nuit était une couche bien peu confortable...

— Vous devez avoir froid, dit le vieil homme. Venez, je vais vous offrir quelque chose pour vous réchauffer.

Andréi suivit le chef de gare avec empressement. La générosité de son accueil le réconfortait autant que la perspective d'une boisson brûlante.

En débouchant sur le quai, il constata que les bâtiments de la gare étaient décrépis, presque à l'abandon, sinistres, alors qu'il avait connu cette petite station pimpante, décorée de fleurs, quand il venait en permission avec Stanislas.

— Ici, à part quelques soldats autrichiens, il ne descend plus personne, soupira son compagnon. Autrefois, c'était une station importante, si vous saviez ! Seulement, avec cette maudite guerre... Ce sont les Russes qui ont d'abord occupé le pays — ce qui ne nous changeait pas beaucoup, évidemment... Maintenant, depuis qu'ils ont battu en retraite, on a les Autrichiens. A Varsovie, ce sont les Allemands. Ah, pauvre Royaume de Pologne !...

Il fit entrer Andréi dans une petite pièce qui lui servait à la fois de bureau, de cuisine et de chambre à coucher, le tout d'une saleté repoussante.

Pourtant, Andréi trouva délicieux le thé chaud que lui servit le vieil homme.

— Oui, pauvre Pologne, reprit le chef de gare, elle a été pillée systématiquement et depuis que Guillaume II et François-Joseph se sont entendus pour en faire une prétendue monarchie constitutionnelle, sans monarque d'ailleurs, les choses se sont encore aggravées...

Il se leva et sortit d'un placard un grand bol de fromage blanc et du pain, qu'il posa sur la table.

— Servez-vous, jeune homme, dit-il, vous devez avoir faim.

Andréi s'attaqua à la nourriture avec entrain, tout en se demandant depuis combien de temps le vieil homme avait été privé de compagnie, pour mettre tant d'empressement à l'accueillir et à lui déverser ses rancœurs...

— Maintenant, poursuivit le chef de gare, ils se sont mis à enrôler de force des hommes pour combattre les Russes et leurs alliés. Beaucoup de nos jeunes ont pu se sauver ou se cacher, mais pas tous, hélas...

Il demeura pensif quelques secondes, regardant Andréi manger.

— Vous semblez épuisé, observa-t-il. Vous venez de loin ?

— Oui, de très loin, dit Andréi.

Après sa discussion avec Kropkine, il avait erré dans les rues de la ville, en plein désarroi.

Il revoyait sa première entrevue avec Serge Markov, dans la cellule où celui-ci avait été mis aux arrêts, à l'école des cadets.

« — Dans un État socialiste, disait Markov, les juifs auront les mêmes droits que les autres citoyens. »

Ce n'était pas l'avis de Mischka et de Coppel, mais il ne les avait pas crus — et ils avaient malheureusement raison : les juifs auraient les mêmes droits que les autres citoyens... à condition de ne plus être juifs, de fondre comme du beurre dans la poêle, selon l'expression de Mischka.

Andréi pressentait que le dogmatisme des futurs maîtres de la Russie les entraînerait à traiter en ennemis tous ceux qui refuseraient de se couler dans le moule unique — et bien entendu les juifs, s'ils restaient fidèles à leur religion et à leur culture, c'est-à-dire à ce qui leur avait permis de survivre aux malheurs qui les accablaient depuis des millénaires...

En passant devant la vitrine encore éclairée d'un fripier, il s'était immobilisé.

Des vêtements civils s'y entassaient.

Changer de peau, changer de vie...

Tous ces combats qu'il avait menés, ces souffrances qu'il avait endurées serviraient peut-être — sans doute — à l'émancipation du peuple russe, mais pas au bonheur des juifs...

Il avait poussé la porte et était entré dans la boutique, où il avait acheté des vêtements civils un peu élimés et laissé son uniforme au commerçant, qui n'avait pas paru surpris. Andréi ne devait pas être le premier soldat de la garnison à agir ainsi.

Quand il était ressorti, il savait ce qu'il devait faire dans l'immédiat : retourner à Visneck, savoir ce qu'était devenu son grand-père, se replonger dans le cadre de son enfance...

Un long voyage avait commencé.

Partout où il passait, il rencontrait la même agitation, le même bouleversement. Toutes les formes d'autorité semblaient voler en éclats, une ère nouvelle surgissait dans la confusion et la fureur. Mais il n'essayait plus de comprendre, il ne songeait qu'à poursuivre son chemin.

C'est à l'ouest de Minsk qu'il avait pu traverser le front, dans une région où les troupes russes et austro-allemandes se contentaient de s'observer, trop épuisées pour tenter une nouvelle offensive.

Au passage de la frontière, ses faux papiers avaient bien résisté aux contrôles. Ensuite, il avait pris le train et découvert une Pologne figée, désolée, exsangue...

Visneck.

Les maisons de bois apparurent, serrées les unes contre les autres.

Malgré sa fatigue — il avait marché de longues heures, depuis la gare — Andréi accéléra le pas.

Une sourde angoisse l'habitait. Qu'est-ce que la guerre avait fait de Visneck ?

Il passa devant la fontaine, emprunta la longue rue de terre battue qui menait à la grand-place. Le vent faisait tournoyer la poussière.

Personne.

Tout était désert. La plupart des volets étaient clos.

Pourtant, il eut l'impression que des gens étaient là, qui l'observaient.

Un vieillard apparut sur le seuil d'une maison et le suivit des yeux.

Andréi marcha plus vite.

Il eut l'impression de traverser son enfance à pas de géant. La grande bâtisse du *mikva*, l'établissement de bains rituels... la boutique aux volets clos de Baruk, l'épicier...

La *shoule* — la synagogue — n'était plus qu'un tas de ruines. Des cendres noires voletaient.

Cette fois, Andréi courut.

La maison de son grand-père... il la voyait, maintenant. Intacte. Mais les volets clos.

La porte était fermée.

Il l'enfonça d'un coup de pied.

La pénombre... Quelques rais de lumière traversaient la pièce, éclairant la petite table où jadis le rabbin lisait sa Bible, ses lunettes sur le nez, à la lueur de la lampe à pétrole.

Andréi fit quelques pas.

Tous les meubles étaient recouverts d'une couche de poussière.

Il faisait froid.

Andréi s'assit sur une chaise, contre le mur.

Grand-père... j'espérais tant que tu serais là ! J'avais tellement besoin de toi, de me confier, de t'expliquer... J'aurais posé ma tête contre ton épaule et tout aurait ressurgi : la chaleur des jours heureux, les flammes du Sabbath, les rires et les prières...

Il se leva et s'approcha du portrait de Myriam, accroché sur le mur de l'alcôve. Petite peinture maladroite. Il tendit la main, frotta la poussière.

Un bruit le fit se retourner.

Il mit quelques secondes à reconnaître l'homme qui se tenait dans l'encadrement de la porte.

C'était Isaac, le père de Samuel, ce camarade qui tant de fois l'avait rossé quand ils fréquentaient tous deux le *heder*...

— Tu es Andréi Parocki, n'est-ce pas ? dit l'homme. Il faut que tu saches, ton grand-père est mort. C'est arrivé peu après le départ des Russes. Il a eu une crise cardiaque et s'est éteint doucement, comme on s'endort. Depuis, nous n'avons plus de *rebbe*.

Il désigna le village.

— Tu vois, presque tous sont partis, aussi bien ceux du *shtetl* que les *goïm*. Ils ont fui vers l'ouest, au moment des combats, Revké et Schlomo, tes oncle et tante, étaient avec eux. Moi je suis resté, avec quelques vieux. Ils ne vont pas tarder à revenir, maintenant que la guerre s'est éloignée. Et toi, est-ce que tu vas t'installer ici ?

— Non. Je vais repartir.

— Où ?

— En Palestine.

Isaac hocha la tête.

— C'est au bout du monde, mon garçon.

— Je suis allé au bout de l'horreur, je peux aller au bout du monde.

La masse sombre de la forêt de hêtres...

Andréi marchait sur le chemin qu'il avait tant emprunté autrefois, dans la carriole de Diomki. Il se souvenait de sa joie, de sa curiosité et de son impatience le premier jour où le cocher du baron était venu le chercher — et de sa honte aussi, de son sentiment de culpabilité quand, au retour, il avait jeté dans le fossé la nourriture *casher* préparée par Lianka qu'il n'avait pas osé manger au château...

Il déboucha en pleine lumière, sur la large allée de sable rouge.

Le parc, le château...

Le décor de ses émerveillements d'enfant ressurgissait.

Mais le parc semblait à l'abandon, les beaux massifs de fleurs ou d'arbustes disparaissaient sous les ronces et les mauvaises herbes.

Il arriva près du château.

L'herbe avait poussé entre les pavés de la cour. Aux fenêtres de la façade, quelques carreaux manquaient.

Andréi monta les marches du large perron et entra.

Le hall dallé, le salon...

Personne ne venait à sa rencontre. Tout était silencieux. Dans la grande pièce qui lui semblait si luxueuse jadis régnait une atmosphère de désolation. La cheminée était sans feu, les meubles poussiéreux, le grand canapé à demi défoncé, les miroirs zébrés d'inscriptions et de dessins.

Andréi entendit un bruit régulier.

Le baron Osmak, vêtu d'une robe de chambre à brandebourgs, descendait le grand escalier en s'appuyant sur une canne. Il avait beaucoup vieilli, son teint était gris, son dos voûté, mais la même force qu'autrefois animait son regard.

Il étreignit Andréi.

— C'est toi, mon garçon !... te revoilà... Je suis heureux que tu aies été épargné par cette maudite guerre ! Tu sais que ton grand-père...

— Oui, oui, je sais. On me l'a annoncé au village.

Le baron soupira.

— C'était un très brave homme... et je crains que Visneck ne trouve pas un rabbin de sitôt pour le remplacer.

— Et vous, avez-vous des nouvelles de Stanislas ? Savez-vous que nous nous sommes rencontrés, il y a quelques mois ?

— Non, je n'ai aucune nouvelle de lui. Mais je ne m'inquiète pas, j'ai confiance, je sais qu'il reviendra bientôt... d'ailleurs, la paix n'est plus lointaine, maintenant !

Un sourire illumina le visage du baron. Il prit le bras d'Andréi et l'entraîna au premier étage.

— Tout d'abord, mon garçon, tu vas te reposer, tu as l'air exténué ! Prends la chambre de Stanislas, je la fais tenir toujours prête, dans l'espoir de son arrivée. Lave-toi, aussi, et choisis les vêtements que tu veux dans sa garde-robe, car les tiens sont vraiment en piteux état...

De sa canne, il désigna un miroir troué d'une balle.

— Tu vois, les officiers autrichiens s'en sont donnés à cœur joie, les canailles !... Les domestiques se sont enfuis, il me reste heureusement le vieux Diomki — vieux, mais fidèle au poste ! Il prend des lièvres au collet et moi, j'ai encore quelques bonnes bouteilles qui ont échappé aux occupants. On va fêter ton retour...

Le soir, quand Andréi descendit, des bûches flambaient dans la cheminée du grand salon. On avait dressé une petite table à proximité. Sur la nappe étaient disposés une vaisselle et des couverts luxueux, mais disparates.

Quand ils furent assis l'un en face de l'autre, le baron dit à Andréi.

— Tu sais, je t'en ai voulu, quand tu as disparu de l'école de cadets, surtout quand j'ai su que tu étais devenu un de ces brigands de révolutionnaires. Il a fallu que j'intervienne auprès du directeur de l'école pour que Stanislas ne soit pas renvoyé ! Bah, tant de choses se sont passées depuis que je ne me sens pas d'humeur à t'en tenir rigueur. Je ne te demanderai même pas ce que tu as fait pendant toute cette guerre...

Une servante apparut, posa une soupière sur la table.

Andréi la fixa.

Ce visage... ces cheveux noirs en lourd chignon...

Sarah... c'était Sarah, la fille de Baruk, l'épicier ! La petite Sarah de jadis, qui se moquait de lui en l'appelant le « Monsieur du château »... Sarah, l'adolescente qui avait craché sur ses bottes la première fois où il était apparu à Visneck dans son uniforme de cadet russe...

Comme elle avait changé ! C'était maintenant une grande jeune femme mince, aux traits réguliers. On aurait pu la trouver belle sans cette pâleur et cette crispation qui tendait ses traits.

— Bonsoir, Sarah, dit-il, tu me reconnais ?

Elle fit un bref signe de tête puis repartit aussitôt sans prononcer une parole.

— Pauvre fille, elle a eu bien des malheurs, commenta le baron. Tout d'abord, ses parents ont été tués lors de l'offensive russe. Et puis, quand les Autrichiens sont arrivés, ils ont enrôlé de force son fiancé. Alors, au lieu de fuir avec la plupart des autres habitants, elle est restée pour l'attendre.

Il versa du vin dans le verre d'Andréi.

— Isolée dans sa maison, sans protection, avec tous ces soldats autrichiens... elle a subi les violences que tu imagines. Après, on a dit qu'elle en était venue à se vendre pour de l'argent, mais elle restait, elle restait... Et puis il y a une quinzaine de jours, elle a appris que son fiancé était mort...

Sarah entra de nouveau et posa un plat sur la table.

Les deux hommes s'étaient tus brusquement.

Quand Sarah fut ressortie, le baron poursuivit :

— Tout ce que j'ai pu faire, c'est la recueillir ici. C'est une malheureuse... Cette guerre a bouleversé bien des vies. Mais rien ne sert de s'apitoyer. Maintenant, il faut songer à l'avenir. Tiens, goûte ce lièvre, il est excellent !

— Je vois que vous avez conservé un moral d'acier.

Le baron acquiesça.

— Oui, et j'ai de bonnes raisons pour cela. Cette guerre, finalement, aura des conséquences bénéfiques pour la Pologne, car elle favorisera sa réunification et en fera une même nation indépendante. La Russie, en pleine révolution, va avoir autre chose à faire qu'à reconquérir les territoires polonais ; quant aux Austro-Hongrois et aux Allemands, je suis persuadé qu'ils vont perdre la guerre sur le front ouest. Les Alliés, une fois victorieux, leur imposeront de nous restituer les territoires qu'ils occupent : ils s'y sont moralement engagés auprès de nos compatriotes qui ont combattu à leurs côtés. Bien sûr, ce sera long, mais j'ai confiance. J'attends. Je suis sur ma terre, ici. Plus tard, je reconstruirai la tannerie qui a été détruite... Visneck revivra...

Ses yeux brillaient d'excitation... Il alluma sa pipe, en tira quelques bouffées rapides.

— Tu verras, ce sera comme avant, mieux qu'avant...

— Non, je ne verrai pas. Je vais partir loin d'ici. Je pense avoir trouvé ma terre, moi aussi.

Le baron lui jeta un regard surpris.

— Ta terre ? Quelle terre ?

— La Palestine.

— Quelle idée ? Tu as des convictions religieuses ?

— Non, je n'ai pas la foi. Ce sont mes espoirs déçus qui me poussent vers la Palestine. Je ne crois plus que l'antisémitisme disparaîtra avec la Révolution. J'ai mis bien longtemps avant de m'en rendre compte. Mais maintenant, je sais que si je veux aider ceux de ma communauté, il faut que je lutte à leurs côtés pour maintenir et défendre ce foyer juif de Palestine où les persécutés du monde entier pourront toujours venir trouver refuge.

— Mais la Palestine fait partie de l'Empire ottoman, Turcs et Anglais sont en train de s'y affronter. C'est la guerre...

Andréi fixa les flammes de la cheminée.

— La guerre, c'est ma mère qui a été violée, ce sont mes humiliations à l'école des cadets, c'est l'antisémitisme des Russes et des Polonais. Toute ma vie n'a été qu'une guerre... Peu m'importe de la retrouver là-bas, je n'en ai pas peur.

Andréi s'apprêtait à se coucher quand on frappa à la porte.

— Entrez, dit-il.

C'était Sarah.

— Je veux te parler, Andréi.

Il sourit.

— Ah, ça me rassure, je croyais que tu étais muette.

La jeune femme fit quelques pas dans la pièce. Elle semblait hésiter. Enfin, elle se décida.

— J'ai entendu ce que tu disais au baron. Je veux partir avec toi.

— Toi ? Mais pourquoi ?

Sarah eut un rire bref, sans joie, presque rauque.

— Pourquoi ? Dis-moi plutôt pourquoi je devrais rester ici. Le baron n'a pas manqué de te le raconter, à Visneck, je suis une *honnetée* [1], une fille perdue, la honte du village... et puis tu sais...

Elle baissa les yeux et rajouta très vite :

— Mon fiancé et moi, on avait décidé que quand il reviendrait de la guerre on partirait tous les deux en Palestine. Je ferai le voyage sans lui...

Andréi était perplexe.

— C'est un voyage éprouvant, et je ne sais pas moi-même comment l'entreprendre...

— Je ne te demande pas de certitudes.

Elle s'approcha de lui.

— Si tu veux, je serai gentille avec toi.

— Comme tu l'as été avec les Autrichiens ?

Une colère soudaine bouleversa les traits de Sarah.

— Qu'est-ce que ça peut te faire, j'ai des comptes à te rendre ? Ils m'ont violée, la première fois. Ensuite, j'en ai tiré de l'argent. J'aurais dû faire ça gratuitement ?

Andréi sentit la rougeur envahir son visage.

— Excuse-moi, dit-il, excuse-moi.

Elle se dirigea vers la porte.

1. *Honnetée :* prostituée, en yiddish.

— J'ai de l'argent, je paierai ma part.

Au moment de franchir le seuil, elle se retourna.

— Je ne te retarderai pas. En route, si je ne suis pas assez forte, tu n'auras qu'à continuer sans moi.

La main droite de Mischka tremblait légèrement en versant la vodka dans les verres. Ses traits s'étaient creusés et son regard bleu n'avait plus la douceur, l'expression rêveuse de jadis. De sa main gauche dépassait un moignon recouvert de cuir.

Quand Andréi et Sarah étaient entrés dans sa taverne, il avait sans un mot serré son ami sur son cœur. Puis il avait parlé de Mendel et de Galina. A son retour du front de Roumanie, où une grenade lui avait déchiqueté la main gauche, il avait trouvé la vieille femme très malade. Elle lui avait appris les circonstances de la mort de Zina et le passage à Odessa d'Andréi, après son évasion du train pour la Sibérie. Deux mois plus tard, elle s'était éteinte...

— Et maintenant, je suis tout seul, dit Mischka. Les morts m'accompagnent plus que les vivants. Mais buvez, buvez... c'est la vodka du patron, ma plus fidèle amie...

Tout en parlant, il jetait des regards curieux sur Sarah, qui semblait se désintéresser de la conversation.

Il doit se demander, pensa Andréi, qui est cette grande fille au regard inquiet, imaginer qu'elle est la remplaçante de Zina. S'il savait comme les choses sont différentes... Aucun lien n'a pu s'établir entre nous, depuis que nous voyageons ensemble. Elle est restée la même : renfermée, distante. Les rares fois où j'ai tenté un rapprochement, soit en l'interrogeant soit en me confiant à elle, je l'ai sentie aussitôt sur la défensive, recroquevillée sur elle-même, comme un animal blessé. Arrivera-t-elle un jour à avoir des rapports normaux avec ses semblables ? Sa nouvelle vie en Palestine l'aidera sans doute à sortir de l'isolement où elle s'est réfugiée.

— Et toi, qu'est-ce que tu es devenu pendant cette guerre ? interrogea Mischka.

— J'ai appris à tuer, j'ai survécu, j'ai perdu beaucoup d'illusions.

Andréi vida son verre, le reposa.

— Sarah et moi, nous voulons aller en Palestine. Est-ce que tu peux nous aider ?

Le colosse blond jeta à Andréi un regard stupéfait.

— Toi, en Palestine ? Mais tu étais contre le sionisme, nous en avons assez discuté...

— J'ai changé. Est-ce que tu organises toujours des départs pour là-bas ?

Mischka fit un geste d'accablement.

— Hélas, avec la guerre, c'est bien fini ! Toutes les filières sont coupées, tu penses bien.

Il emplit de nouveau les trois verres.

— ... sauf peut-être...

Il réfléchit quelques secondes.

— ... en allant beaucoup plus à l'est, et encore je ne suis sûr de rien. Ce que je sais, c'est qu'à Poti, un port sur la mer Noire, il y avait une filière qu'empruntaient les juifs de Géorgie pour aller en Palestine. Mais ils faisaient un sacré voyage ! Ils devaient traverser une bonne partie de la Turquie d'est en ouest, puis descendre vers le sud en longeant la Méditerranée à travers les *sanjak* — les provinces ottomanes...

— Puisqu'ils le faisaient, on peut bien le faire

nous aussi, dit Andréi. Donne-nous le nom et l'adresse du passeur.

Il se tourna vers Sarah.

— Tu es d'accord ?

La jeune femme haussa les épaules.

— Bien sûr. On ne va pas rester là éternellement.

— Oui, je pourrais vous recommander au passeur, dit Mischka, seulement n'oubliez pas qu'il y a la guerre entre la Russie et la Turquie, et que la filière est peut-être interrompue.

— Nous verrons bien, dit Andréi.

Mischka regarda les deux jeunes gens à tour de rôle.

— Mes enfants, vous m'avez l'air sacrément décidés !

— Je n'ai plus rien à perdre, dit Sarah.

Le colosse blond hocha la tête.

— Nous en sommes tous là...

Un brusque sourire illumina son visage.

— Et si je partais avec vous ? Vous accepteriez de vous encombrer d'un vieil infirme ?

CHAPITRE XIV

Le bateau de pêche à voile unique glissait sur l'eau calme et noire où se reflétait une lune presque pleine.

Andréi était étendu sur le pont aux côtés de Mischka. Sarah, le corps recouvert d'une vieille toile déchirée, dormait un peu plus loin.

Andréi secoua l'épaule de son camarade, qui s'éveilla en grognant.

— C'est à mon tour de les surveiller, chuchota Andréi. Pour l'instant, tout est normal. Arouk est à la barre et Tizam dans la cale, sans doute en train de dormir.

Mischka s'assit et se frotta les yeux.

— On se fait peut-être des idées, dit-il. Le plus grand danger, c'est que ces deux types nous échouent sur des haut-fonds, drogués comme ils le sont...

— Peut-être. Mais tu sais bien qu'il vaut mieux être prudents : ils savent peut-être qu'on a de l'or et pourraient bien ne pas se contenter du prix du transport et se débarrasser de nous avant d'arriver à destination.

Andréi ferma les yeux et chercha le sommeil.

Après un court instant, il entendit de nouveau la voix de Mischka.

— Tu dors, Andréi ?

— Non...

Le colosse blond se racla la gorge.

— Il faut que je te dise quelque chose. J'ai eu du mal à me décider, mais il faut que tu saches... Après ton départ pour la Sibérie, Zina et moi...

Andréi l'interrompit :

— Je sais. Quand je suis revenu à Odessa, elle m'a fait parvenir une lettre où elle m'expliquait tout.

— Tu m'en veux ?

— Dans sa lettre, elle disait que si je te revoyais un jour, je ne devais pas te garder rancune.

— Et c'est pour lui obéir que tu...

Andréi haussa les épaules.

— Mais non. Elle avait raison. Nous nous aimions vraiment, mais Zina n'appartenait à personne, pas même à moi. J'étais parti pour la Sibérie, c'est-à-dire pour la mort. Elle vivait, elle était libre, elle ne me devait rien. Maintenant, oublie tout ça. Pense à la Palestine : ce qu'il faut, c'est qu'on arrive là-bas à tout prix.

Depuis le début de ce voyage, Andréi avait découvert un Mischka plus sensible, plus proche et en même temps plein de délicatesse, avec Sarah en particulier, qui se montrait pourtant avec les deux hommes toujours aussi renfermée et peu aimable.

Aussitôt après sa décision de les accompagner, Mischka s'était mis en quête d'un acheteur pour sa taverne. Trois jours plus tard, l'affaire était conclue et il se trouvait en possession d'un nombre appréciable de pièces d'or. Quelques-unes avaient été utilisées pour l'achat d'un faux certificat attestant que le soldat Andréi Zdanovski avait été réformé pour blessure grave...

La première partie du voyage avait été relativement aisée : ils avaient voyagé en train jusqu'à Théodosie, en Crimée. Passé le détroit de la mer d'Azov, il avait fallu ensuite emprunter les moyens de locomotion les plus divers : carriole, cheval et même mulet. La progression avait été très lente et ils avaient mis un mois entier, en longeant la mer au pied du Caucase, pour se rendre de Novorossisk à Poti.

Là, une grande déception les attendait. Quand ils s'étaient présentés, fourbus, traînant leurs bagages, chez le passeur qu'ils devaient contacter, ils avaient appris que celui-ci était en train de mourir. Sa femme ne les avait même pas laissés entrer et leur avait claqué la porte au nez. Désemparés, ils avaient déambulé dans la petite bourgade aux maisons basses et carrées d'un blanc éclatant, percées de minuscules fenêtres. Les ruelles encaissées, calmes et sombres, formaient un contraste saisissant avec la rue principale, très animée. C'était un lieu de passage des troupes vers le front turc. Andréi et ses amis avaient vu un régiment de Tcherkesses, avec leurs petits chevaux nerveux et leurs bonnets d'astrakan noir, passer en soulevant un nuage de poussière.

« — Nous sommes dans de beaux draps, avait soupiré Mischka. Il n'est pas question de se risquer à passer la frontière sans ce type, surtout maintenant qu'il y a la guerre... »

Sarah, qui jusque-là était restée muette comme à son habitude, avait soudain réagi brutalement.

« — En tout cas, ce n'est pas en tournant en rond qu'on va trouver une solution ! Si nous ne pouvons pas passer par la terre, essayons par la mer et allons voir sur le port... »

Les deux hommes, sidérés par sa brusque intervention, l'avaient suivie sans mot dire.

Ce n'est qu'en arrivant sur le quai qu'Andréi avait fait remarquer :

« — Et en supposant que nous puissions aborder en Turquie en longeant la côte, comment ferons-nous là-bas pour franchir les montagnes !

— On sera bien forcé de trouver, avait répliqué Sarah. »

Ils s'approchaient des bateaux à quai quand un jeune homme les avait abordés. Il portait le *tchokha*, le costume typique caucasien : chemise de lin blanc à col montant, redingote serrée à la taille par une ceinture où étaient passés des poignards à poignée argentée, pantalon collant et bottes souples.

« — Je sais ce que vous cherchez, avait-il dit. J'étais dans la maison de Fedor quand sa femme vous en a chassés. Je peux vous aider : je connais deux pêcheurs qui vous feront passer en Turquie et même pourront vous remettre à des hommes qui vous guideront jusqu'en Palestine... »

Les transactions avaient eu lieu dans une petite taverne en sous-sol où régnait une fraîcheur presque glaciale. Tout d'abord, devant des pichets de vin de Géorgie, il avait fallu discuter âprement avec l'intermédiaire, qui avait obtenu pour ses services une somme rondelette avant de faire signe à deux hommes de venir les rejoindre à la table.

Les deux hommes étaient assez jeunes. Tizam, le plus grand, avait une face large et des yeux clairs, légèrement bridés. Son compagnon, Arouk, était plus râblé, avec un teint foncé de Mongol. Tous deux avaient un regard lointain, rêveur, un peu hébété. Les deux hommes se livraient à la contrebande du haschich. Une fois par mois, ils se rendaient en Turquie en longeant la côte. Or justement, ils allaient partir dans une semaine. Près de Samsun, ils avaient rendez-vous avec un caravanier qui leur livrait la drogue puis redescendait ensuite vers le sud. L'homme accepterait sans doute de convoyer les trois voyageurs — jusqu'où, ils l'ignoraient...

Tizam et Arouk avaient exigé d'être payés d'avance pour la traversée, qui devait durer dix jours. Mais Mischka avait tenu bon et n'avait versé que la moitié de la somme convenue, en pièces d'or. Le reste devait être remis lors du débarquement en Turquie...

— Réveille-toi... réveille-toi...

Andréi sentit qu'on le tirait par la manche, qu'on le secouait. Il ouvrit les yeux et vit le visage de Sarah au-dessus de lui. Elle lui posa la main sur les lèvres.

— Ne dis rien, souffla-t-elle. Arouk n'est plus à la barre. Il discute avec Tizam. Je crois qu'ils complotent quelque chose...

— Et Mischka ? chuchota-t-il.

— Il s'est endormi. Je vais le réveiller. Mais avant, prends ça.

Elle lui tendit un petit poignard.

— Tu me le rendras après, dit-elle. Je ne m'en sépare jamais.

Il la vit se glisser vers Mischka, le réveiller et lui chuchoter quelques mots. Puis elle revint avec lui vers Andréi.

— Le mieux, proposa celui-ci, c'est de reprendre nos places et de faire semblant de dormir. S'ils approchent, Mischka et moi on leur saute dessus, en jouant sur la surprise.

Ils s'étendirent à nouveau, cherchant à discerner parmi les nombreux bruits et grincements qui parcouraient le bateau ceux qui pouvaient annoncer l'approche des deux pêcheurs.

Des craquements, de plus en plus proches... deux silhouettes dans la pénombre, la lueur de l'acier au bout de leurs poings...

— Allons-y, murmura Andréi.

Il se redressa et poussa un hurlement strident — celui des cosaques quand ils chargeaient.

Tizam et Arouk restèrent pétrifiés quelques secondes.

Andréi et Mischka bondirent sur eux.

La mêlée fut violente et confuse. Des coups s'échangeaient dans la pénombre. Sarah était intervenue à son tour et, de ses poings et de ses pieds, prêtait main-forte à ses compagnons.

Puis on entendit un râle aigu, à peine humain.

Un corps s'écroula sur le pont.

C'était Tizam.

Quelques secondes plus tard, Mischka, de son unique main, assenait un coup sur la nuque d'Arouk, qui chancelait puis tombait à côté de son complice.

Sarah se précipita vers la cale et revint avec un fanal.

La lueur jaunâtre éclaira Tizam, immobile, le poignard de Sarah planté dans sa poitrine jusqu'à la garde. Il était mort.

Arouk, lui, se redressait déjà mais, à la vue du cadavre, il fut pris d'un tremblement violent. La terreur dans les yeux, il se traîna aux pieds d'Andréi et de Mischka.

— Ne me tuez pas, supplia-t-il. C'est lui, tout est de sa faute, il m'a obligé... moi, je ne voulais pas...

— C'est bon, dit Mischka en glissant les poignards des deux pêcheurs dans sa ceinture, relève-toi. On te fait grâce, mais si jamais tu tentes de nous jouer un mauvais tour, je te tranche la gorge. Allez, va reprendre la barre.

Arouk se précipita pour obéir.

— L'imbécile, dit Andréi. Il aurait dû se douter qu'on l'épargnerait ; on a encore besoin de lui pour manœuvrer le bateau et le conduire au lieu de rendez-vous avec le caravanier...

— Il ne va pas tarder à s'en rendre compte, dit Sarah. Il va falloir le surveiller à tout instant.

Andréi se tourna vers elle.

— Tu as raison. Il ne faut pas relâcher notre vigilance, comme nous avions commencé à le faire. Et sans toi, je crois bien qu'on serait...

— Avant de jeter le corps à la mer, l'interrompit Sarah, pense à me rendre mon poignard.

La dixième nuit, Arouk désigna la lueur d'un feu sur la côte.

— C'est lui, dit-il, c'est Nissim. Il est fidèle au rendez-vous.

Mischka ricana.

— Alors, on n'a plus besoin de toi : on accostera bien tout seuls, maintenant qu'en remplaçant ton copain on s'est familiarisé avec la navigation...

Voyant que le pêcheur roulait des yeux épouvantés, il partit d'un grand rire et lui envoya une bourrade qui le secoua des pieds à la tête.

— Allons, calme-toi, imbécile, je disais ça pour plaisanter !

Lentement, le bateau pénétra dans une crique, où l'on jeta l'ancre.

Arouk, après avoir enlevé ses chaussures, enjamba la bastingage, se laissa glisser dans l'eau, qui lui arriva jusqu'à la taille, et commença à avancer vers la rive. Ses passagers l'imitèrent, portant leurs bagages sur leurs têtes. Le sable était ferme sous leurs orteils.

Ils sortirent de l'eau et se dirigèrent vers le feu de bois derrière lequel on apercevait cinq silhouettes immobiles, drapées dans des burnous.

Quand ils furent à quelques mètres, Andréi constata que quatre fusils étaient braqués sur eux.

Arouk s'approcha de l'homme qui se tenait au centre du groupe, le seul qui n'était pas armé.

— Salut, Nissim, dit-il. Ces gens qui m'accompagnent sont des amis. Ils veulent aller en Palestine, alors j'ai pensé que tu pourrais les aider.

— Il faut voir, laissa tomber le chef caravanier, qui semblait parfaitement comprendre et parler le russe.

La lueur du feu éclairait le visage mat du bédouin, orné d'une fine barbe pointue. Ses yeux perçants détaillaient Sarah, Andréi et Mischka.

Il invita les nouveaux venus à s'asseoir autour du feu.

Avant de les imiter, il lança quelques ordres à ses hommes. Trois d'entre eux allèrent s'emparer de ballots de haschich entassés à proximité et entreprirent de les porter jusqu'au bateau. Le quatrième resta près du feu, le fusil toujours pointé sur les hôtes de son chef.

— Où est Tizam ? interrogea le bédouin.

— Au fond de l'eau, répondit Andréi.

Nissim jeta un rapide coup d'œil à Arouk, qui baissa la tête, puis il éclata de rire.

— Toujours aussi gourmands, toi et ton associé ! Mais finalement, tu as fait une bonne affaire, Arouk, puisque tu hérites de la marchandise et du bateau. Maintenant, paye-moi.

Les deux hommes se levèrent et allèrent discuter un peu plus loin à voix basse.

— Qu'est-ce que vous en pensez, de ce type ? chuchota Mischka. Est-ce qu'on peut lui faire confiance ?

— Ça ne sert à rien de poser la question, dit Sarah. On n'a pas le choix.

Quelques minutes plus tard, Nissim et Arouk vinrent reprendre leur place autour du feu.

— Ainsi, vous voulez aller en Palestine, dit le chef caravanier. Mais la Palestine, c'est vaste... Vous voulez peut-être vous rendre dans les endroits où sont installés les juifs !

— Oui, confirma Andréi. Nous sommes juifs nous-mêmes. Ça vous pose un problème ?

Le bédouin fit un geste vague.

— Turcs, juifs, Arabes... il y a de la place pour tous. Mais je ne peux vous conduire que jusqu'à Beyrouth, où j'ai des affaires à traiter. Puis je rejoindrai ma tribu, bien plus à l'intérieur des terres.

— Allons jusqu'à Beyrouth, dit Mischka, ensuite on se débrouillera.

— Ça ne vous sera pas facile. En venant, j'ai croisé des troupes ottomanes qui descendaient au-devant des Anglais. Il paraît qu'on se bat au sud de Gaza.

Nissim désigna Sarah.

— Il faut que je vous prévienne aussi : la traversée de la montagne est très dure, même pour des hommes. Il n'est pas certain qu'une femme puisse supporter le voyage.

— Elle tiendra, dit Andréi.

— De toute façon, intervint Sarah, on paiera le voyage pour trois personnes, même si nous ne sommes pas tous à l'arrivée.

Nissim regarda Sarah avec étonnement. Visiblement, qu'une femme se mêle à la discussion le déconcertait. Puis il fit un geste fataliste.

— Comme vous voudrez. Eh bien, parlons justement de ce prix que vous aurez à payer.

On se mit d'accord sur la somme, dont une moitié serait versée au départ et l'autre à l'arrivée à Beyrouth. Nissim accepta les pièces d'or russes de Mischka, après les avoir soigneusement mordues pour vérifier leur authenticité.

Quand les transactions furent terminées, Arouk intervint.

— Et moi, dit-il à ses passagers, vous me devez encore de l'argent.

Mischka éclata de rire.

— Tu ne manques pas de culot, mon gaillard ! C'est toi qui devrais nous payer pour t'avoir laissé en vie.

— Sales voleurs de juifs, marmonna Arouk.

Nissim se leva.

— La cargaison est chargée, dit-il sèchement au pêcheur. Tu peux partir.

L'homme obéit aussitôt et s'éloigna vers le rivage.

Sarah, Andréi et Mischka se levèrent à leur tour et regardèrent Arouk entrer dans l'eau, puis monter à bord de son bateau. Le grincement du treuil leur apprit qu'il remontait l'ancre. Puis la grande voile blanche se tendit en faseyant dans le vent de la nuit.

Peu à peu, le bateau s'éloigna puis disparut.

Le dernier lien avec la terre russe était rompu...

— Suivez-moi, dit Nissim.

Une torche à la main, il les guida jusqu'au campement, qui se trouvait derrière une dune. Plusieurs tentes noires en poil de chèvre étaient dressées autour d'un feu. A proximité, on distinguait des silhouettes de chameaux couchés sur le sable.

Le bédouin désigna une tente.

— Je regrette, dit-il, mais la femme devra la partager avec vous, je n'en ai pas assez.

— Ça ne fait rien, dit Sarah, ce sera très bien.

— Demain, ajouta Nissim, je vous donnerai des vêtements plus chauds et mieux adaptés que les vôtres. Et puis, si nous rencontrons des soldats turcs, mieux vaut qu'ils ne se doutent pas que vous êtes Russes.

Une fois seuls dans leur tente, Sarah, Andréi et Mischka décidèrent d'instituer à nouveau un tour de garde : ce que les deux pêcheurs avaient tenté, les caravaniers pouvaient le faire également...

Le jour se leva sans que rien ne se fût produit.

Le paysage qu'ils découvrirent en sortant de leur tente les frappa par le contraste de ses couleurs. Bordant la mer aux eaux vertes agitées, le sable de la plage était gris, presque noir. Plus loin, vers l'intérieur, s'étendaient d'immenses plantations de noisetiers au feuillage vert cru, dominées par la masse sombre d'une chaîne de montagnes dont quelques sommets étaient enneigés.

— Eh bien, il nous reste encore du chemin à faire avant d'atteindre la Terre promise, dit Mischka.

Les vallées aux flancs couverts de hêtres et de sapins, aux fonds caillouteux où bruissaient des ruisseaux, s'enfonçaient comme des tranchées dans les chaînes Pontiques.

Le froid, la pluie...

L'ample manteau en poil de chameau doublé de peau de mouton, le grand carré de cotonnade blanche du *kéfié* plusieurs fois enroulé autour de la tête n'empêchaient pas les membres de s'engourdir, le froid et l'humidité de s'infiltrer dans les corps.

Le balancement des chameaux...

Juchés à plusieurs mètres de hauteur, le buste coincé entre les hauts bâtons de bois placés devant et derrière la selle, Sarah, Andréi et Mischka étaient soumis à un roulis continuel. Aucun étrier pour soutenir leurs jambes qui s'ankylosaient et qu'il fallait alors maintenir devant soi, les pieds posés à la base du cou de l'animal, ce qui finissait par rendre les reins de plus en plus douloureux.

Aux étapes, les montures plongeaient brusquement en avant, s'agenouillant sur leurs pattes antérieures, puis basculaient en arrière en pliant leurs pattes postérieures, au risque de déséquilibrer leurs passagers. Quand on repartait, la même manœuvre s'exerçait dans l'autre sens et il fallait de nouveau se cramponner fortement au pommeau de bois.

Le soir, moulus, grelottant, les deux hommes et leur compagne partageaient avec les caravaniers, autour d'un feu de bois humide qui dégageait une épaisse fumée, la viande séchée qu'il fallait déchiqueter à belles dents, les figues, quelques olives au goût saumâtre et des galettes dures. Le plus apprécié, c'était le verre de thé qu'on conservait longtemps entre ses mains pour les réchauffer, qui brûlait délicieusement la gorge et qu'on savourait jusqu'à la dernière goutte...

Comment Sarah parvenait-elle à tenir ?

Andréi se posait souvent la question. La jeune femme endurait les mêmes souffrances que lui, que Mischka — mais ils étaient des hommes, qui avaient connu la dure vie de soldats, tandis qu'elle...

Son désir de parvenir en Palestine devait être terriblement impérieux.

Était-ce la fidélité à un mort, à ce fiancé tué à la guerre, qui lui donnait cette volonté, cette force. Elle avait dû l'aimer avec violence, avec cette même violence qu'on retrouvait dans son regard, dans certains de ses gestes. Sarah de Visneck, qui se battait avec les garçons...

Le soir, elle s'allongeait entre Andréi et Mischka, sous un amoncellement de couvertures. Leurs corps pressés les uns contre les autres se tenaient chaud. Sarah, qui ne paraissait pas gênée par la promiscuité des deux hommes, s'endormait le plus souvent la première.

Andréi l'observait. Et il se demandait si elle avait fait l'amour avec son fiancé avant que celui-ci ne parte à la guerre. C'est à cet homme qu'il pensait et non pas à tous ceux qu'elle avait dû subir ensuite. Souvent il se posait cette question, et il ne comprenait pas pourquoi il se la posait. Il la chassait de son esprit, elle revenait avec insistance. C'était comme s'il enviait ce garçon d'avoir suscité une telle passion qu'elle se poursuivait par-delà sa mort. Il l'enviait... et peut-être aussi le jalousait ?

Mais non, Sarah n'était rien d'autre qu'une compagne de route. Il l'avait emmenée avec lui et une fois en Palestine, ils se sépareraient.

Pourtant, le matin, il aimait la voir se réveiller : pendant quelques secondes, son visage avait une expression candide, presque enfantine. Mais dès qu'elle entendait, voyait les signes de la vie qui l'entouraient, ses traits, son regard redevenaient durs et méfiants.

Déjà, il fallait se lever, procéder à une toilette sommaire avec de la neige ou de l'eau. Une fois le repas pris, on remontait sur les chameaux. Sarah, comme ses compagnons, avait à cœur de ne jamais se plaindre ni montrer sa fatigue.

Peu à peu, Nissim, qui au début s'était montré goguenard devant leur détresse physique, leur maladresse, paraissait les observer avec quelque chose qui ressemblait à de la considération.

— Pour des *roumis*[1], vous résistez bien, dit-il un soir. Mais pourquoi vous donnez-vous tout ce mal ? Qu'est-ce qui vous a fait quitter votre pays, qu'allez-vous chercher en Palestine ?

— Un foyer, dit Mischka. Une patrie.

Nissim tira longuement sur sa cigarette de *kif*[2] puis désigna autour de lui les montagnes et le ciel.

— Moi, ma patrie se déplace avec moi. J'aime suivre les pistes, reprendre sans cesse mon voyage, et dès que je suis de retour dans ma tribu, je ne songe qu'à repartir. Je ne vous comprends pas...

— Si on t'empêchait d'aller et venir, de vivre à ta guise, si on te traitait en paria, dit Andréi, alors tu nous comprendrais.

1. *Roumis :* nom donné d'une façon générale aux Européens par les Arabes.

2. *Kif* ou *kief :* mélange de tabac et haschich.

La troisième semaine, Sarah commença à tousser.

Bientôt ce furent des quintes rauques, de plus en plus longues, qui lui secouèrent tout le corps. Andréi la voyait se plier sur sa selle, les mains crispées sur le pommeau de bois. Il ne savait comment l'aider. Plusieurs fois, il lui avait proposé de faire ralentir l'allure de la caravane, mais elle avait refusé avec violence : qu'il cesse donc de s'occuper d'elle, elle n'avait pas besoin de sa protection !

Un soir, quand sa monture s'agenouilla, Sarah glissa de la selle et tomba sur le sol, inanimée.

Andréi et Mischka se précipitèrent et portèrent la jeune femme sous la tente. Après l'avoir enveloppée dans des couvertures, ils lui frottèrent les membres, le corps avec vigueur.

Malgré leurs efforts, elle restait glacée. Andréi voulut lui faire boire du thé, mais ses dents serrées refusaient de s'écarter. Les yeux clos, Sarah respirait avec difficulté, le souffle rauque.

— Bon sang, ça a l'air grave, dit Mischka. Comment la soigner ? Nous n'avons rien...

— Il n'y a qu'une solution, dit Andréi.

Il sortit rapidement de la tente et, après avoir emprunté un sac de toile à Nissim, entreprit l'escalade de l'un des versants rocheux qui bordaient la piste.

Les caravaniers le regardaient avec étonnement. La pente était abrupte et Andréi s'accrochait aux touffes de végétation, à la moindre saillie, glissant parfois mais reprenant aussitôt son ascension. Parvenu aux premiers sapins, il emplit son sac d'une neige dure et compacte, presque glacée, qui se trouvait au pied des arbres. Puis, calant bien son chargement sur son dos, il entreprit la difficile descente vers le camp.

— Va me chercher d'autres couvertures, dit-il à Mischka en entrant sous la tente.

Il déshabilla entièrement Sarah et, prenant à pleines mains la neige dans son sac, frotta son corps avec vigueur.

Rapidement, il sentit sous ses doigts la peau devenir chaude, puis brûlante.

Sarah ouvrit les yeux. Son regard était fiévreux.

Elle sourit à Andréi.

— Avrom, balbutia-t-elle, Avrom... tu es revenu... Je suis heureuse. Nous allons pouvoir partir pour Jaffa...

Sarah mit ses deux bras autour du cou d'Andréi.

— Tu verras comme on sera bien à la ferme de Kimereth... Avrom, Avrom... Nous aurons une vie nouvelle là-bas...

Elle pressait son corps contre Andréi, l'étreignait avec une violence passionnée.

— Sarah, c'est moi, dit-il. Est-ce que tu te sens mieux ?

Gêné et troublé, il défit doucement l'étreinte de ses bras et l'obligea à s'étendre de nouveau.

Puis il l'enveloppa dans une couverture et continua de la frictionner. De la sueur commençait à luire sur le front de la jeune femme.

— Réchauffer avec de la neige, dit Mischka en entrant dans la tente avec plusieurs couvertures, je parie que c'est une recette de votre bled de Pologne, à tous les deux...

Voyant le visage maintenant rouge de Sarah, il ajouta :

— En tout cas, ça a l'air efficace.

Les deux hommes empilèrent des couvertures sur Sarah. Puis Andréi s'étendit à côté d'elle et lui posa la main sur le front.

— Elle a de la fièvre. C'est bon signe.

Il se sentait fatigué. Ses mains, qu'il avait écorchées sur les rochers, lui faisaient mal.

— Dors, dit Mischka, je vais la veiller un peu. Tu es exténué !

— D'accord, mais dis-moi...

Andréi dut faire un grand effort pour articuler.

— ... la ferme de Kimereth, à Jaffa, tu connais ?

— Oui, je crois que c'est une *kevoutsah* — une ferme collective. Pourquoi ?

Andréi voulut répondre, mais le sommeil le gagnait... A côté de lui, le souffle de Sarah était un peu moins rauque, lui sembla-t-il. Il s'endormit.

Le lendemain matin, son premier regard fut pour la jeune femme.

Les cheveux collés par la sueur, elle dormait profondément.

Il sortit de la tente.

Le jour était levé, mais aucun préparatif de départ n'était visible. Les hommes, assis autour d'un feu, discutaient calmement en buvant leur thé.

Andréi alla prendre place parmi eux. Aussitôt, Nissim lui tendit un verre qu'il emplit à l'aide de la vieille bouilloire de métal noirci.

— Nous attendons que la femme se porte mieux pour lever le camp, dit le bédouin. Je ne suis pas à quelques jours près.

— Merci.

— J'aurais fait ça pour n'importe lequel de mes hommes, alors pourquoi pas pour cette femme ?

Nissim tendit à Andréi une cigarette de *kif*.

— Fais-lui fumer ça, c'est bon contre la douleur.

— Non, je te remercie.

Le chef caravanier eut un petit rire moqueur.

— Tu as tort de te méfier. Mon père, mon grand-père en fumaient, et ils ont vécu très vieux. Chez nous, depuis des générations, on en fait le commerce, en même temps que celui des tapis. Avec l'argent que m'a donné Arouk, plus tard, sur le plateau, j'achèterai des tapis et je les revendrai à Beyrouth. Le haschich et les tapis, c'est la même chose pour moi, du commerce... Mais toi, comme beaucoup de *roumis*, tu es contre, hein ?

— Chacun est libre, Nissim.

C'est au milieu du second mois que la caravane atteignit le plateau d'Anatolie, où le climat était moins rude. Des zones de steppe où poussait une herbe haute et jaunâtre alternaient avec des vallées verdoyantes. On rencontrait aussi d'étranges forêts de rochers gris et rose aux formes coniques, où parfois des hommes avaient creusé des habitations.

Sarah était complètement guérie.

Pendant trois jours, sa fièvre avait persisté, puis était tombée brusquement, la laissant très faible. Nissim avait attendu qu'elle ait retrouvé toutes ses forces avant d'ordonner le départ.

Andréi avait l'impression que cette maladie avait modifié le caractère de la jeune femme. Elle avait perdu cette méfiance, cette tension qui auparavant la rendaient si brusque, si peu communicative. Au début, il avait cru que c'était sa faiblesse physique qui lui donnait cette apparente douceur. Mais non, à présent qu'elle était rétablie son visage était presque serein et il y surprenait parfois l'amorce d'un sourire, quand Mischka racontait les mille et une histoires drôles qui émaillaient la vie dans la Moldavanka.

Avec Andréi, pourtant, elle continuait d'être distante.

Il se demandait si un vague souvenir de ce qui s'était passé le premier jour de sa maladie, quand elle l'avait pris dans sa fièvre pour son fiancé, ne procurait pas une grande gêne à la jeune femme et l'empêchait d'avoir un comportement naturel avec lui...

Quand la caravane arriva dans la région de Kayseri, où des rivières aux eaux argentées serpentaient en bruissant pour former d'innombrables lacis à travers des vallons herbeux, les villages se firent plus nombreux. Nissim les connaissait tous et y avait ses habitudes. Après avoir laissé les chameaux dans un caravansérail en ruine — témoignage de la grande activité caravanière de jadis — il se rendait tout d'abord avec ses hommes à la mosquée, puis allait voir ses fournisseurs de tapis. Sarah, Andréi et Mischka aimaient bien l'accompagner dans les maisons aux murs de terre ocre. Ils découvraient avec étonnement des méthodes de fabrication qui n'avaient pas changé depuis des siècles. Après avoir filé la laine, les villageois la faisaient bouillir dans de grands chaudrons avec des colorants auxquels on ajoutait, selon la teinte désirée, du sel, du yoghourt ou du sang d'animal. Puis, accroupies pendant des journées entières devant d'antiques métiers à tisser, des fillettes aux longues nattes nouaient des bouts de laine avec dextérité, tondaient les poils pour les égaliser, les frappaient avec des battoirs...

Au cours de longues palabres, Nissim, tout en dégustant le *kahvé* (café) rituel, faisait son choix, jugeant les meilleurs tapis, ceux dont les motifs étaient les plus beaux et les mieux équilibrés, et qui étaient assez vieux pour que leurs teintes soient définitivement fixées. Après avoir assisté à quelques-unes de ces transactions, Mischka décida d'investir une partie de son argent dans l'achat de ces merveilles. Le bédouin, obligeamment, l'aida de ses conseils.

Après l'Anatolie, ce fut de nouveau la montagne, le froid et la neige. La caravane traversait les chaînes du Taurus où des forêts de conifères d'un noir d'encre s'élevaient très haut sur les versants abrupts. Des nappes de brouillard enveloppaient les sommets glacés.

Cette fois, les trois Européens affrontèrent les difficultés des pistes et la rigueur du climat sans trop souffrir. Ils se sentaient aguerris, leurs corps musclés ne connaissaient plus les courbatures et la peau de leur visage, tannée par le vent, avait pris une teinte cuivrée semblable à celle des caravaniers.

— Eh bien, disait Nissim en les observant avec une satisfaction amusée, vous voilà devenus de véritables bédouins, maintenant ! Si nous rencontrons des soldats turcs, ils ne risquent pas de repérer que vous êtes étrangers...

Cela faisait trois mois que ce dur périple avait commencé quand ils abordèrent le versant méridional du massif. L'air se fit plus sec et plus chaud, la végétation plus variée. Des buissons épineux où jaillissaient des fleurs multicolores apparurent. Des senteurs violentes, et pourtant fraîches, montaient de la terre.

En débouchant d'une forêt de pins, Mischka poussa soudain un cri de joie et désigna, en contrebas, une immense nappe d'un bleu intense.

— La mer !... Mes enfants, c'est la mer !...

A grands coups de talons, Sarah pressa sa monture pour rejoindre Mischka, puis se retourna vers Andréi.

— La mer... nous sommes presque arrivés, Andréi.

Pour la première fois, il lut la joie dans ses yeux.

Leur joie fut de courte durée et dans leur descente vers le rivage se produisit un incident qui fit comprendre à Andréi pourquoi le mot « bakchich » avait été inventé par les Turcs. Près d'un pont où la caravane allait s'engager se tenait une douzaine de policiers en armes. Un petit homme au ventre rond qui faisait craquer son uniforme s'approcha de Nissim qui, comme toujours, marchait en tête. Il s'ensuivit une longue discussion au cours de laquelle le policier lui demanda d'où il venait et où il allait. Nissim lui répondit :

— Les enfants du désert sont comme les sables, ils

viennent d'où le vent les pousse et vont où Allah dirige leurs pas.

Mais le petit homme apparemment ne se contenta guère de cette réponse. Il enchaîna :

— Est-ce Allah et le vent qui ont chargé tes chameaux ?

Là-dessus, il ordonna à deux de ses policiers de déballer un des paquets. Puis il demanda à Nissim de le suivre à l'intérieur d'une baraque en bois qui se trouvait à quelques pas du pont. Là, en quelques secondes les deux policiers déchirèrent le ballot, laissant apparaître quelques somptueux tapis de soie. Le chef était certainement un connaisseur, il sourit, observa Nissim, et ordonna à l'un de ses hommes de servir du café. Pendant qu'il se délectait, ses yeux rusés ne quittaient pas Nissim. Cet homme savait ce qu'il voulait, après avoir fait claquer sa langue deux ou trois fois, il entra dans le vif du sujet :

— Je pourrais te demander la provenance de ces tapis, faire une enquête, pour voir si tes factures sont vraies ou fausses, Dieu seul sait alors ce que je risquerais de découvrir, je n'ose pas y croire. Mais tu comprends, il faut bien que je fasse mon métier. Je me souviens d'avoir arrêté il y a quelques jours des voyageurs qui soutenaient n'avoir rien à se reprocher. Si tu les avais entendus, tu aurais juré qu'ils étaient blancs comme neige. Eh bien vois-tu moi... je ne les ai pas crus. Je ne me suis pas laissé prendre à leur jeu. Quelque chose me disait qu'ils étaient des bandits, ou mieux encore des espions à la solde de l'étranger. Il y a une chose qui ne me trompe pas dans ces cas-là. Je connais la mentalité des honnêtes gens, ils sont généreux. Ces gens-là ne l'étaient pas. A mon corps défendant, nous avons été contraints de les loger en prison. Je crains pour eux que notre enquête soit longue.

Andréi, indigné, fit un geste pour s'interposer.

Sarah lui posa la main sur le bras, l'invitant à garder son calme. Il la regarda. Elle souriait.

Nissim, lorsque l'homme eut terminé son monologue, répondit :

— Effendi, je vois que ta perspicacité est redoutable pour celui qui essaie de te tromper, mais Dieu m'en préserve, ce n'est pas mon cas. Nous ne sommes que des intermédiaires. Ces tapis, hélas, ne m'appartiennent pas. Je dois les livrer à leur propriétaire qui, je puis te l'assurer, est l'homme le plus généreux que je connaisse. Mais tu es assez fin pour le comprendre, je ne puis être généreux avec la propriété d'autrui.

L'autre se gratta la tête, embarrassé. De grosses gouttes de sueur coulaient de son front moite. Il ne pouvait, ni ne voulait en rester là. Soudain, il se leva sur ses courtes jambes et se mit à rugir :

— Tu es un menteur ! ne me prends pas pour un imbécile ! ton histoire aussi belle soit-elle sonne faux. Il est impossible que tous ces tapis soient destinés au même propriétaire. Tu mens mal je te plains, car je te vois rester longtemps parmi nous.

Nissim se leva à son tour.

— Effendi, je te demande de me croire, tu ne m'as pas laissé finir tout à l'heure. J'ai également quelques misérables tapis qui m'appartiennent et tu me comblerais d'honneur en me faisant la grâce d'en choisir au moins un.

Entre-temps, le policier s'était assis en s'épongeant le front. Visiblement les derniers mots de Nissim lui étaient allés droit au cœur.

— C'est bon, lui dit-il, voici enfin le langage d'un honnête homme. Ton temps est précieux et seuls les honnêtes gens n'ont pas de temps à perdre. Et... puisque nous nous sommes compris, montre-moi ce que tu me proposes.

Nissim n'avait pas l'intention de lui exposer tous

les tapis que transportait la caravane. Il désigna les quatre qui étaient à terre.

— Voici justement quatre de mes plus beaux tapis : tu n'as qu'à choisir.

Le petit homme s'était jeté à genoux et, le nez dans les tapis, les examinait l'un après l'autre. Lorsqu'il se releva, un large sourire illuminait sa face rubiconde.

— Tu as de la chance, dit-il, car tous me plaisent.

— Tu n'as pas de chance, lui répondit Nissim, car je ne peux t'en donner qu'un !

— C'est bon, je prends celui-là. Mais si tu crois au prophète, tu ne pourras me refuser ce petit tapis de prières.

Nissim, on s'en doute, croyait au prophète. Le policier ne fut pas mécontent : il eut ses deux tapis et la caravane put enfin reprendre sa route...

C'était une villa de style à la fois byzantin et italien, construite au XIXe siècle, avec des toits de tuile superposés, des murs ocre, des colonnades et des balcons en fer forgé à motifs compliqués. Elle donnait sur la plage de Beyrouth, non loin des fameux rochers blancs de la Grotte aux Pigeons, où la mer avait sculpté d'étranges formes.

Sarah regardait la mer, les coudes appuyés sur la balustrade du balcon.

— Je devrais me sentir bien ici, sous ce soleil et avec cette mer à nos pieds, dit-elle. Et puis il y a cette villa luxueuse, même si elle est un peu délabrée. Jamais je n'ai vécu dans un si bel endroit. Pourtant, je n'en peux plus d'attendre... nous sommes si près du but...

— Moi aussi, dit Andréi, je voudrais bien qu'on parte. Espérons que Mischka nous rapportera de bonnes nouvelles, cette fois.

Sarah soupira.

— Si au moins nous pouvions sortir, nous promener dans la ville...

— Ce serait vraiment trop risqué, avec tous les soldats turcs qui s'y promènent. Imagine qu'ils nous adressent la parole ! On serait vite embarqués. Tous les étrangers sont suspects, ici...

Après avoir descendu les flancs de la montagne, ils étaient arrivés dans des zones de culture en terrasses plantées de vigne, puis la caravane avait longé la côte méditerranéenne, traversant Alexandrette, Latakié... Sarah, Andréi et Mischka découvraient un monde nouveau, avec ses souks obscurs et odorants, ses marchés bruyants où tout se vendait, du troupeau de mulets à la poignée de fèves. Devant des mosquées aux riches ornementations somnolaient des bandes de mendiants dépenaillés. Sur la route de Tripoli, des villages fortifiés s'accrochaient aux pentes de la montagne, dominant des champs d'olivier. Quand la caravane avait enfin atteint Beyrouth, Nissim avait directement amené ses trois passagers jusqu'au souk aux étoffes, chez un marchand avec qui il était en affaires.

Là, après les traditionnelles palabres devant des verres de thé et des gâteaux au miel, l'homme avait acheté les tapis du bédouin ainsi que ceux de Mischka. Le bénéfice réalisé s'était révélé substantiel. Puis Nissim avait expliqué au marchand que ses amis voulaient se rendre en Palestine, dans les villes occupées par les juifs, et celui-ci avait levé les bras au ciel : le moment était particulièrement mal choisi ! Les troupes turques s'étaient massées à une cinquantaine de kilomètres au sud de Beyrouth et le choc avec les Anglais était imminent. Il était fort dangereux de s'aventurer dans cette région, même par la mer, car la côte était surveillée. Lui-même avait coupé tout contact commercial...

— De plus, avait-il ajouté, la situation est devenue infernale pour les juifs, là-bas. Depuis l'entrée en guerre des Turcs aux côtés de l'Allemagne, Djemel Pacha, le gouverneur de Syro-Palestine, fait expulser tous ceux qui ne sont pas ottomans, quand ses *kaimakans*[1] n'organisent pas des pillages et même des

1. *Kaimakans :* préfets ottomans.

massacres, en s'appuyant sur une partie de la population arabe qu'ils excitent contre les juifs.

Malgré ces nouvelles alarmantes, Mischka, Andréi et Sarah avaient insisté auprès du marchand pour qu'il leur trouve un moyen de poursuivre leur voyage.

Finalement, l'homme, un peu surpris de leur obstination, avait promis qu'il ferait tout son possible. En attendant, il voulait bien leur louer une villa où ils seraient en sécurité.

Une semaine s'était déjà écoulée...

Tous les jours, Mischka, qui se débrouillait assez bien en arabe pour pouvoir sortir sans trop de risques, enfilait les vêtements bédouins que Nissim lui avait laissés ainsi qu'à ses compagnons et se rendait chez le commerçant. Mais malgré son insistance, celui-ci ne paraissait pas pressé de lui présenter d'éventuels convoyeurs...

— Je crois que ce bonhomme se moque de nous, dit Sarah. Il ne cherche qu'à gagner du temps et nous tirer le plus possible d'argent.

La jeune femme s'assit sur un fauteuil de rotin d'un bleu fané et offrit son visage au soleil.

Andréi sourit. Dans une penderie de l'une des nombreuses chambres de la villa, Sarah avait trouvé une ample robe de soie crème un peu défraîchie, qu'elle avait aussitôt adoptée. Avec son lourd chignon et son teint hâlé, elle le faisait penser à ces jeunes filles de la Bible telles qu'il les imaginait dans son enfance...

— La Palestine, murmura-t-elle. Nous avions rêvé d'y trouver le bonheur et la paix, et voilà que c'est un champ de bataille où l'on expulse, où l'on pourchasse, où l'on tue les juifs.

— Pourtant, tu es toujours décidée à y aller ?

— Oui.

— Par fidélité à ton fiancé ?

Sarah détourna son regard et fixa la mer.

— Et toi, questionna-t-elle, tu n'es pas découragé ?

— Je me rends compte que ce sera difficile, mais je me suis promis de participer là-bas à la construction de ce foyer juif. C'est la seule chose que je crois utile, maintenant, pour aider les nôtres : créer un foyer et peut-être un État où ceux qui sont persécutés pourront se réfugier et retrouver leur dignité d'êtres humains.

Sarah soupira.

— Tu es un drôle de type, Andréi, toujours prêt à t'occuper des autres, à vouloir améliorer le monde. Je me souviens, à Visneck, quand la police est venue interroger ton grand-père, parce que tu avais participé à ce vol d'argent avec les révolutionnaires. J'étais bien surprise, et admirative...

Elle eut un sourire.

— Et un peu vexée aussi, moi qui t'avais toujours considéré comme un petit crâneur poltron. Voilà que tu te montrais le plus brave et le plus audacieux d'entre nous. Moi, je n'ai jamais songé qu'à moi et à mon destin personnel. Je vis dans une forteresse d'égoïsme.

— Tu changeras.

Il y eut un silence. On entendait les vagues battre contre les rochers de la Grotte aux Pigeons.

— Quand nous serons en Palestine, où as-tu l'intention de te fixer ? interrogea Sarah.

— Je ne sais pas. Je suivrai peut-être Mischka, il connaît plusieurs points de chute, ou alors... j'ai pensé à Kimereth.

La jeune femme lui jeta un regard surpris.

— La ferme de Kimereth ? Qui t'en a parlé ?

— Toi. Dans la montagne, quand tu avais la fièvre.

Une rougeur subite gagna les joues de Sarah.

— On était voisins à Visneck, dit Andréi, on pourrait aussi l'être là-bas, si tu le veux bien.

Les traits de sa compagne se crispèrent. Puis une larme coula lentement sur sa joue.

— J'étais la prostituée de Visneck, dit-elle d'une voix rauque.

— J'ai tué des hommes. Ce que tu veux oublier ne peut être pire que ce que j'ai à oublier moi-même. Là-bas, nous n'aurons plus de passé, seulement un avenir.

Il posa la main sur la joue de Sarah, essuya sa larme.

— Tu auras tout le temps de décider, à Kimereth, si tu veux soigner mes plaies, comme quand tu étais gamine, ou cracher sur mes bottes.

La jeune femme eut un rire bref, puis tourna légèrement la tête et ses lèvres se posèrent sur la main d'Andréi.

— Salut, dit une voix.

Ils sursautèrent.

Mischka, dans son habit de bédouin, se laissa tomber dans un fauteuil.

— J'ai enfin rencontré quelqu'un chez le marchand, dit-il. Un vieux type, un Druze qui possède un camion. Mais nous ne nous sommes pas entendus : il ne voulait pas nous conduire plus bas que Saïda.

Il soupira.

— Je me demande si nous avons raison de nous entêter à vouloir aller là-bas tout de suite. Il faudrait peut-être mieux attendre...

— Attendre quoi, lança Sarah, que la guerre arrive jusqu'à nous ? Moi, je ne peux plus rester ici, je veux partir !

— Elle a raison, dit Andréi, ça ne peut plus durer.

Mischka leva les bras au ciel.

— En ce cas, mes enfants, il ne nous reste plus qu'à trouver un tapis volant !

Dans la journée, la chaleur était torride, l'air marin desséchait la peau, brûlait les yeux. Andréi et Mischka se relayaient à la barre et manœuvraient la grosse voile rapiécée de la vieille barque de pêche achetée à prix d'or à Beyrouth. Sarah avait déchiré le bas de sa jupe en plusieurs morceaux qu'elle trempait dans la mer puis posait sur la tête des deux hommes et sur la sienne, pour obtenir un peu de fraîcheur. La nuit au contraire, il faisait très froid et il était difficile de dormir malgré les quelques couvertures qu'ils avaient emportées.

On naviguait au plus près de la côte, sans trop s'en approcher pour ne pas attirer l'attention. Quand une embarcation était en vue, ils lançaient le filet afin de donner le change...

L'après-midi du quatrième jour, Sarah poussa soudain un cri de joie.

— Jaffa, c'est Jaffa, enfin ! s'exclama-t-elle.

La ligne basse du littoral était interrompue par un promontoire où l'on distinguait un entassement de maisons grises.

La jeune femme posa sa main sur le bras d'Andréi.

— Tu vois, nous avons réussi...

Mischka, qui était à la barre, modifia la direction de la barque.

Les trois passagers avaient oublié leur fatigue. La gorge serrée par l'émotion, le visage tendu et rayonnant, ils fixaient l'antique cité, Joppé la biblique, première étape de leur vie nouvelle...

— Mais regardez, dit Mischka, tous ces bateaux ! il se passe quelque chose.

Il désignait une multitude d'embarcations qui s'éloignaient de la côte. Il y avait des barques de pêche, de gros bâtiments de couleur grise...

— Des soldats ! cria Sarah.

A présent, ils pouvaient voir, dans les bateaux qui venaient dans leur direction, des hommes en uniforme pressés les uns contre les autres.

— Ce sont des Ottomans, dit Mischka. Ils sont en train de fuir, ma parole !

Au même instant, le ciel s'emplit de fracas.

— Attention ! hurla Andréi. Couchez-vous !

Une gerbe d'eau jaillit à quelques mètres et s'éleva haut dans le ciel, faisant tanguer la barque.

En se redressant, ils virent qu'un des bâtiments était en flammes. Des soldats sautaient à la mer pour tenter de rejoindre une embarcation. Le canon tonnait à présent sans discontinuer, des mitrailleuses hachaient l'air de leur crépitement saccadé.

Andréi parvint à reprendre la barre et d'une main ferme maintint le cap sur Jaffa, louvoyant entre les embarcations surchargées de fuyards.

Une volée de balles déchiqueta le haut de la voile, qui commença à se fendre.

Le rivage se rapprochait lentement...

— Seigneur, ne nous abandonne pas si près du but, implora Mischka.

Il était trois heures de l'après-midi, ce 14 novembre 1917, et le général Allenby, à la tête du corps expéditionnaire britannique, achevait de conquérir la ville.

L'avant de la barque racla le sable.

Sous l'œil stupéfait de quelques soldats anglais, trois fous sautèrent sur le rivage, s'agenouillèrent et baisèrent la terre d'Israël.

DU MÊME AUTEUR

Aux éditions Joffo :

ABRAHAM LÉVY, CURÉ DE CAMPAGNE.

Aux éditions J.-C. Lattès :

UN SAC DE BILLES, récit.
ANNA ET SON ORCHESTRE, roman,
Prix RTL Grand Public.
BABY-FOOT, roman.
LA VIEILLE DAME DE DJERBA, roman.
TENDRE ÉTÉ, roman.
SIMON ET L'ENFANT, roman.

En préparation :

LA JEUNE FILLE AU PAIR.

Pour enfants :

LE FRUIT AUX MILLE SAVEURS, *Ed. Garnier.*
LA CARPE, *G.P. Rouge et or.*
LE ROUGE-GORGE.

Hermann HESSE
Rosshalde
L'Enfance d'un magicien
Le Dernier Été de Klingsor
Peter Camenzind
Le poète chinois
Souvenirs d'un Européen
Le Voyage d'Orient

Bohumil HRABAL
Moi qui ai servi le roi d'Angleterre
Les Palabreurs
Tendres Barbares

Yasushi INOUÉ
Le Fusil de chasse
Le Faussaire

Henry JAMES
Roderick Hudson
La Coupe d'or
Le Tour d'écrou

Ernst JÜNGER
Orages d'acier
Jardins et routes
(Journal I, 1939-1940)
Premier journal parisien
(Journal II, 1941-1943)
Second journal parisien
(Journal III, 1943-1945)
La Cabane dans la vigne
(Journal IV, 1945-1948)
Héliopolis
Abeilles de verre

Ismail KADARÉ
Avril brisé
Qui a ramené Doruntine ?
Le Général de l'armée morte
Invitation à un concert officiel
La Niche de la honte
L'Année noire
Le Palais des rêves

Franz KAFKA
Journal

Yasunari KAWABATA
Les Belles Endormies
Pays de neige
La Danseuse d'Izu
Le Lac
Kyôto
Le Grondement de la montagne
Le Maître ou le tournoi de go
Chronique d'Asakusa
Les Servantes d'auberge

Abé KÔBÔ
La Femme des sables
Le Plan déchiqueté

Andrzeij KUSNIEWICZ
L'État d'apesanteur

Pär LAGERKVIST
Barabbas

LAO SHE
Le Pousse-pousse
Un fils tombé du ciel

D.H. LAWRENCE
Le Serpent à plumes

Primo LEVI
Lilith
Le Fabricant de miroirs

Sinclair LEWIS
Babbitt

LUXUN
Histoire d'AQ : Véridique biographie

Carson McCULLERS
Le cœur est un chasseur solitaire
Reflets dans un œil d'or
La Ballade du café triste
L'Horloge sans aiguilles
Frankie Addams
Le Cœur hypothéqué

Naguib MAHFOUZ
Impasse des deux palais
Le Palais du désir
Le Jardin du passé

Thomas MANN
Le Docteur Faustus
Les Buddenbrook

Katherine MANSFIELD
La Journée de Mr. Reginald Peacock

Henry MILLER
Un diable au paradis
Le Colosse de Maroussi
Max et les phagocytes

Paul MORAND
La Route des Indes
Bains de mer
East India and Company

Vladimir NABOKOV
Ada ou l'ardeur

Anaïs NIN
Journal 1 - *1931-1934*
Journal 2 - *1934-1939*
Journal 3 - *1939-1944*
Journal 4 - *1944-1947*

Joyce Carol OATES
Le Pays des merveilles

Edna O'BRIEN
Un cœur fanatique
Une rose dans le cœur

PA KIN
Famille

Mervyn PEAKE
Titus d'Enfer

Leo PERUTZ
La Neige de saint Pierre
La Troisième Balle
La Nuit sous le pont de pierre
Turlupin
Le Maître du jugement dernier
Où roules-tu, petite pomme ?

Luigi PIRANDELLO
La Dernière Séquence
Feu Mathias Pascal

Ezra POUND
Les Cantos

Augusto ROA BASTOS
Moi, le Suprême

Joseph ROTH
Le Poids de la grâce

Raymond ROUSSEL
Impressions d'Afrique

Salman RUSHDIE
Les Enfants de minuit

Arthur SCHNITZLER
Vienne au crépuscule
Une jeunesse viennoise
Le Lieutenant Gustel
Thérèse
Les Dernières Cartes
Mademoiselle Else

Leonardo SCIASCIA
Œil de chèvre
La Sorcière et le Capitaine
Monsieur le Député
Petites Chroniques
Le Chevalier et la Mort

Isaac Bashevis SINGER
Shosha
Le Domaine

André SINIAVSKI
Bonne nuit !

George STEINER
Le Transport de A. H.

Tarjei VESAAS
Le Germe

Alexandre VIALATTE
La Dame du Job
La Maison du joueur de flûte

Franz WERFEL
Le Passé ressuscité
Une écriture bleu pâle

Thornton WILDER
Le Pont du roi Saint-Louis
Mr. North

Virginia WOOLF
Orlando
Les Vagues
Mrs. Dalloway
La Promenade au phare
La Chambre de Jacob
Années
Entre les actes
Flush
Instants de vie

Composition réalisée par EUROCOMPOSITION

IMPRIMÉ EN FRANCE PAR BRODARD ET TAUPIN
Usine de La Flèche (Sarthe).
LIBRAIRIE GÉNÉRALE FRANÇAISE - 6, rue Pierre-Sarrazin - 75006 Paris.

ISBN : 2 - 253 - 09773 - X

30/9773/0